U0586503

时代不会忘记

——高密扶贫工作纪实

邱文英◎著

谨以此书向所有奋战在脱贫攻坚一线的同人致敬。

团结出版社
UNITY PRESS

图书在版编目（ＣＩＰ）数据

时代不会忘记：高密扶贫工作纪实 / 邱文英著 . --
北京：团结出版社 , 2021.6
ISBN 978-7-5126-8940-4

Ⅰ . ①时 ... Ⅱ . ①邱 ... Ⅲ . ①纪实文学—中国—当代
Ⅳ . ① I25

中国版本图书馆 CIP 数据核字 (2021) 第 100978 号

出　　版：团结出版社
　　　　　（北京市东城区东皇城根南街 84 号　邮编：100006）
电　　话：（010）65228880　65244790
网　　址：http://www.tjpress.com
E-mail：65244790@163.com
经　　销：全国新华书店
印　　刷：成都蓉军广告印务有限责任公司
装　　订：成都蓉军广告印务有限责任公司

开　　本：170mm×240mm　16 开
印　　张：15
字　　数：225 千
版　　次：2021 年 6 月第 1 版
印　　次：2021 年 6 月第 1 次印刷

书　　号：978-7-5126-8940-4
定　　价：79.00 元

（版权所属，盗版必究）

序

白　秋

　　高密本无山，却有"挑山工"。

　　对贫困宣战，向幸福出发。在这场没有硝烟、只有征程的脱贫攻坚大决战中，一个个扶贫工作者就像一个个"挑山工"，一头挑着责任与使命、一头挑着希望与未来，行走在高密的阡陌村舍，奔忙在像高密一样的中华沃野之上，只为那句"一个都不能少"的庄严承诺。

　　脱贫攻坚的主阵地在乡村。这是一场社会力量的汇聚，这是一场精神力量的角逐，这是一场乡村发展方式的嬗变。我们有幸参与并见证了这个伟大的时代历程。

　　《时代不会忘记》是邱文英继长篇小说处女作《麦穗》后的第二部乡村题材作品。这是一部扶贫人写扶贫人、扶贫事的报告文学集。与其说这是一部带着泥土气息的纪实文学作品，倒不如说这是一段向贫困宣战的乡村故事、向人民报告的心路历程。时代光与影的实录存真，留给未来的则是关于高密脱贫攻坚史弥足珍贵的英雄图谱、文学档案、精神财富。

　　文英是高密市扶贫办的工作人员，也是近年来脱颖而出的作家新秀。她说自己是写小说的，写报告文学是一种全新的文学体验。她没有把脱贫攻坚简单作为一项工作来写，而是始终关注这一宏大而艰巨历程中人的存在，将人物设置为作品叙事的中心，真实地塑造和表现出个性鲜明又襟怀人民的人物。

　　时代造就英雄，伟大来自平凡，每个人都是自己的主角。扶贫工作者讲述自己的故事，只有三言两语，越深情的东西越不愿意触及，往往习惯用抽象的语言一带而过。邱文英说，离开了细节她就不会写作。在这次脱贫攻坚题材报告文学创作采访过程中,她面临的难题不是怎样表达,而是怎样进入生活的内核,她更关心的是如何在相同模式的缝隙中发现不同的细节。文英以女性的细腻、职责的担当、作家的情怀,克服了写系列人物容易出现的同质化、平面化、粉饰化问题,以不同的视角选择眼底和心中各美其美的风景,以多彩的笔墨在看起来近似的人物和事件中,努力挖掘独特性和丰富性,还原出一个个真实可感的人物,为时代发声,为平凡画像。

缺席自己订婚仪式的迟大尉,忍受父母双亲36小时内相继离世悲痛的田立余,把双腿顺着墙根倒立暂时消肿的宋江萍,因持续压力患了耳石症仍坚守一线的宿芳珍……这个系列人物中,像迟大尉、宋江萍、王凯、吴越、鞠超、刘晓丹等,大多数都是80后、90后的年轻人,他们把攻坚克难、忘我奉献作为自己"青春的打开方式",沉浸在累并快乐着的时代大潮中。正是有了饱蘸深情的故事,才有了直戳泪点的情怀。

扶贫、扶智、扶志融合,让脱贫攻坚有了温情和厚度,更为重要的是催生了人的变化、人的成长。把懒汉变成"黄牛"的单政达,让无人管束的"小乐"拥有一技之长的黄亦成,把奶奶一人带大的宋雷送入军营的单宝忠……一群人的爱心改变了另一群人的命运。这份改变,让那些曾经在贫困线上孤独、迷茫、无助的人们改变了生活轨迹,这种力量的震撼,直抵于心。

贫困问题的实质是发展问题,最终还是需要通过发展来消除。高密市1856名扶贫干部尽锐出战,带着情感真扶贫,带着责任扶真贫。把五保户变成卖花网红的井沟镇扶贫人员,把贫困户变成产业工人的大牟家万亩良田农场主王翠芬,把花样饽饽变成产业项目的逄戈庄村第一书记曾艳军……他们把工作的出发点和落脚点全都浓缩在一个"真"字上,这是真金与烈火的深度冶炼,这是使命与担当的高度契合,这是初心与灵魂的同频共振。

脱贫攻坚,时代大考。时代是出题人,我们是答题人,人民是阅卷人。"考官"就是80万高密人民;"考场"就是1526平方公里的高密大地;"考题"就是脱贫攻坚决战决胜。"黄沙吹尽始见金",高密市10个省定贫困村、1.57万户、2.74万名建档立卡贫困人口实现稳定脱贫,709个有贫困户的村实现产业项目全覆盖,被评为全省脱贫攻坚先进县,这些都离不开广大扶贫干部的艰苦付出。群众的口碑雕刻起一座时代的丰碑,时代不会忘记,人民不会忘记。

伟大的事业需要伟大的精神。乡村振兴路上,我们依然是"赶考者"。今年是中国共产党成立 100 周年，也是实施"十四五"规划、开启全面建设社会主义现代化国家新征程的第一年。大力弘扬"上下同心、尽锐出战、精准务实、开拓创新、攻坚克难、不负人民"的脱贫攻坚精神，我们就一定能够办成更多大事、难事，造福更多的父老乡亲。

向所有奋战在脱贫攻坚一线的同人致敬，向一边干扶贫一边写扶贫的本家小妹文英致敬。也希望文英以此为契机，创作出更多更优秀的文学作品，打造地域文化品牌，赓续高密精神力量。

白秋，本名邱兆锋，山东高密人，现任潍坊市文联党组成员、副主席，多次获山东省政府文化创新奖、潍坊市风筝都文化奖，全国小小说金麻雀奖获得者。

目 录
CONTENTS

个人篇

团体篇

个人篇

GE REN PIAN

小伙大尉

（1）

初次见大尉是在去年姜庄镇的一次例行脱贫攻坚工作培训会上。当时刚上任姜庄镇扶贫办主任的迟大尉正坐在主席台上对扶贫人员进行业务培训。

大尉留着小平头，说话干脆利落，眼睛细长，目光炯炯。

精干、帅气，骨子里还透出那么点小傲娇——这是大尉给我的第一印象。

虽然我对大尉的第一印象还不错，但我仍在心里画了个问号：都说一入扶贫深似海，这个90后的毛头小伙干扶贫，能行吗？

大尉很快用自己的实际行动给了我一个明确的答案。

迟大尉

（2）

接手扶贫，大尉是临危受命。2019年，脱贫攻坚工作到了攻城拔寨的关键期，谁都知道扶贫办主任是一个让人头疼、出力不讨好的苦差事。尽管大尉对困难已有充分的思想准备，但深入其中才知道，实际的困难比他的估计要大得多。帮扶责任人靠不上，对政策吃不透、把不准，市直部门帮扶责任人调度困难，走访入户流于形式、走马观花……大尉为这些问题苦恼着、思索着，寻求解决之道。

为了更好地了解脱贫攻坚政策，报纸、电视、省市各类文件他都反复观看、反复翻阅，确保将政策学深吃透。为了尽快熟悉工作，迟大尉开始逐户走访。在走访中，大尉发现结对帮扶干部入户存在任务不明、方法简单的问题，这样走访既没有掌握实情，也不会跟贫困户加深感情，更谈不上有效帮扶了。于是，他积极探索结对帮扶方法，通过自身不断实践，按照"全覆盖、督死角、查问题、抓整改"的要求，采取"督查专班＋村干部＋包村干部＋帮扶干部"的组织筛查方式，组织帮扶责任人对所有贫困户逐村、逐户、逐人、逐项筛查，挂牌督战，着力解决了"谁来访""访什么""怎么访"的问题。

他在明确帮扶任务上用心动脑，全面收集情况，通过机关工作微信群点对点交办，确保各项政策落地落实；他在提升干部走访水平上狠下功夫，通过召开扶贫工作培训会议，让帮扶干部知政策，确保入户走访任务高效落实；他在提升群众满意度上频出实招，建议帮扶干部通过"谈一次心、吃一顿饭、办一件事"拉近与帮扶户的距离。为了实现与贫困户手拉手、心贴心，大尉组织专人上门为贫困户打扫卫生，甚至为他们刮胡子、剃头。不到两个月，全姜庄镇600多户贫困户的详细情况大尉便了然于心。随便提起哪一户，大尉都如数家珍。

如此大的工作量靠正常的工作时间是远远不够的，为了赶时间，大尉经常熬夜在办公室梳理贫困户资料。扶贫办的那盏灯陪大尉度过了数不清不眠之夜。

因为工作忙碌，虽然单位距家仅20分钟的路程，大尉却好几个月没能回家看看父母了。实在忍不住的父亲给大尉发了条微信："什么时候回老家一趟？好想你。"

看完信息，大尉心里难受极了，他又何尝不想念自己的爸妈呢？但是说好的回家看看，却因为一次又一次的加班一拖再拖。

（3）

2019 年 10 月 29 日，是迟大尉和妻子张馨月订婚的日子。工作再忙，也不能误了终身大事。大尉把手头的活赶了一下，请了一下午假，准备订婚。

就在大尉已经到了张馨月家，正准备拉着妻子和岳父岳母去酒店的时候，他接到了分管扶贫的副镇长侯晓梅的电话。

侯镇长接通电话第一句就说："大尉，真不该这个时候给你打电话，但是没办法，权衡来权衡去还是得打。"原来是第二天省扶贫办到姜庄检查，让迟大尉 6 点回去开会。

接完电话，大尉一动不动地低着头站在原地沉默了一会儿，然后吞吞吐吐地跟张馨月说："单位让 6 点回去开会……"

"不行！"张馨月还没等大尉说完，直接拒绝了他。

"……"大尉还想说什么，张了张嘴又咽了下去，还能说什么呢？一辈子就这么一次，自己竟然要缺席订婚宴仪式，这情节，只有在电影里才可能出现吧，如今却让自己碰上了。

一直沉默的岳父岳母赶紧打圆场："馨月，没办法，大尉干的就是这么个工作，让他去吧。"

大尉匆匆朝门外匆匆赶去，回头的刹那，他看到张馨月捂着脸在无声地哭泣……

大尉和张馨月的婚期定在了 2019 年 11 月 2 日。结婚那天，大尉边摆弄着胸前的鲜花边在心里祷告：今天可别再有什么紧急情况了，订婚可以缺席，结婚总不能不见新郎官吧？

好在 11 月 2 日大尉的电话始终没有响。

结婚第二日，按照计划，大尉和张馨月要去北京度蜜月，行程七天。

正当大尉和张馨月在天安门拍照的时候，镇领导打来电话 ——全省贫困户信息采集，本来是想尽量不打扰大尉的，让别人干这项工作，但是因为对系统和流程不熟悉，眼看最后期限到了，工作却根本没法完成，只能把大尉叫回来。

张馨月的笑容凝固在脸上，这次她没哭。只是淡淡地说了句："回去吧，再玩，你的心也不在这里了。"

大尉忙不迭地买了回程的车票，原来计划好的七天蜜月旅行就这样一天便匆匆结束了。

结婚以来的多个日日夜夜，迟大尉与妻子一直过着同城异地的生活，妻子的电话里他总是在开会、在走访、在迎检，在筹备下一步的工作。

还有一次是妻子住院，为了顾全大局，大尉在妻子幽怨的目光里再一次奔赴贫困村。等到晚上赶回医院，妻子忍不住红着眼眶说："我也要做你的贫困户。"

扶贫是个让人揭层皮的活儿，扶贫几个月下来，大尉掉了十斤肉。迟大尉原来还算丰润的脸瘦了一圈，嘴角鼓着脓疱。张馨月看在眼里疼在心里，她叹了一口气对大尉说："谁让我嫁给一个干扶贫的人呢，以后我也来帮你一起扶贫吧。"

从那以后，张馨月经常利用周末来姜庄扶贫办给大尉"帮工"。

姜庄人社所的董杰宾所长说："大尉找了个好媳妇，人漂亮，心也善良。大尉整天不回家，不但不抱怨，还经常来帮着干活。这样的媳妇上哪找？"

一个经常加班的扶贫办主任背后，一定有一个通情达理的好媳妇。而这通情达理的赞誉背后得咽下多少苦等苦熬的酸楚？吞下多少不为人知的委屈？

（4）

有了妻子张馨月的强力支持，大尉工作的劲头更足了。

当然，工作中肯定不会一帆风顺，冷不丁地就会冒出一两个突发状况，让大尉不得不时刻绷紧心中那根弦。

安河村一位贫困户李某某多次反映对帮扶工作不满意，帮扶责任人屡次做工作都不见成效。大尉多次入户跟李某某深入沟通，李某某却不买账，表现出对大尉明显的不信任、不配合，甚至出言不逊。

一波未平一波又起，又一家贫困户向镇上反映迟大尉入户时态度不好，领导电话中把大尉一顿训斥。

正是血气方刚的年纪，面对这些无理取闹、油盐不进的贫困户，大尉真想大骂几句，但是理智让他压住了心中的怒火。

回到镇上，大尉拿出了当时自己入户时跟户主交流时录的视频，领导看完，觉得大尉的言谈举止确实没有什么不当之处。细究原因，是因为贫困户要求超政策办低保，不能得逞所以心生怨恨才去告状。问题虽然澄清了，大尉却不想再多说一句话。颓丧、无力……大尉感觉自己的心一阵阵得疼。

夕阳西下，迟大尉落寞地站在村头一座小桥边。面前的垂柳枝叶繁茂，在夕阳晚照里摇曳出绮丽的光芒。大尉无心欣赏这晚霞余晖涂抹出的无限诗意，伫立在风中抱着双臂、紧锁眉头。他在问自己：自己这样累死累活地付出是否值得？人生的价值到底是什么？自己的选择是不是错了？

远处的高铁站上空飘着一两朵白得有点虚幻的云；携带着庄稼清香的风从旷野吹来；路边一棵从巨石下努力探出身子的野草呈现出它顽强的生命力。不管是巍峨的建筑还是柔弱的小草，都默默彰显其生命的本质，难道这就是生命的存在与价值？

巨石下的小草尚不屈服，这点困难，自己就退缩了？

既然有问题，肯定是自己的工作还没做到位——突然之间，大尉想通了。

想通之后的迟大尉耐下性子，又来到李某某家，坐在炕头上与他聊闲话、唠家常。

迟大尉终于弄清楚李某某是因为"生病住院应该一分钱不花"的要求得不到落实，才心生不满。

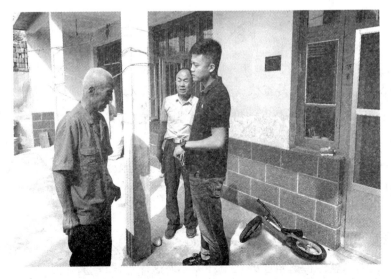

迟大尉走访中

"病根"找到了，就要"对症下药"。2020年5月18日，迟大尉联合司法所等部门到李某某家中对其实际情况进行进一步调查核实，并从政策着手，为他详细讲解了扶贫医疗政策。随后，大尉立即主持召开听证会，耐心细致地为李某某讲解扶贫政策，并由律师给予权威解释，彻底打消李某某"贫困户住院零费用"的误会。不光李某某，好几户贫困户也是因对政策有所误解才导致出现了不满意现象，帮助他们正确详细地理解政策才能彻底消除他们的不满情绪。

大尉明白了，办法总比困难多。没有解决不了的问题，只有没被激活的头脑。从那以后，大尉的工作开展得越来越得心应手，老百姓对他也越来越认可，很多人都把他当作自己的孩子。

精诚所至，金石为开。

莳二村贫困户王居美，因病住院花费了3600元，又因身体原因无法前往医保局进行报销。大尉得知情况后，立即来到王居美家中，拿着她的住院核算单，驱车十几公里帮助其报销了住院费用。当他把一沓钱送到王居美手中时，王居美红着眼，感动不已。

迟大尉的办公室中悬挂着贫困户送来的锦旗，每一面旗帜都是老百姓对迟大尉辛苦付出的认可，讲述着迟大尉走村串户的一个个动人故事。

（5）

功夫不负有心人，一年多来，姜庄镇的扶贫工作立竿见影，日日有变化，月月有提升。2020年11月省扶贫验收，姜庄镇零问题，省领导对姜庄镇扎实的工作、过硬的作风给予了高度评价。那一刻，大尉紧锁的眉头舒展开了，脸上的光彩遮住了熬夜带来的憔悴。

看一个人，不要看他自己标榜什么，而要看他做了什么，更要看他周围的人说他什么。不管姜庄评没评为潍坊扶贫示范镇，姜庄的扶贫工作成绩大家有目共睹。有一句老话说得好："你所有的付出，老天看得见。"

那次陪省验收工作组人员入户结束后，我与姜庄镇的李梅书记说起大尉。李书记说起大尉就像说起自己的孩子："大尉这样子连续通宵加班，要不是年轻早累垮了。我经常跟大尉说，别光顾着工作，也要顾及一下家庭，毕竟刚结婚，这样子老是不着家也不是一回事。但是我也知道他没办法，时间紧、任务重，有些工作离了他还真不行。看着大尉累成这样，我真是心疼。"说完这话，李梅书记眼里泪汪汪的。

在一次全市的扶贫会上，我与朝阳街办的扶贫办主任李双坐在一起，李双人爽朗、嗓门也爽朗，跟我说起迟大尉："人家迟主任从来不藏私，每次我问他要他设计的模板或者样表，小伙子可痛快，每次都毫不犹豫地发给我。按说各个镇街之间存在一定的竞争性，大尉从来不藏私，要什么给什么。我还不认识他呢，光微信联系，哪天找机会当面谢谢大尉。"我发觉动静不对，回头一看，大尉坐在我背后正捂着嘴偷笑呢。我示意李双往背后看："就是这小子。"

李双双手一拍，大笑着说："哈哈，说曹操，原来曹操就在身后。"

（6）

"脱贫攻坚工作既是个'重功夫'，也是个'精细活'，既要真刀真枪地'干'，更要一针一线、认真仔细地'绣'，来不得半点马虎，容不得一丝'空架子'。"谈起扶贫工作，"90"后的迟大尉有着自己的心得。

大尉还说："扶贫工作得到大家的认可，离不开李梅书记的高度重视、统筹协调；离不开姜义涛镇长、杜月芝主任紧盯不放，坚决靠上；离不开社区、村里伙计们的积极配合……我只是建造这艘大船的一个微不足道的小锚钉。"我发现，原来那个青涩、傲娇的毛头小伙，经过扶贫这场硬仗的打磨、锤炼，变得成熟、从容，游刃有余，处变不惊，具有了全面看待问题的胸襟和格局。

前几天，我和同事又一次去姜庄看所包靠村的人居环境建设，刚进镇党委大门口，便看见大尉红着眼挼挲着头发往外走。

我摇下车窗冲这家伙吼了一嗓子："大尉，昨晚是不是又加班没回家？小心媳妇休了你。"

大尉的小眼睛眨巴了两下，压低了声音故作神秘地低声耳语："姐，休了你给我找个更好的，中不？"

嘿，这臭小子，还挺会顺竿爬，就不怕姐给媳妇打小报告？

假如一切可以重来

（1）

父亲说："把骡子卖了吧。"

"卖了谁拉车，用什么耕地，你拉？"母亲的语气有点急。

"卖了再想办法。实在不行，和谁家搭伙呗。"

"没有了牲口，谁愿意跟咱搭伙？"

"那还能怎么着，孩子的学不上了？"

母亲不出声了。

父亲提到的"孩子"是田立余，商量要卖骡子的是他的父亲、母亲。田立余在家是老小，上面还有两个哥哥、一个姐姐。

二十世纪八十年代，对一个农村家庭来说，牲口几乎是半边家产，是一个家庭的主要劳动力。庄户人下地回来，再苦再累也要把拉犁的牛马伺候好，因为它是一个家庭的希望和依靠。

放学后的田立余习惯性地来到牲口棚给骡子添草料，牲口棚里那头棕骡子不见了，只有被打扫干净的石槽和搭在石槽上的一截缰绳。

知道父母为了给他筹学费父母把骡子卖了，田立余一声没吭。他站在牲口棚里，站了很久很久。牲口棚空了，他的心也空了。

那夜的风很急，把父亲的一声叹息吹散在洒满月光的院子里。

这是 1983 年，田立余正上高中。

（2）

"表哥，你的通知书收到了！终于收到了！"1986 年 9 月 6 日，田立余的表妹满脸兴奋地在村头迎着从工地刚回来的田立余。因为觉得录取无望，心情烦躁的田立余来到了东北姑姑家找了个建筑工地在那里打小工。

"得了吧，你快别取笑我了。"高考已经过去好几个月，早已过了下录取通知的时间。田立余觉得表妹在跟自己开玩笑。

"真的，表哥，这么大的事我哪敢跟你开玩笑，你快回来看看吧。"表妹跟田立余嚷了起来。

表妹确实没开玩笑，田立余收到了的吉林农垦特产专科学校的录取通知书。因为连续的暴雨阻断交通，致使通知书晚到了一个多月。田立余翻来覆去地看着手中的录取通知书，激动得手都开始哆嗦。还是表妹提醒他，他才想起来赶紧给家中的父母报喜。

孩子终于出息了，那时的大学生，金贵呀。

喜悦、激动之余，田立余的父母又犯愁：大学考上了，学费怎么办？家里就那几亩薄田，那点收入一年到头所剩无几。年景不好的时候，拼死累活干一年，年底还得闹饥荒。上学要交的学费，目前来说九牛还没一毛。

"卖房子吧。"这一次父亲和母亲没争执，因为这是目前唯一的办法。这几间房子是父母积累半生的积蓄盖起来的，虽然没说，但田立余知道这是父母预备给万一考不上学的自己娶媳妇的房子。

于是，家中的房子变成了田立余远赴吉林农垦专科学校的学费、路费和生活费。田立余在心里暗暗发誓，自己一定好好学习，毕业后找个好工作，让父母过上好日子。

东北的大雪一场压着一场，有人赶着马车从农垦学校校门口的马路上经过。

雪地上逶迤远去的车辙把田立余的思绪带去了远方，带回了家乡，他想念在老家田庄的父母了。

（3）

1989年，大学毕业后的田立余参加工作来到了高密市双羊镇。田立余先后担任过双羊镇经管站科员、党委秘书、副镇长、党委宣传统战委员，仁和镇党委组织委员，井沟镇党委组织委员、党委副书记兼纪委书记、综治维稳中心主任（正科）、人大专职副主席，主抓过宣传、组织、纪律、维稳、扶贫开发等工作。可谓是一员转战南北、久经沙场的老将了。

仿佛是转瞬之间，田立余在基层一线已经摸爬滚打近30年。

2016年初，高密市脱贫攻坚工作进入关键时期，扶贫开发办急需勇挑重担的干部。市委委组织部门经过研究，决定由年近50岁的田立余担任扶贫开发办副主任。当组织找田立余谈话征求意见时，他没有因自己年龄大而推辞，而是很痛快地接下这份重担。从此，田立余就踏上了漫漫扶贫之路。

由于当时高密扶贫办人手少、工作量大，从信息统计、扶贫宣传，到项目建设、办公室，再到行业、社会扶贫，都需要田立余参与协调。于是田立余从零开始，边工作边学习，积极参加上级培训，并与其他县市区有关部门、与我市行业扶贫成员单位保持交流，吃透政策，明晰各相关单位的扶贫职责。

田立余接手扶贫工作不久，母亲由于小脑萎缩开始卧床不起。因为扶贫工作忙，田立余顾不上在家陪母亲，伺候老人的重任落到哥哥姐姐身上。就在田立余母亲卧床的第三年，父亲也因为心肺衰竭病倒了。父亲和母亲一个东间、一个西间，可忙坏了田立余的哥哥姐姐。田立余一边忙工作，一边尽量每周抽空下班后匆匆忙忙回家看望父母。

哥哥姐姐们出力，田立余就出钱。田立余知道，自己拿多少钱，都报答不了父母对自己的养育之恩和倾情付出。但是，他也只能用这种方式来弥补自己对父母的亏欠。

（4）

2017 年 10 月 20 日，对田立余来说是毕生最灰暗的日子。当时恰逢每年一次的扶贫信息动态采集阶段，早晨 5 时许，还在睡梦中的田立余听到手机响了。田立余拿起手机一看是哥哥的电话，他一个激灵坐了起来。这个点打电话，一般不会是什么好事。

果然不出所料，哥哥在电话中说母亲的情况看着不大好，让田立余赶紧回家。

田立余放下电话叫着妻子就快马加鞭往回奔。

路上田立余在心里祷告：老天保佑，一定要让自己见到母亲最后一面。

结果进村后还没到家门口，田立余就看到自己家门口出来进去忙碌的人，听到家里传出的悲痛的哭声。田立余心里像突然被利器划了道口子——我来晚了。他终究还是没能见到母亲最后一面。

当天晚上，田立余守在母亲旁边一夜没合眼。母亲那么安静地躺在那儿，睡着了一般。不知她知不知道，她最心疼的小儿子此刻正陪在她的身边。

处理完母亲的后事，田立余没回单位，而是在老家住了下来。他让兄弟姊妹去二哥家吃饭，自己陪在父亲身边。就在一个月前，哥哥姐姐把父亲接回了家。下午五点多，田立余发现父亲呼吸声音有点异样，开始吸吐长气。他赶紧打电话叫哥哥姐姐过来。

到了晚上，父亲就停止了呼吸。在儿女们悲切的呼喊声中，父亲追随母亲而去了。36 小时之内，田立余与他的哥哥姐姐接连失去了母亲、父亲。顷刻之间，他们成了没爹没娘的孩子。

田立余跪在父母的炕前，头埋在两手之间，肩膀颤动着无声地啜泣。

最深的痛，是无声的……

就在那一夜，躺在老屋炕上的田立余梦到了那头被父亲卖掉换成学费的骡子。骡子奔跑在风暴和落日之间，它的嘶鸣划破夜空，追赶着赶往东北的田立余。停止奔跑的骡子打着响鼻，用颤抖的嘴唇蹭着田立余的手掌心，一切都是那么清晰。

凌晨醒来，田立余摸摸掌心，那里似乎还残存着骡子鼻孔喷出的温热湿气。

（5）

因手上紧急的工作还没完成，第三天，料理完父亲的后事，田立余忍着悲痛又奔赴工作岗位。

在父母最需要他的时候，他这个最受宠的老幺却几乎没伺候父母一天，这成了田立余心中不可触碰的痛。

两年多过去了，他心里始终过不去这个坎儿。

（6）

2018 年 11 月 12 日，在办公室清理卫生时，田立余在搬动桌子时右手中指被两个对在一起的桌子面夹了一下。虽然有点疼，但也没当回事。谁知到了第二天早上，田立余的那根指头像胳膊脱臼一样耷拉着，无论自己怎么使劲，指头都不会动弹了。去医院拍片一看，医生说是右手中指肌腱断裂。当时全市正在准备迎接潍坊市的年终考核。田立余心里懊恼不已：这破指头，真会找时候断。田立余来到市中医院动完缝合手术，肌腱断裂处用钢钉做了固定。田立余上午在医院打针，下午继续回单位上班，一连十多天两边来回奔波。到需取出固定的钢钉时，他得知了省扶贫办年终考核抽到高密的消息。这么大的事，田立余哪里还顾得上抽取钢钉呢？直到当年的 12 月底考核完毕，田立余才到医院。结果取钢钉的时间拖延了十五天，错过了最佳康复时间，导致田立余的中指没有恢复完全。至今他的右手中指还没法伸直。

（7）

2019 年 5 月，我来高密市扶贫办报到的第一天，发现有一位黑干条瘦的中年男人正在走廊里打电话。这人说话语气里有点火药味，似乎在跟谁发脾气。

我心想：这谁呀？难道第一天上班就碰到来上访的贫困户？

后来扶贫办开第一次调度会，这位黑干条瘦的"上访户"就坐我旁边，一打听才知道，原来这人是扶贫办的副主任田立余。我心里不禁打起了小鼓，扶贫办的人瘦成这样，那平时工作该有多苦多累呀？

脸黑的人都实在——可能打小受戏曲中刚正不阿"包黑子"的影响，我脑子里一直有这么个莫名其妙的潜意识。后来慢慢熟识了，对这位黑干条瘦的副主任有了进一步的了解，才知道脸黑的人不光实在，还敬业。

每天上班，我看得最多的就是田立余迈着频率极高的小碎步在各个科室之间来回穿梭布置工作任务，协调部门协作。同事们一起下村入户督查走访，田立余主任每次都是最晚收工的那个。

田立余说："扶贫工作细节很多，比如贫困户享受几级残疾？应该享受低保还是五保？而五保又分为集中供养和分散供养，每个月可以领多少钱？由于这个钱数每年都有变化，需要及时与相关部门及时沟通。扶贫工作难在涉及面太多，需要掌握低保、残疾人、老年人高龄补贴等很多政策，我就是不专业的人在干专业的事，所以只有多学习、多了解才能掌握更多信息，才能指导基层精准开展工作。"

干扶贫的没有闲人，大家每天都以最快的节奏推进工作。无论夜晚、周末，或是节假日，都能看到他们奔走在科室间或贫困户家中。

"说实话，干这个工作之前没觉得会这么累。"下村回来，满脸疲惫的田立余歪在椅子上说。

扶贫工作具有明显的特点：面对的群体特殊。每一户的情况都各不相同，工作开展具有不确定性，需要的是经验、耐心和对政策的全面掌握。"扶贫不是单纯的送钱送物，要深入剖析每一户致贫原因，找出病根，有针对性地因户制定帮扶措施。"在实际工作中，扶贫又涉及很多行业扶贫内容，比如民政的低保、残疾两项补贴；残联的办残疾证鉴定；教育的因贫厌学辍学的……对发现的问题，田立余总是及时帮助协调处理。

工作中，田立余发现部分贫困户因从前没钱交初装费一直没喝上自来水。于是他积极协调水业公司，克服各种困难，保证了299户未通自来水的贫困户已全部喝上安全饮用水。此外，贫困户家中有劳动力却找不到工作，他便会联系人社部门，对其进行就业培训；有的贫困户看不起病，他积极协调卫健局、民政局、慈善总会等部门，为其争取政策上最大限度地救助。

"贫困户能享受到的政策，一项都不能少！"这是田立余对自己的要求。

他充分利用扶贫单位、企业等可利用的资源，动员全社会力量对贫困户进行救助。同时，他充分发挥传帮带作用，以老带新或给帮扶干部进行集中培训，教他们入户需要注意的问题，怎样查看问题，怎样与贫困户沟通等，倾囊相授自己的经验。

由于工作量大，强度大，周末很少休息，晚上加班到11点是家常便饭，甚至通宵不回家。有时，田立余调侃地说："干扶贫的没有节假日，也不能生病。"

（8）

在田立余走访柏城镇门家埠的宋某某户时，今年70岁的宋某某丈夫前些年去世，两个女儿已经出嫁，自己身体不好，还要照顾90多岁的老公公（方言，当地指丈夫的爷爷）。2020年，宋某某因为脑出血动了大手术，手术费用让这个本来就不是很宽裕的家庭更是雪上加霜。发现这种情况以后，田立余赶紧联系村里和镇上宋某某的帮扶责任人焦晓梅，询问有没有给这个户申请临时救助。焦晓梅赶紧联系相关部门询问。田立余也帮着联系相关部门，经过来回补办各种手续和相关证明材料，最后申请给宋某某办理了临时救助和慈善救助。救助落实以后，宋某某收到了临时救助款8600元，慈善救助款2000元。从那以后，田立余和镇村干部每次去走访，宋某某都拉着他们的手，述说自己的感激之情。其实无须感激，自己能力所能及地为贫困群体做点事，田立余感觉心里无比的敞亮和踏实。

宋某某的女儿也给田立余打电话，感谢他为他们家、为母亲操了这么多心。田立余说："都是我的分内之事，感谢什么呀。要感谢就感谢国家的好政策吧。"

（9）

田立余刚开始干扶贫的时候，下班了没回家，田立余的妻子田秀珍还打个电话问问啥时候回来。得到的回答一般是："再等等，还没忙完。"

等了一会儿还是不见人，田秀珍再打。

回答是："够呛，还没干完活。"

快半夜了，田秀珍再打。

田立余满含歉意地说："你先吃吧，不用等我了。"

几次三番都是这样，到了饭点不回家，田秀珍再不给田立余打电话了。那意思很明白，打了也不回，还不如不打。

每天早上，田秀珍为了照顾好田立余的生活，早早地起来做好饭等着他起来吃。田立余一睁眼看看表，抓起自己的文件包就穿鞋往外走。田秀珍冲他嚷嚷："吃点饭再去不行？你看你都瘦成啥样了？"

田立余一边往外走一边说："来不及了，去单位对付着吃点方便面就行了。"

田秀珍瞅着锅里的饭菜，无奈地摇了摇头。

"你说你这是干的什么活呀？"

（10）

2020 年 8 月份，田立余被潍坊扶贫办抽调，参加由潍坊市扶贫办组织的对各县市区的督导。由于思想上承受的巨大压力，加上长期"5+2""白加黑"地工作，生活没规律。8 月 20 日下午在诸城市入户检查时，田立余突然觉得左下肢无力，走起路来左腿有点不听使唤。田立余觉得肯定是太疲劳了，回去休息一下就好了。

当晚回到高密，田立余一头倒在床上就睡过去了。休息了一晚上的田立余感觉左下肢的不适没轻反而更重了，他意识到了问题的严重性，赶紧给在医院工作的同学打电话，描述了一下自己的症状。同学让他赶紧去医院做检查。

检查结果出来，确诊是"急性脑梗死"。

医生说："赶紧办理住院手续，幸亏发现的还不算晚，今后你要注意了。"

田立余被这个结果惊出了一身冷汗。

住院期间，高密又接到潍坊来高密督导扶贫的通知，田立余一边治疗，一边协调各方。他这一忙就忙到了第二天的凌晨一点多。

值班护士没好气地说："你是来治病的还是来工作的？就没见过你这样的病人。"

田立余没吱声，他知道，没干过扶贫的人怎么会理解其中的忙碌和辛苦呢？说也是白说。

在田立余住院两周又康复一周之后，不顾爱人的劝阻就拖着不便的腿又返回工作岗位。"大家都在全力以赴迎接省 10 月份的扶贫工作验收以及年终考核，我在家里怎么能躺得住？"

（11）

如今，在像田立余这样的全市成千上万扶贫人的共同努力下，我市的扶贫工作取得实质性成效：全市所有扶贫项目健康运行；持续推进"两不愁三保障"等政策落实，全市 49 个扶贫项目健康运行；实施住房安全、自来水等 5 个专项行动，84 处危房已全部完成新建、翻建，299 户未通自来水贫困户已全部喝上安全饮用水；资助建档立卡贫困学生 1074 人次，成立 15 支专门巡诊医疗队伍为 5064 名因病致贫贫困人员开展巡诊，收治严重精神障碍患者 124 人次，156 名精神残疾人已办理残疾证；推广"富民农户贷""富民生产贷"，发放贷款 823 万元；引进总投资 5 亿元的光伏发电扶贫项目，一期工程年底可并网发电，全部投产后将带动 1 万户实现持续增收 20 年。2020 年，高密市被评为山东省脱贫攻坚先进县。

2020 年，田立余也因其个人的出色表现、勤勉敬业和忘我付出，被评为高密市脱贫攻坚先锋。

在全市的表彰大会上，主持人这样介绍田立余：他在半百之年，毅然挑起了脱贫攻坚的重担，爬坡过坎，一步一个脚印。他是扶贫工作的"工程师"，精研政策，统筹资源，"不让一人掉队"。他是扶贫路上的"老黄牛"，默默耕耘，不问前路，只求所有群众满意一笑。他就是高密市扶贫办副主任田立余。

组委会给田立余的颁奖词是这样写的：顶烈日，冒酷暑，走泥泞，你用汗水浇筑群众梦想，你用脚步丈量万家希望。风霜不失黄金色，不遗余力为民忙。你用满腔的热血向贫困宣战，才让群众舒了眉头，暖了心头，有了奔头。

田立余自己说：我只是做了我应该做的，参与扶贫的人哪一个不辛苦？组织上把我放在这个岗位上是对我的信任，我绝不能辜负组织的期望，绝不让一名贫困群众掉队。

（12）

有人问过田立余："你为什么非得这么卖力？劳逸结合不是更长久吗？"
田立余说："你说的那些道理只是理论上可行。在特定氛围之下，你真的没得选择，不是别人非得要你怎么样，而是使命使然。有时候，内心的自律比外界的约束更有力量。"

每到阴雨天，田立余受过伤的手指会便隐隐作痛。伏案时间长了，田立余会感觉到轻微的眩晕。如果你留心，你会发现田立余现在走起路来左腿还是有点僵硬。有时候，伙计们也会提醒他坐久了就离开座位伸伸腰、动一动，别让自己那么劳累，毕竟年龄大了，上一次的"急性脑梗死"是一次预警。

（13）

假如一切可以重来，田立余会不会放下手头的工作去父母床前尽一尽孝？假如一切可以重来，他是否会在工作的同时顾惜一下自己的健康？

在一次检查扶贫项目结束，从高密东北乡返回单位的路上，田立余看见一对老夫妻正并肩从胶河边往远处走去，夕阳的余晖把胶河水变成了一条闪着碎金的银练，把两位老人的剪影描摹成一幅温馨又让人心碎的油画。

如果父母还在，应该跟他们年龄差不多……

有两行泪顺着田立余瘦削的两腮流了下来。那是风眯了他的眼。

田立余走访中

老单的"心事"

老单的"心事"太多了，难怪才五十来岁就白了头。

老单，本名单宝忠，是柏城镇党委的一级主任科员。今年53岁的单宝忠，高高的个子，黝黑的脸庞，虽说按年龄来，还不至于称呼"老"，但光看头发，小朋友见了都该称呼他为"爷爷"了。

2016年起，单宝忠开始分管柏城镇的扶贫工作。

也不知为啥，去柏城扶贫拉网见到单宝忠的第一眼，我就想到《三国演义》中那个义薄云天的关云长。按说单宝忠既没有手提青龙偃月刀，也没有关公标志性的长须美髯，往上查十八代不沾亲也不带故，八十竿子都打不着，怎么老觉得他俩就那么像呢？是冥冥中的第六感吗？第六感是种非常微妙的东西，根据以往的经验，我的第六感每次都准到吓人，难道这次出岔子了？

随着工作上交往的日渐增多，我了解到了老单很多不为人知的心事。现实似乎又一次验证了我的第六感。

（1）

后朱家集村的张月娥是单宝忠的帮扶户。

勤俭、开朗的张月娥原本有一个幸福的家，接二连三的噩运降临，粉碎了张月娥原本对生活的全部期许。

2001年张月娥的儿子因车祸去世，2002年他老伴又撇下她走了，2003年儿媳改嫁，把一个两岁多的孙子宋雷留给了张月娥。

张月娥一边里里外外地忙着地里的活、家里的事，一边拉着一个少爹没娘两岁多的孩子。

儿子和老伴儿刚去世那几年，半夜梦回，她无数次从被窝里坐起来，刚才分明是儿子在叫她"娘"，她听得真真的，怎么突然就不见了呢？

窗外雨打窗棂，看看睡梦中正在咧着小嘴笑的孙子，张月娥的眼泪哗哗地流了下来。

思无期，空悲泣，亲人远去不复回……

才两岁多的小宋雷不知道死意味着什么，他只是觉得爸爸和爷爷好久不见了，或许是觉得他们在跟他藏猫猫，总觉得他们会突然之间从门后或者床底下钻出来，手里一定还拿着宋雷喜欢的"沙琪玛"，爸爸知道宋雷最喜欢沙琪玛了，黏黏的，甜甜的，像和爸爸妈妈在一起的日子。

为了养活孙子，张月娥家里的柿子熟了也舍不得吃，摘下来用袋子装了，骑着自行车后面载着柿子、前面载着宋雷，去集上卖柿子。柿子卖完，张月娥又从集市上卖肉的那里收排骨，排骨收得差不多了，张月娥自行车后面载着排骨、前面载着宋雷，气喘吁吁来到高密城。张月娥把排骨卖给高密城里卖肉的摊主，从中赚点差价。年幼的宋雷不知道奶奶买了排骨又跑这么远来卖掉是为了什么，幼小的他根本不知道生活是什么，更无从知道这点差价里是他和奶奶日常的柴米油盐。

2013年，张月娥和孙子吃上了低保，经济上略有好转。

2019年单宝忠成为张月娥一家的帮扶责任人的时候，宋雷正在烟台商学院念大学，下年就毕业了。得知宋雷学的是数控机械专业，单宝忠跟张月娥说："老张，你孙子的工作我包了，毕业以后就让他去豪迈上班。"

单宝忠、张月娥、宋雷

张月娥一听眉开眼笑："那敢情好，能去豪迈这样的名企业上班，这样的好工作上哪找去？我先替宋雷谢谢他大爷。"

过了一段时间单宝忠来走访，正赶上宋雷放假在家。单宝忠一看，宋雷小伙很帅气也很厚道，一看就是那种特别靠谱、懂事的孩子，他心里对这个历尽磨难的孩子除了同情又加了一份好感和认可。

单宝忠注意到宋雷似乎有话要说，但是又有点不好意思。他就问宋雷："孩子，有啥话你尽管跟我说，不要把我当外人。"

"大爷，我不想就业……我想去当兵。"宋雷一边说一边看着单宝忠脸上的表情，他第一次见这位黑脸庞的"大爷"，不去豪迈，不知道大爷会不会因为自己的"不识抬举"而不高兴。

单宝忠一听咧嘴一笑，说："好，当兵好，男子汉就是要当兵，你想当什么兵？"

"陆军，海军都行吧？我也不太懂。"

"要当兵就去武警部队。"

单宝忠接着掏出手机，给镇上、市里的武装部长打电话，问了问招兵时间和相关事项，说自己包着的贫困户家有个孩子要去当兵，小伙子很懂事，素质也非常高，能去部队历练一下对他今后的发展肯定大有益处。

宋雷掩饰不住自己的兴奋，没想到大爷这么痛快、这么热心肠，怪不得奶奶整天跟他叨叨这位大爷怎么怎么好，以前宋雷还有点将信将疑。非亲非故，世上哪有这么好的人啊……

后来，单宝忠一直为宋雷当兵的事忙活着，时刻关注着征兵网发布的网上报名、体检、家访、政审、定兵、集训、新兵起运的消息。

体检之后，单宝忠发现宋雷有点局促不安，心理压力很大，便安慰他："你身高，身体素质，文化水平都没问题，放平心态，顺其自然。"宋雷别的倒是不担心，但是因为平时有点近视，担心自己因为视力问题体检不合格。单宝忠一听也有顾虑，赶紧打电话给武装部体检中心那边询问。

工作人员回复单宝忠：这孩子的视力左眼 4.8，右眼 4.5，合格标准是 4.5，宋雷刚好在临界点上，体检合格！

听到消息，宋雷激动得差点蹦了起来。

鉴于宋雷的家庭情况，征兵办的同志建议把宋雷分到新疆，那边的优待金和津贴都是内地部队的两倍。这正是宋雷一家想要的结果，单宝忠为宋雷感到欣慰。

过了一段时间，单宝忠去张月娥家，张月娥从兜里掏出一个几千块钱的红包硬往单宝忠兜里塞。单宝忠一下子火了："老张你这是干什么？"单宝忠一边说一边就把红包撇到了炕上。

看单宝忠真生气了，张月娥赶紧解释："单镇长，孩子当兵你操了这么多心，不感谢一下俺心里实在不过意，钱又不多……"

"你要是跟我来这个，那我以后不管了！"

一听这话，张月娥赶紧把红包收了起来。

宋雷的入伍通知书收到了，9月12日新疆那边来人领兵。宋雷跟奶奶说："我要走了，俺大爷给我出了这么多力，请大爷来咱家吃顿饭，拉拉呱（方言，说话的意思）。"

张月娥知道，这个从小没有爸爸的孩子从他的这位"亲大爷"这里得到了从没有过的来自父辈的关爱和温暖，让他们爷俩好好唠唠。

张月娥给单宝忠打电话。

单宝忠有点犹豫。

张月娥赶紧解释："单镇长，孩子要走了，宋雷提出来咱一家人一起吃个饭。咱也不去饭店，在家里炒两三个菜，简单吃个家常便饭。您见识多，正好嘱咐一下孩子到了部队怎么办。"

"好，我去送送孩子。"

席间，宋雷郑重地端起一杯酒，双手举到单宝忠面前："大爷，我宋雷没有福气从小没了爸爸，但我宋雷又这么有福气碰到了大爷您，感谢大爷，您就是我的亲大爷……"说着，宋雷的眼泪在眼眶里开始打转。

孩子一席话，单宝忠的眼圈也红了，他端起酒杯一饮而尽。

"宋雷，到了部队一定要勤快，赶眼色，多干活。思想上一定要进步，抽时间多学习，以后考士官。你奶奶这边有我，家里你尽管放心……"

9月12日送新兵走那天，单宝忠和宋雷的奶奶、姑姑、亲妈一起为宋雷送行，和换上军装的宋雷照了一张"全家福"。

在赶往新疆的路上，宋雷每到一个地方就发微信跟他的"亲大爷"报告："大爷，我到了成都了。""大爷，我到了甘肃了。""大爷，我到了新疆了。""大爷，没想到哈密这地方这么美。"

单宝忠回复宋雷："宋雷，对于那些代表你人生转折的地方，你一定要拍一下，记录一下。可能你现在不觉得有什么，等你年龄大了，你就会知道做这些的意义。"

在部队的日子，宋雷因为平时不能带手机，每到周末想家的时候，他就跟他的"亲大爷"微信视频通话，告诉单宝忠他的所见所闻，分享他的所感所悟。

单宝忠也把张月娥的近况及时告诉宋雷，每次都让宋雷放心说："奶奶这边有我呢。"

宋雷每次挂电话之前都不忘嘱咐一句："大爷，你以后别抽烟了，也别喝酒了。"

听了这话，单宝忠心里热乎乎的。

孙子当兵走了，张月娥心里的一块石头终于落了地。高兴的同时，她心里又空落落的。看着空荡荡的屋子，想着这二十多年来自己和孙子相依为命的点点滴滴。娘俩扛着生命的沉重和岁月的风霜，能挺过来，真的不容易呀……

知道宋雷走了张月娥心里会失落，单宝忠来得更勤了。

单宝忠跟我说："老张叫我吃了三次饭了，包饺子就叫我去吃。这不，又约好了这月16号让我去吃饭呢。"言语间满是幸福和自豪。

我对着单宝忠竖起了大拇指："单镇长，您是我见过的帮扶责任人和贫困户之间处得最和谐、最亲近的，包户包到这地步，您真是太伟大了。"

"咱称不上伟大，但是说实话，对我亲爹亲娘，我也就是做到这一步了。"

（2）

后朱家集村的李彩云也是单宝忠的帮扶户。

李彩云的丈夫是精神二级残疾，丈夫得病那年，她的三个女儿都还年幼，老大七岁，老二一岁半，老三刚刚四十五天。

十五年来，李彩云一个人伺候得病的丈夫，种着家里十几亩地，拉扯着三个年幼的孩子，还得时不时忍受精神残疾的丈夫老侯猝不及防的"突然袭击"。

有时候孩子也求李彩云："妈，咱们走吧，俺爸爸啥都不干还光打人，咱们为什么不走？"李彩云摸摸女儿的头："孩子，你爸爸也不是一开始就这样，没得病之前他挣钱咱们娘几个花。他现在病了，咱不能扔下他。你们都好好上学离开这个家，剩下妈和你爸慢慢熬吧。"她打掉牙往肚子里咽，用一个女人柔弱的肩膀扛着家里塌下来的天。

李彩云每天都拼命地上坡干活，别人上坡只是白天，她是白天干，晚上也干，为的就是让自己劳累，让自己没有时间胡思乱想，躺下不再辗转难眠，能倒头就睡。

因为丈夫有暴力倾向，村里的人都不敢到李彩云家里来串门。每当女儿大休回来，娘俩躺在床上，李彩云就不断地诉说自己心中的迷茫与委屈。女儿困了，可是她不忍心打断母亲的倾诉，她知道自己的妈妈太苦了，她需要有个人倾听，来倒一倒心中的苦水。

李彩云晚上从不锁大门，怕万一哪天老侯犯病，打孩子打她，她们可以快速地跑出去躲避……

老侯一年住好几次开发区医院进行治疗，一住院就是三四个月，每个月的医疗费用五六千。就靠着地里那点收入，还要支付孩子的学费、一家五六口人的吃穿用度，老侯以前挣下的那点家底很快就见底了。

单宝忠与李彩云

　　李彩云感觉自己的路真的越走越窄了，她知道，有些东西不是靠一股信念就能撑过去的……

　　有一次李彩云劳累了一上午活，中午想休息一会儿，丈夫在另一个床上敲着电褥子接线处的塑料盖，李彩云睡不着，就过来跟丈夫说："老侯你别敲了，我得歇歇，下午还得干活。"老侯什么也没说，就在李彩云转身瞬间，他抓起地上的硬底棉拖鞋，往李彩云的头顶狠狠地敲了几下。李彩云当时被打得头晕目眩，清醒以后，她禁不住泪水横流，这样的日子还有什么奔头？

　　就在李彩云走投无路的时候，国家的扶贫政策来了，老侯的住院实现了全免费。在以前，这是李彩云家庭最大的一笔开支。

　　2019年，单宝忠成了李彩云一家的帮扶责任人。这一年，李彩云的三个女儿：老大在鲁东大学念大四，老二在高密一中读高三，老三在向阳中学念初中。

　　单宝忠先是协调有关部门帮李彩云落实各种政策。除了享受这些政策性补助补贴，单宝忠还联系村里帮李彩云家老房子进行整修、粉刷墙壁。

　　单宝忠觉得李彩云的心理负担太重，不断地开导她，鼓励她。

　　"老侯这病又不是先天性的，肯定能治好。再说你这三个孩子这么优秀，你的苦日子马上就到头了。"

　　李彩云似乎重新看到了生活的希望。

　　疫情期间，单宝忠给李彩云一家送来了口罩和消毒用品。问问孩子的学习情况，碰到孩子在家，单宝忠就坐下来和孩子谈谈，鼓励她们好好学习。

　　单宝忠每次来，老侯就问他要烟。给他一支还不行，非得让单宝忠把兜里的烟全掏光。单宝忠以后再来她家，索性就带上几盒给老侯。老侯对单宝忠也出奇地友好，单宝忠来有时赶上他正吃瓜子，他就抓起四五颗给单宝忠，嘴里嘟囔着："是五香的。"

　　单宝忠拍拍老侯："你还挺明白。"

　　单宝忠经常和李彩云的几个女儿通电话，给大女儿通电话他就说："你马上大学毕业就可以脱贫了，以后就可以帮你妈分担了，你妈的苦日子也快到头了。你们姐几个就是你妈的精神支柱呀。"

　　单宝忠跟老二说："嫚儿，好好学，再有四五年，你也就跟你姐一样大学毕业挣钱了，你们一家的日子是越来越光明了。"

　　单宝忠给李彩云联系了村里的公益性岗位，帮着村里打扫卫生。因为李彩云家几乎占全了扶贫各项政策，她对相关政策待遇比有些扶贫干部还精通，单宝忠就联系村里让她帮着整理贫困户的档案材料。

　　今年风调雨顺，李彩云家的九亩麦子收了一万多斤。单宝忠说："今年行情好，你这一万多斤麦子能收入不少呢。"

　　李彩云的眉头舒展了，笑容也灿烂起来。

　　"我今年总算还过阳来了。谢谢你，单镇长，俺也没把你当领导，感觉你就是个大哥。"

　　过清明的时候，李彩云专门给单宝忠烙的粗面饼。虽然不是什么值钱的东西，单宝忠还是觉得过意不去，下次去他就给老侯带点茶叶、烟，以表感谢。

　　在后朱家集，40来岁的李彩云与75岁的张月娥可能是因为同病相怜，两个人成了忘年交。李彩云经常去张月娥家串门，两个人开玩笑说单宝忠成了他们两家的"家长"。

　　张月娥的外甥给她送来的进口糖，张月娥自己舍不得吃，一定要给单宝忠留着。

<h2 style="text-align:center">（3）</h2>

　　在后朱家集，单宝忠还有一个包靠户宋治良。宋治良从年轻就孤身一人，后来收养的一个女儿也已经出嫁。单宝忠发现宋治良屋顶的瓦已经高低不平，下雨很可能会漏雨。单宝忠联系了工程队，帮宋治良不但倒了屋顶的瓦，还打了地面，吊了顶。工程完工后，单宝忠自掏腰包结算了七千元工程款。

　　看着焕然一新的家，老宋拉着单宝忠的手久久不放："单镇长，您个人掏这么多钱给俺拾掇屋，真是过意不去……"

　　后来有人问单宝忠："你自己拿这么多钱给贫困户拾掇屋，可真舍得呀，你说你图个啥？"

　　单宝忠说："我都这年纪了还能图啥？看着老宋一个人孤苦伶仃，我就想落泪……"

（4）

除了包靠后朱家集村这几户贫困户，单宝忠最主要的工作还是主抓全镇的扶贫。单宝忠说，张元忠书记对扶贫很是重视，柏城扶贫办个个都是好样的。

柏城扶贫办一开始人员配备比较少，扶贫办主任马守好，马上要退休的人了还整天和年轻人一样拉练式走访。

单宝忠和马守好，一个1968年一个1962年，加起来都110多岁了，是高密扶贫队伍里年纪最大的一个组合。

我跟单宝忠开玩笑，你俩就是柏城扶贫的110呀。

于晓玲是2016年3月从胶河生态发展区来到柏城镇扶贫办的，2017年1月，怀胎九月的于晓玲一直和同事们同下村、共进退，临近预产期时已是严冬，她依旧和同事共同奋战到凌晨才回家，一直坚持到孩子出生那天才休产假。

2019年12月宋宏调来了扶贫办。1993年的宋宏优秀又能干，一开始负责扶贫办的项目管理工作。后来因为扶贫办的一位同事受伤住院，柏城镇整个扶贫办的工作压在了马守好和宋宏两个人的肩上，看似柔弱的宋宏硬是顶住了一场又一场的硬仗。现在她已经成为扶贫办副主任，正式挑起了扶贫大梁，主持柏城扶贫办工作。

付真真是2020年3月来到柏城党委扶贫办的，刚来第一天她就跟着市扶贫办的督查人员下村入户，踏上了没日没夜、没白没黑的扶贫之路。

2020年6月，镇党委又安排潘成晓协助单宝忠分管扶贫。拉网开始的第一天潘成晓就加班到了凌晨一点。今年年初因为疫情，潘成晓大年初一就开始上班，没捞着陪孩子。本来答应孩子暑假的时候陪她出去玩玩，可是，孩子等了一个暑假，潘成晓也没休息一天。直到开学前两天，潘成晓值班，孩子坚持要到单位陪她，这仅有的在单位度过的一天还被孩子写进日记："这是暑假里最开心的一天，因为能陪妈妈。"

（5）

单宝忠有着30多年乡镇工作经验，他不光分管柏城镇脱贫攻坚，还分管农业生产、美丽乡村建设等工作。在他的分管协调下，柏城镇369户贫困户全部实现精准脱贫，省定贫困村后朱家集村实现高质量脱贫摘帽。柏城镇 10 个扶贫项目正常运转，已累计产生固定收益 35.44 万元，带动贫困村增收 17.6 万元。单宝忠还组织 200 多贫困户签订公益性岗位协议，带动贫困群众稳定就业，激活扶贫"造血功能"。

2019 年，柏城镇被评为"潍坊市扶贫工作先进集体"，2020 年 11 月，柏城镇代表潍坊市顺利迎接山东省脱贫攻坚检查评估。

（6）

我到张月娥家采访的时候，她正在家里缝手套。

看我们进门，张月娥赶紧起身热情招呼。张月娥无论是脸面还是精神状态都让我大吃一惊。她红润的脸色，灿烂的笑容，既热情又不失分寸的谈吐，彰显着这位 75 岁的老人良好的心态和身体状况。在我原来的预想中，张月娥应该是紧皱眉头，满面秋霜。谁敢相信这是一位从那么多人生至痛中走出来的人啊！

我笑着对张月娥说："大姨，您的精神状态真好，说话声这么爽朗，真不像一个七十多岁的老人，看您，这么大年纪了还能缝手套呢。"

张月娥笑着说："这不是幸亏有国家的好政策，又碰到了单镇长这样的好人。前几年家里的事确实多，人就得想开。单镇长说了，人不是活个岁数，活的是心态。"

人不是活个岁数，活的是心态——多么世事洞明的一句话啊，单宝忠的帮扶真的是扶起了她们的意志，扶出了他们对生活的信心和希望啊。

现在，柏城扶贫工作已顺利通过各级验收，但单宝忠知道，扶贫还没到可以歇一歇、松口气的时候。扶贫项目分红落实了没有？家居环境卫生差的贫困户近期卫生保持得怎么样？下雪了，贫困户家里的房子有没有危险？他们家里的取暖设备是不是安全？

这么多的心事放在心头，老单的头不白才怪呢。

有时候我觉得其实我的第六感也没那么准，单宝忠不光是工作性扶贫，他付出的是心怀悲悯的人间大爱，这样古道热肠的情怀与格局，完全可与关云长的义薄云天相提并论呀！

你是我的春天

阳春三月，春光正好，拉着晓萍驱车奔驰在乡间新修的水泥路上。路两边是大片的麦田，麦苗在春风里招展着一冬的雨雪滋润出的勃勃生机。万物萌动的惊蛰时节，感觉阳光中都有了与以往不同的味道，说不上来是什么味道，是万物生长的味道？是把人从沉睡中唤醒，让人禁不住想抻抻胳膊踢踢腿的味道？暂且叫它春天的味道吧，虽然有种不动脑子的偷懒意味，却再也找不出另一个更确切的名字了。

我们今天的目的地是去柏城镇的前冢子头村——因为黄亦成和小乐的故事。

黄亦成

（1）新芽遇到倒春寒

黄亦成是高密市商务局的一名普通干部。自 2012 年起，他从高密市柏城镇的大沙泊、大吕、小河崖；到胶河生态发展区的李家屯、密水街办的刘家官庄；又到柏城镇的前冢子头村，每次市局选派驻村第一书记，领导都把这个"光荣又艰巨"的任务压到他的肩膀上，8 年驻了 6 个村，黄亦成成了高密市商务局的"包村专业户"。

我以前来柏城镇督导扶贫见过黄亦成多次，他给我的第一印象就是方头正脸，宽厚正直。黄亦成是 20 世纪 70 年代初生人，一日戎装，一生忠诚，虽已退役，本色不改，当过兵的黄亦成骨子里依然保持着军人作风。

我们今天要见的另一位主人公是前冢子头村的小乐。十几岁的小乐正处在人生的春天，小乐人生的春天却没有太多美好，本是新芽却寥落如一片枯叶。小乐的父亲常年在外打工，母亲也常年不在家。

2019 年 6 月的一天，天下着小雨，黄亦成和村干部一起查看村里人居环境改造情况。他看到不远处一群孩子在玩耍，其中一个蓬头垢面、只穿着一条小裤衩、赤着脚的小男孩引起了黄亦成的注意。这个小孩挓挲着头发，脸上黑一道白一道，身上布满污垢，胳膊和腿都异常细瘦。这小家伙手里提着一个装满了水的方便袋，他突然恶作剧般把方便袋戳破，把袋里的水兜头倒在自己身上。

"这是谁家的孩子？"黄亦成扭头问身边的村干部。

"这是小乐，是 ×× 家的。"

黄亦成诧异地看了看小乐，招呼他到自己身边。

这小孩慢慢靠近黄亦成，快到近前了又笑着跑开，跑远了，一会儿又跑了回来。

"你叫什么名字？"

小乐笑着扫了一眼黄亦成，想靠近，又犹豫不决。

"我……我叫小乐。"说完自己名字，小乐就去追别的孩子去了。

后来，黄亦成从村干部那里知道了小乐的大体状况。因为经常好几顿捞不着吃饭，小乐有时候就去帮左邻右舍干点力所能及的活，干完活后邻居们有的管他吃饭，有的就给他十块钱让他自己去买点吃的。

听了小乐的这些事，黄亦成晚上躺在村委办公室的床上，翻来覆去怎么也睡不着。想想自己的两个孩子，从小被家人百般呵护、万般疼爱。再想想小乐那黑一道白一道的脸，那纤细的胳膊细瘦的腿。他的心一阵儿一阵儿地揪着疼，这孩子太可怜了……

（2）春天的阳光

过了几天，逢村里赶集，黄亦成去集上溜达一圈想买点日常用品。他老是感觉有人在背后跟着他，回头一看，是小乐。小乐一边瞅着卖肉夹馍的摊位上吱吱冒着热气的肉夹馍，一边咬着手指头吞吞吐吐地对黄亦成说："叔，你能不能给我买两个肉夹馍，我都两天没吃饭了……"

黄亦成心里一哆嗦，这孩子竟然两天没吃饭！他二话没说，赶紧买了两个肉夹馍递到小乐手里。小乐拿到手也不客气，狼吞虎咽地吃了起来。

黄亦成怕他吃得急噎着，赶紧把小乐带到自己办公室，给他倒了杯水，让他一边喝水一边吃。

等小乐吃完，黄亦成领着小乐又回到了集市，给小乐买了一件汗衫和短裤，回到办公室让小乐洗了洗身上的灰，赶紧换上。小乐穿着新衣服，乐滋滋地拽拽衣角、抻抻裤腿，兴奋地左瞧右看。

黄亦成告诉小乐："你爸爸不在家的时候，你就来找我吃饭。"小乐忙不迭地点头答应。

到了中午，黄亦成问小乐喜欢吃什么，小乐说喜欢吃水饺。黄亦成就跑到村里的便民超市买了两包速冻水饺，回到办公室煮饺子。煮饺子的时候，小乐眼巴巴地瞅着锅里的饺子，那眼神儿，恨不得饺子不用煮就直接吃到肚里。

饺子上桌，小乐兴奋得脸都红了，他顾不上饺子烫，风卷残云一样吃了起来。

小乐吃完一盘水饺，又不好意思地瞅瞅另一盘。黄亦成赶紧把这一盘也放到小乐面前："这盘也是你的，吃吧。"

黄亦成端着碗里的饺子，却不动筷子，一直看着小乐。看着看着，他的眼睛湿润了……

两盘饺子下肚，小乐瘦削的脸上绽放出了满足的笑容。

看着小乐离去的背影，黄亦成做出了一个连自己都吃惊的决定。

第二天，黄亦成找到村书记宋同江说了自己的想法：村委有一间闲置的办公室，能不能让小乐暂时住到那里。宋同江很赞同："这孩子确实可怜，但是小乐从小没人管教，养成了很多不良习惯，住在村委咱们得好好监管，别给村委工作带来不良影响。""你放心，我观察过了，小乐的品质不坏，只是缺乏调教。我会把小乐管好的，出了问题我负责。"

宋同江见黄亦成这么说，最后答应了让小乐来村委住。

村委干部给小乐收拾好那间屋子，给他置办了枕头铺盖，小乐兴奋地躺下来试了试软乎乎的新被褥。

黄亦成决定先给小乐"上一课"。

"小乐，你平时拿不拿别人东西？"

"叔，我不拿，从来不拿。"

"那就好，那你就是个好孩子。住在这里以后，你不能喊那些孩子过来，你要是再和他们混一起，你就别来了。"

小乐赶紧点头答应。

黄亦成给小乐做饭，看小乐身体瘦弱，黄亦成经常炖排骨给他增加营养。逢村里集日，黄亦成就领着小乐去集市上"改善生活"。小乐喜欢吃水饺，黄亦成就给小乐把水饺买好，他自己再去另一个摊位吃炉包。

疫情期间，因为各地封锁，小乐的父亲不能去外地打工了，黄亦成就安排小乐和父亲都参与防控执勤，执勤有值班饭，执勤补贴也能弥补一下不能外出打工的亏空。因为有规律的生活和营养的补充，小乐的身高蹿了十厘米。

有一天黄亦成接到一个电话，是村里超市的人打过来的，原来是小乐想去村委找黄亦成吃饭，黄亦成没在，他就想去超市买个面包吃，但是他自己没钱，只好让超市的人给黄亦成打电话。黄亦成赶紧跟超市的人说先记在他账上，以后小乐没饭吃的时候就记上，到时候他去结账。

黄亦成的小儿子比小乐小五岁，但因为小乐身形瘦小与儿子身高体重基本相当，黄亦成就经常把儿子的衣服拿给小乐。小乐的鞋破了他给小乐买，衣服小了他给小乐换。

了解到小乐的妈妈二十多年没落下户口，黄亦成多方协调帮着落了户，帮助小乐全家办理了低保，小乐家开始过上了正常日子。

黄亦成发现小乐的品质其实不错，自从住在村委，从来不惹事，也没再跟那群大孩子混在一起。但初中毕业的小乐却不识字，自己的名字都不会写。黄亦成跟小乐说："不识字可不行，以后没法在社会上立足。你姓孟，自古孔孟是一家，孔子那么大的学问，你连名字都不会写，这怎么能行？"黄亦成想尽千方百计教小乐认字，先从自己的名字学起。

为了全面提升小乐的素质，黄亦成教他基本的礼义廉耻、做人做事的道理。方便的时候，还拉着小乐去高密洗澡，给他买新衣服、新鞋，把小乐收拾得干干净净。调教了一段时间之后，小乐与人相处落落大方，见了人问好，有人来村委，临走他还会礼貌地嘱咐人家路上慢点开车，并给人关车门。村子里的人都说："你看这孩子现在被黄书记教导得真有教养，碰到黄书记这样的好人，你这是几辈子修来的福气啊？"

吃着黄亦成做的饭，穿着黄亦成买的棉衣，小乐体验到了生命中从未有过的幸福与满足。这不是一顿饭一件衣，这是来自一位素昧平生的长辈无私的爱。

对小乐来说，黄亦成是无边黑暗中亮起的一盏灯，这盏灯让他找到了丢失的温暖和人生的方向。

（3）幼苗终要长成树

每次村里赶集，村民都会看到黄亦成和小乐一高一矮走在一起的身影。村民都开玩笑，说："我看黄书记都快成你'干爹'了，小乐，你干爹又要给你买啥好吃的？"

看着小乐的改变与成长，黄亦成从心底里感到欣慰。但是随着时间的推移，黄亦成心里又多了一分担忧。

2021年5月，黄亦成的驻村工作就要结束了，自己离开后，小乐会不会恢复以前那种状态？如果那样，自己这段时间的努力岂不是白费了？自己的努力白费了不要紧，小乐总得有个清晰的未来呀？

最好的扶贫就是扶志扶智，最好的脱贫就是学会自食其力！黄亦成决定跟小乐好好谈谈。

"小乐，今年五月份我就要走了。"

"叔你要去哪？去待几天？"

"不是待几天，是再也不回来了，我的驻村期限到了。"

"……"小乐低头不说话了，他根本没想到黄亦成会离开，他以为黄亦成会一直陪着自己。

"小乐，你都十七岁了，总不能一辈子都依靠别人，得学会自食其力养活自己。你得学会挣钱，这样你才能在社会上立足。"

忙完工作的时候，村书记宋同江有时候和黄亦成坐一起商量小乐以后的出路。黄亦成这段时间的话明显的少了，他总是心事重重地拧着眉头，小乐的出路到底在哪里？小乐几乎不识字，学什么也得有文化底子呀。

有一次，黄亦成开车拉着小乐去胶州的苑戈庄去吃水饺，路上，不识字的小乐兴致盎然地研究车上的各种功能键，不识字的小乐竟然能通过键上的各种符号就知道各个键的功能。其实很多键是干什么的连黄亦成自己都不知道，小乐竟然能无师自通。路上小乐竟然要求黄亦成让他开一会车，黄亦成赶紧打消了他的念头："没有驾驶证你想开车？门都没有，等你学出证来就让你开。"

黄亦成眼前一亮，可不可以让小乐学机械？

回到村委，黄亦成和书记宋同江说了小乐对机械很敏感，宋同江也说："还真是这样，小乐以前看见电动三轮什么的上去就开，也不知道害怕。"

最后黄亦成和宋同江达成一致，黄亦成邻村的同学家里有三台挖掘机，可以让小乐就近学学。有了想法立马行动，黄亦成赶紧联系他的同学。同学一开始有点担心，小乐年龄还小，这种大型机械可不是骑个自行车开个电动三轮那么简单，万一出了问题谁来负责？

黄亦成又联系自己在人保财险干经理的另一个同学，帮小乐买了保额六百多万的人身意外保险和大病险，保费同学都给免了。

保险办好，小乐正式开始学挖掘机。看着眼前的庞然大物在师傅的操纵下服服帖帖，灵巧的挖土又倒下，小乐的眼睛锃亮。师傅拍拍小乐的脑袋："好好学，只要学会了，这大家伙就是你的玩具。"小乐信心满满地点点头，恨不得马上就能上去尝试一下。

学习了几个月以后，小乐在机械面前还真是有股特殊的机灵劲儿，师傅很快就让他上机实际操作了，小乐的技艺一天一个样儿地突飞猛进。

我和晓萍见到小乐时，小乐自告奋勇地上了挖掘机给我们演示了一把。小家伙操作起来有板有眼，挖掘机巨大的铁臂在小乐的控制下上下翻飞、服服帖帖。小乐瞅着我们，眼睛里写满得意和自豪。

看着小乐的一番操作，黄亦成眼里绽放着光彩。那感觉，就像看到自己的孩子从学校捧回了奖状。

黄亦成心想：这下自己可以放心地离开前冢子头村了。

得知黄亦成的驻村期限就要到了，前冢子头的老百姓心中满是不舍。自从黄书记来了，不光小乐一家变了样，全村的面貌都大改观。村里的路修好了，堵了多少年的 18 条胡同都打通了、硬化了，排水通畅了，村容村貌变美了，他们有了自己的活动场所，干群关系也融洽了……天冷了，黄书记干服装的爱人为贫困户捐来了羽绒服；疫情来了，黄书记值守在防控一线，黄书记媳妇又为执勤人员捐来了防护服；村里人居环境改造，宋同江和黄亦成一人守着一台挖掘机日夜鏖战，黄亦成脸上晒暴了皮，衣服上是一圈又一圈像世界地图一样的盐渍……

村里的老百姓像小乐一样，真希望黄亦成永远不要离开，永远是他们的黄书记。

（4）你是我的春天

小乐的挖掘机技术日渐成熟，黄亦成的同学觉得小乐再实地训练一下，很快就可以独立干活了。黄亦成的同学在邹平有个房地产项目，工地作业面开阔，正适合小乐这样的新手。同学与黄亦成商量好了，近期就安排小乐去邹平的工地。

想想以后的日子里没有了那个黏在自己身边的"跟屁虫"，黄亦成心中有种莫名的失落，又有一份满含期待的欣喜。

多年以后，小乐或许是发达了，有了自己想要的人生；或许是像许许多多的普通人一样过着自己普普通通的日子。不知小乐会不会想起——曾经有一个素昧平生的黄亦成走进过他的生命里，给他做饭，教他写字，给他买衣服，教他做人做事，用无私的爱给他的生活带进了一束光，温暖过他孤寂的心灵，绚烂过他生命的底色。

春风里飘荡着新翻泥土的气息，杏花日渐饱满的蓓蕾在阳光里等待着芳华绽放，春天真的来了。

临行时，小乐脸上的笑容青涩又温暖，与这个春天是如此相宜。

小乐看着黄亦成，眼里是真情，是信赖，更是依恋与不舍，仿佛黄亦成就是他的整个春天。

黄亦成与小乐

宋江萍与她的"果小果儿"

（1）

在宋江萍的朋友圈，有一张刚上一年级的女儿在学校上台领奖的照片，上面的小朋友都按老师的要求统一穿着白上衣、黑裤子，唯独她的女儿穿的是蓝色裤子。

宋江萍与"果小果儿"

宋江萍在照片下面写道："这本是一张喜悦的小合影，但是'老'母亲却看得辛酸泪两行。那个唯一没有穿黑色裤子的小朋友，你有一个连条裤子都抽不出时间去挑选、购买的妈妈，你信吗？"无奈，她只能请求女儿的理解："妈妈每天都在用脚步丈量扶贫之路，所以，我的果小果儿稍微体谅一下……"字里行间，是对女儿满满的愧疚。但这样的文字，7岁的女儿怎能看懂？我们很难想象，刚上一年级的女儿只能通过手机视频连线看一看连续加班3个昼夜不能回家的妈妈，隔着手机屏幕，女儿不解地问："妈妈，你是干什么的，怎么这么忙啊？好几天不回家，你不想我吗？"面对女儿不断地追问，手机那头的宋江萍潸然泪下。

其实不止这三天，果小果儿已经好久没看到妈妈了，因为宋江萍每次回到家孩子就睡下了，而每次她早上走，孩子还没起床。

"果小果儿"是宋江萍对女儿果果的昵称，每个孩子都是妈妈眼中的天使。可爱的"果小果儿"当然也不例外。每次回家看到酣睡中的女儿，宋江萍的心中总是五味杂陈。望着女儿睡梦中恬静的小脸，翕动的小嘴唇，轻抚着她合欢一样静谧的额头，她多想把"果小果儿"喊醒，跟自己亲一会儿，腻一会儿。但是，她不忍心。

所有的坚强，都是柔软生的茧。剖开坚硬的外壳，哪个女人没有一颗柔软的心？

（2）

宋江萍是夏庄镇扶贫办主任。在这之前她干了8年组织干事，干过镇环保办主任、官庄社区书记，2019年，她临危受命，又扛起了脱贫攻坚的重任。

面对全镇58个村、1140户建档立卡贫困户、677户享受政策户、4个扶贫项目以及长期停滞不前的工作局面，而且夏庄扶贫办是全市扶贫办中人员配备比较少的一个，但是贫困户却是全市第二多的，宋江萍的压力可想而知。

宋江萍一开始有点怯，有点懵，更多的是愁。从哪里下手？如何下手？

怯过懵过愁过之后，宋江萍想明白了：工作不会因为自己发愁而变少一点，困难也不会因为她害怕就减轻分毫。眼前的路只有一条：那就是踏踏实实地从头开始。

胜利只会眷顾坚定者、奋进者、搏击者，而不会等待犹豫者、懈怠者、畏难者——宋江萍就这样不断地给自己"打鸡血"。

为了尽快熟悉全镇贫困户情况，从疫情得到初步控制可以入户开始，宋江萍就开始每天到村入户，一户一户啃，一项一项盯。先用一个月时间走遍了所有贫困户，逐个吃透了每个贫困户的户情。弄清了全镇扶贫的"家底"之后，她有的放矢，组织180名帮扶责任人、258名村干部和58名包村干部形成工作合力，通过8轮"入户大走访"，所有贫困户的"两不愁三保障"及饮水安全问题全面解决，贫困户反映问题事事有回音、件件有着落，真正做到全面覆盖，不漏一村一户。

石家官庄的村干部单文晓跟她开玩笑："贫困户家的狗都认识你了，你来都不咬了，还一个劲地摇尾巴呢。"

（3）

宋江萍的体质不是很好，加上持续的高压和高强度劳作，宋江萍的身体出现了状况：夏天最热的时候，走半天腿就肿得站不住了。因为腿肿胀难受，中午回宿舍她都是腿抬起来靠在墙上半倒立休息，稍有缓解然后下午继续入户。腿持续的肿胀，家里人都说可能是静脉曲张，怕她拖下去会出问题，让她赶紧去医院检查。宋江萍总是一拖再拖，她就这样在腿肿了消、消了再肿的循环往复中坚持了一天又一天。在家人的一再劝说下，后来实在坚持不住了，宋江萍去了医院。结果医院说不是静脉曲张，目前也没有什么太好的治疗办法，建议她去看中医。宋江萍无奈，只得每天喝难以下咽的中药液。

有一次宋江萍在连续走访了二十几个贫困户之后，腿实在迈不动了。脚似乎都被一只无形的大手拖着，举步维艰。到了大赵家庄贫困户甄全友家中，宋江萍看到地上有个小凳子，她赶紧一屁股坐下去，再也不想起来了。那天一起走访的村干部抓拍了这张照片发到镇工作群里，结果宋江萍收到了好多好多同事的问候信息。同事们温暖的关切让她内心的酸涩瞬间融化，人就是这样，当你坚持不住的时候，哪怕是一句问候的话都能给人无穷的力量，无尽的温暖。

2020 年 10 月，国扶系统要进行采集信息。信息采集可不是个轻松的活儿，工作量超大，还不能有半点差错与失误。又赶上扶贫办的办事员宋玲因为另有去处辞职了，宋江萍感觉自己欲哭无泪，抱头撞墙的想法都有了。屋漏偏逢连阴雨，急火攻心之下，一夜之间，宋江萍腿上长了个火疖子。因为信息采集时间紧迫，宋江萍想等到信息采集完再去治疗。结果火疖子发炎了，发展成鸽子蛋那么大，一到晚上就撕心裂肺地疼。一直拖到她连坐都不敢坐了，车也开不了了，才去看医生。

到了医院医生一看就开始训她："你们这些年轻人怎么回事？不要命了呀？怎么拖到现在才来看。都化脓了，发展成败血症那可真是要人命了。赶紧办理住院！"

"我不能住院，单位还有若干事等着我呢。"

"工作重要还是身体重要？你们这些年轻人就是不知道哪头轻哪头重。先住院打一个星期消炎针再说。"

宋江萍心里嘀咕，谁不知道身体重要？我现在哪有时间生病更不用说住院了。

宋江萍到底是没听医生的话，借打电话的机会溜走了。她打听了一个偏方，敷药之后把疖子往外拔。她边治疗边一瘸一拐地下户，就这样将近一个月才完全治愈。宋江萍胆子小，换药的时候从来不敢看伤口什么样儿。在治疗火疖子期间，如果碰巧周末换药，果小果儿都会陪在妈妈身边，还帮妈妈观察伤口，然后描述给宋江萍听。宋江萍因为疖子疼不敢坐，每次都是在后排车座半躺着，果小果儿就让妈妈枕在她的腿上，还不断地安慰妈妈要坚强。

（4）

日子如流水，有苦就有甜。

杜家官庄二村杜玉法因为意外伤害报了特惠保，保险部门让他自己提供住院单，又去这里那里盖章。因为来回跑，杜玉法懊恼得很。跑来跟宋江萍发牢骚："报个特惠保这么麻烦，我办不了，也不办了。"宋江萍先和颜若色地安抚他，然后她亲自联系保险部门，问明白了提供什么材料，帮着杜玉法整理好了送到了保险公司。办好之后，宋江萍让杜玉法过来领钱。杜玉法拿到钱，忙不迭地一个劲地感谢再感谢："宋主任，太感谢了，您真是办真事的好干部，俺们老百姓就认死理，说得再好也不中，就认办真事的。"杜玉法一句暖心的话，宋江萍感觉自己所有的付出都值了。

每次工作中有好消息，宋江萍都会跟她的果小果儿报喜，果小果儿也会像小大人一样给予"表扬"。

（5）

扶贫需要团结协作，不是哪一个人可以独立完成的。夏庄镇的工作模式是书记于勇淳主管、副书记罗传国主抓，人大主席殷继承分管，扶贫办主任宋江萍具体执行。班子同甘苦、共进退，不论到村入户还是档案材料审核，殷继承主席都与扶贫办工作人员一起共同参与开展工作。夏庄镇按照全国和省、市扶贫开发工作会议要求，咬定总攻目标，坚持精准方略，狠抓工作落实，实施"一户一策一干部"精准帮扶机制，成立5个材料审核专班、5个问题回访专班、3个暗访督查专班，努力形成工作闭环，保证了各项政策精准到位，问题全面清零，持续巩固提升脱贫攻坚成果，推动实现小康路上一户不掉队，一人不漏落。有大家的协作支持，有果小果儿的"表扬"，宋江萍在扶贫路上走得越来越扎实，越来越坚定。

（6）

宋江萍发现，那个以前特别黏自己的果小果儿不知从什么时候起突然长大了。她一说自己要加班，女儿就会更加乖巧，让妈妈放心。每当宋江萍周末在家，果儿也会说："妈妈上班太辛苦了，爸爸陪我吧。"宋江萍经常对着果儿撒娇，她就会跟小大人一样来哄妈妈。

母亲节来了，果小果儿早晨起来第一句话就是："妈妈节日快乐。"她把昨晚早就悄没声用彩纸给妈妈制作的王冠给宋江萍戴在头上，并且隆重向爸爸宣布："今天妈妈是家里的女王。"

这是果小果儿第一个主动安排的母亲节。

说到果小果儿，就绕不开"果儿爸"。因为单位性质比较接近，他对宋江萍的工作很是理解和支持。每当宋江萍泄气的时候，他就给宋江萍做思想工作："今年是什么年？是决胜之年，是全面建成小康社会、决战脱贫攻坚之年，你现在参与的是脱贫攻坚战，三大攻坚战之一。老婆大人你这是在战斗，一线战斗员，家里一切你不用顾虑，有我呢……"

果小果儿和这个温暖的小家给了宋江萍坚持下去的勇气与动力。

脱贫攻坚是宋江萍目前的"头等大事"，温暖的小家庭是她避风停靠的"宁静港湾"，而果小果儿是她今生的"别无他求"。

拉着果小果儿热乎乎、肉嘟嘟的小手儿，宋江萍感觉自己内心是如此的安宁、妥帖。不管外面雾霾如何浓重，内心却总是一片阳光，花开不败。

宋江萍

吴越的小幸运

我经常会因为一个名字就没来由地揣度某一个未曾谋面的人。比如说"吴越"，一见到联系人手册上的这个名字，我就在猜想，能给孩子起这么一个名字的家长一定是有品位有学养的人，这种家庭中长大的孩子，肯定也差不到哪儿去。

待到见到吴越本人，发现她面容清秀，笑容恬淡，说话不急不慢，做事稳当妥帖，是一个特别文静、安然，有着良好家教和个人素养的 90 后姑娘。我"以名取人"的准确性得到印证，心里禁不住有那么点小窃喜。

吴越（左二）

（1）

吴越接手扶贫，是在 2019 年 12 月底。那时候吴越刚通过了选拔年轻副科干部考试到密水街道报到，报到后领导给她安排的职务是密水街办扶贫办主任。

身边的人都在说她运气好，遴选考得不错。可吴越心里直打鼓，虽然之前她也包靠过贫困户，也曾因为怕忘记贫困户名目繁多的政策性收入总是随身带着三户贫困户详细情况的小纸条。别人一旦问起来，她也能说上个一二三。可要是干扶贫办主任就不是三户两户那么简单了，全街道86个社区村居1200多户贫困户，再加上2020年可是脱贫攻坚决战决胜之年，工作强度、难度可想而知……

吴越越想越觉得压力山大，扶贫是当前的头等大事，来不得半点马虎和懈怠。听说高密有好几个镇街的扶贫办主任因为承受不住压力辞职不干的，自己这柔弱的小肩膀能扛得住吗？

别看外表柔弱，这90后小姑娘骨子里有那么一股子不服输不畏难的韧劲儿。她告诉自己，打退堂鼓是不可能的，索性不想那么多了，不会就学，不懂就问，铆劲干吧，可不能把这艰巨光荣的政治任务搞砸了。吴越这么给自己鼓着劲，踏上了自己的扶贫之路。

（2）

刚来密水街办就赶上2019年高密扶贫年底考核，市扶贫办的考核人员随机抽取了最远的一个社区，陪同入户的时候遇到一个学生初中毕业休学了一年复学去了技工学校，当考核人员问到学生享受什么教育政策的时候，吴越的脸一下就红了。技工学校学生享受什么政策她可从来没有遇到过，也没想过，根本就说不上来。虽然是大冬天，在贫困户家里出出进进冷得很，可吴越却急出了一身的汗。心想自己第一次被考就抓了瞎，太狼狈了。骨子里的要强和自尊让吴越情绪很是低落，接下来的几户，吴越都不知道自己是怎么走下来的……

回到单位，分管领导周玉豪书记看出了她的焦虑，周书记没有批评吴越，而是语重心长地安慰她："没事，万事开头难，扶贫工作难吗？其实也没有那么难，只要用心就没问题。你接手扶贫时间有点晚，但只要加把劲儿摸清情况，弄懂政策就能迎头赶上。我和赵书记都对你非常有信心。"

听完周书记的话，吴越心里的自责减轻了不少。她心里暗暗发誓，扶贫这块"硬骨头"我啃定了。

（3）

快过年了，吴越合计着快熟悉熟悉情况，来年时间紧、任务重，可不能关键时刻掉了链子。谁曾想，新冠疫情突发，吴越初二回到工作岗位开始疫情防控，直到正月初七也没收到恢复正常上班的消息。在辛庄村值守的日子里，吴越除了劝返想出门的村民减少外出，她心心念念着有些贫困户年纪大因为疫情不能外出，日常生活怕是会有影响。想到这，她赶紧张罗着和支部书记在村里发放了爱心村民捐赠的口罩、消毒水，组织着各个社区村居重点关注年老体弱贫困群众，给他们送去生活物资，上门帮助清洁消毒，虽然疫情当下村封了、路断了，但这份帮扶关爱却没有止步……

疫情刚过，扶贫的弦拧得更紧了，吴越开始了下村入户走街串巷的征程。从最远的社区贫困户最多的村下手，从开始需要带着政策一览表入户，根据实际情况逐项查找核对每项政策收入数据，从开始入户与贫困群众交流不知道咋称呼不好意思开口，她边入户边请教，边学习边检验，很快上手摸索出了走访的"门道"。一村村、一户户地走下来，吴越渐渐熟悉、掌握了贫困户的基本情况，慢慢地也能一打眼就看出来收入表上数字算得对不对、享受的政策有没有漏落。

有一天同事发消息给吴越，问工资卡上为啥突然多了八十块钱，吴越眉头一皱，不假思索地回道："低保老人补贴？"吴越的回答直接逗笑了同事："好你个吴越，我才多大啊就有老人补贴，啥时候俺也混成低保户了，哈哈，你这是干扶贫干得走火入魔了呀。"

吴越自己差点笑岔气，她拍拍自己脑袋："我是不是把这儿累坏了呀？"

（4）

底子摸清更要顶格准备，脱贫攻坚这场硬仗必须尽锐出战、全力以赴，容不得一点疏漏。密水街道党工委书记赵小燕审时度势，当机立断，从街道扶贫办、民政办、人社所、纪工委、党政办等业务部门和社区抽调骨干力量组成了 15 人的业务专班，集中培训、现场观摩，全面提升综合能力，打造扶贫战线上业务一流、吃苦能干的专业队伍。

密水街办业务专班自 5 月 8 日起对全街道 1274 户建档立卡贫困户、档外低保五保户，分社区、分批次进行了十轮拉网遍访督查，并不定期组织对重度残疾人家庭、贫困学生家庭、年老体弱独居老人等特殊群体进行交叉走访，通过走访遍访坚决补齐政策落实短板，推动问题清仓见底，确保政策落实不落一人，让贫困群众切实享受到社会的关怀与温暖。

那段时间，吴越和业务专班的每一个人一样，不是在下村入户就是正在下村入户的路上，每天都是一万两万步地走，每到一户都详细询问贫困群众近期的生活状况，及时了解动态信息，为他们讲解享受的政策内容，核查收入情况，摸排出存在的问题短板，风雨无阻，从春到秋。

有时候时间很晚了走访还没结束，入户的时候大妈说："嫚儿，快下班回去吃饭吧，别因为我把恁累坏了。"

"这么热的天恁还一趟趟地来，快坐下歇歇吃块西瓜……"

白天走访结束，业务专班还需要上报当天走访发现的问题和核查问题整改情况，第一时间反馈给社区村居连夜整改到位，看着办公室同事们走访一天心神俱疲的样子，吴越看着也心疼着，她尽力撵着大伙回家休息养足精力，自己加班汇总整理。

街办二楼的灯总是亮到很晚，不用问，那盏灯一定是扶贫办的，吴越完全忘了自己也是父母的心头肉、掌中宝。她自己也奇怪，自己什么时候变得如此强大？原来那个父母百般呵护的小女子怎么会这么抗造？

有一次同事问她是不是住在单位里了，晚上值班走的时候看到楼前停着她的车，早上来的时候发现车还在。

吴越笑而不语。自己变得这般"勤快"吴越自己也没想到，每天早来晚走，总是享受单独的开门"服务"，让她特别不好意思面对门卫大哥。

（5）

5月30日星期六的早上，吴越起床的时候感觉头沉沉的，她以为是睡觉太晚没休息好，就没太在意。吴越在办公室整理发现问题的整改情况，大半上午越来越提不起精神，觉得身上骨头都钻心地疼。想到还有好多工作没完成身体还不舒服，吴越既生气又委屈，趁办公室没人拨通了妈妈电话。

妈妈的声音一传来，吴越话还没说出口眼泪先掉了下来，吓得电话那头的妈妈直问怎么了。从吴越描述的症状看，妈妈判断吴越肯定是发烧了，说什么也要带着去医院看看。

吴越看着手头的一大堆活，心想我哪有时间去医院呀。妈妈好说歹说，吴越才跟领导请了两个小时假回家休息一下，一量体温果然发烧了。

一碗妈妈煮的姜汤下肚，吴越发了发汗，就迷迷糊糊地睡着了。妈妈看着酣睡中的宝贝女儿，心想，这段时间孩子真是长大了，成熟了，遇事知道思考、懂得筹谋了。谁能想到这个才几天前还动不动跟自己撒娇的乖乖女现在竟然能挑起扶贫这样的重担……

妈妈的心里既欣慰又有点发酸，她轻轻地给吴越带好房门，好好歇歇吧，孩子已经好久没睡个囫囵觉了……

吴越一觉醒来正是下午上班的时间，感觉自己身上不那么疼了，试了试身上也没那么热了，她坐起来就去下村了。没吃药没打针，竟然把体温降了下来，想到自己又多了个体温控制的"超能力"，吴越心里美滋滋的。

（6）

就这样，原本上班离家更近了的吴越，下班回家的时间却比以前更晚了。原本周六周末必去姥姥家"值班"的她也不见了人影，更离谱的是有次她竟然在梦里说着梦话叫妈妈一起去东葛家桥村贫困户大叔家去看看。

第二天天亮妈妈说起这件事，连她自己都觉得不可思议。有时候她也心想，帮扶责任人开玩笑说："每天跟家人见面的时间还不如自己跟贫困户在一起的时间长。"不干扶贫的人会觉得这句话有点夸张，身在其中的人会觉得这话说得多么贴切呀。

下村的路数不清走了多少趟，每隔一段时间再去同一个村，总有村干部笑呵呵地对吴越说："又来了，这户的门口是不能长草喽。"

吴越每天的电话也数不清接了多少，一到下午三四点钟前一天充满的电量就消耗一空，同事朋友都开玩笑说要赞助赞助再给她配个手机。

路越走，扶贫的脚步越是迈得扎实。2020 年的夏天雨水格外丰盈，每一个大雨小雨滴滴答答的晚上吴越都睡得特别不安心，以前只期望风调雨顺，现在却感受着多雨带来的烦恼：贫困户房屋安全没有问题，但会不会有的烟囱、瓦缝漏雨漏水？降水量这么多玉米地里会不会积水涝了影响种植收入？产业项目地势低会不会有雨水倒灌……

一晚的思虑，一晚的辗转难眠。第二天，吴越一早准要下村去现场看一看。

（7）

这一路走来，总有人问她累不累、烦不烦？其实有时候吴越自己也觉得辛苦也会抱怨，但辛苦的同时，吴越也在扶贫路上感受着帮扶的快乐。

在枣行村五保户邓大叔家，她看见大叔小心珍藏着母亲的照片，吴越便与大叔聊天。吴越得知大叔一直有个心愿——想等着村里来个会洗照片的人，给母亲把相片放大做个相框挂起来。吴越悄悄拍下相片原图，麻烦朋友把相片修复、处理、放大，洗出了一版照片送给大叔。大叔拿着母亲的照片，翻来覆去爱不释手地看来看去，看得眼里都有了泪花："嫚儿，真没想到你们扶贫这么忙还操心我这点事。嫚儿，谢谢你……谢谢你……"

"大叔，你们的每一件小事都是我们扶贫人必须全力以赴解决的大事。"

"嫚儿，我都不知道该怎么谢你……"

从大叔家出来，阳光照在吴越身上，她感觉自己是如此的踏实，如此的温暖。

在周阳四村潘大叔家，吴越听说老两口去慢性病签约的定点医院拿药很不方便，她就接着联系医保局更改医院；听说贫困户的孙女有点青春期逆反，她就坐下来和小姑娘聊聊天，嘱咐她要好好学习，有事可以找她商量……虽然都是些琐碎的小事，但看到他们脸上发自内心的笑容，感觉一切都那么值得。

（8）

星光不负赶路者，岁月不负追梦人。在密水街道全体党员干部的共同努力下，2020年9月密水街道顺利通过潍坊市脱贫攻坚工作示范镇（街、区）验收，大家连日来的辛苦也算是有了回报。

心有所信，方能远行，密水扶贫人都知道这还不是可以停下脚、歇口气的时候，持续关注、动态清零任重而道远。

一年的时间过去了，回想来路，吴越觉得自己是如此幸运，不光是因为能够踏上脱贫攻坚这场伟大的使命征途，在人民最需要的地方练就真本领。更重要的，是在前行的路上遇到了关心帮助自己的领导、齐心协力的同事。

这一路的挫折、坎坷、困顿，都是历练，是成长，是人生路上宝贵的财富。

曾几何时，我们70后曾担心这批多数是独生子女、从小在蜜水中泡大的90后00后，会不会在生活的阻碍面前畏惧不前？就像我们的父辈曾经担心我们这批当年热衷于穿太子裤、留燕尾头的70后将来都是些无所事事的杀马特一样，每一代人都在上一代人的质疑和唏嘘中走出了自己昂扬的人生之路。

就像吴越，像迟大尉，像王凯，像许许多多和他们一样在人生路上逐梦前行的同龄人……他们爬沟过坎，走过风雪，趟过泥泞，收获着前行路上的小惊喜，感受着一路的和煦阳光，承接着那些不期而至的小幸运……

吴越走访中（左二）

当你哭泣的时候

——记注沟现代农业发展区刘晓丹

在注沟现代农业发展区，有一个清一色女将的扶贫团队：分管扶贫的副科级干部宋晓丽，扶贫办主任刘晓丹，还有秦文娟、李晓燕、李花三位美女，这五朵姐妹花走在一起，姹紫嫣红，袅袅娜娜，那真是潍河东沿儿一道亮瞎人双眼的风景线。"五朵金花"的名头就这么不胫而走了。

花开五朵，咱今天先说说那个爱哭鼻子的丫头刘晓丹。

刘晓丹与飒飒

（1）

刘晓丹是 90 后，2020 年 2 月，发展区鹿书记跟她谈话，让她接扶贫办主任。刘晓丹像没反应过来一样眼睛直瞪着鹿书记，在她的认知里，扶贫办主任这样的高工作强度岗位，年轻力壮的男士才能扛得起来。但是她明白，领导这不是跟她商量，而是直接下通知，那意思明摆着，干也得干，不干也得干。

从得到消息到下班，刘晓丹双手紧紧地攥在一起，眉头紧拧着，神色凝重地坐在椅子上，像一尊石像一样一动不动。

回到家，晓丹不淡定了，怎么办呀？整个发展区这么多贫困户，自己干不好怎么办？听说谁干扶贫谁揭层皮，自己顶不下来怎么办？女儿飒飒才不到两岁，干了扶贫顾不上孩子怎么办……想着想着，晓丹就开始梨花带雨、抽抽搭搭地哭开了。

晓丹的老公徐建楠看她这么为难，说："实在不想干就跟领导说说，咱不干就是了。"

刘晓丹一听这话，赶紧仰起头，三下两下把眼泪抹干："谁说不干了？干！"

"那咱不哭了行吗？我看你都快跟飒飒一样大了。"

一句话，晓丹的眼泪又冒出来了。

一直在一边看看爸爸又看看妈妈的飒飒赶紧跑过来："爸爸惹妈妈哭，爸爸是坏爸爸。妈妈不哭，我给你打爸爸。"

宝贝女儿一句话，刘晓丹破涕为笑了。

（2）

别看爱哭，刘晓丹干起活来一点也不含糊。

到扶贫办工作以前，刘晓丹只了解自己包靠的几个户，接手扶贫办主任以后，她才知道之前所干的活仅仅是扶贫工作微乎其微的一部分，更多的是自己从来没有接触过的。不会就学，三月八日妇女节那天，发展区领导带着扶贫办全体成员去胶河学习项目整理。

摸清家底，才能明细分工。刘晓丹带领姐妹们首先建立起全区278户贫困户明细档案，结合档案，挨家挨户仔细分析，保证所有贫困户遍访到位，实现建档立卡户、档外贫困户、档外低保、五保户检查全覆盖。宋晓丽主任制定了下午"5点"反馈调度会议制度，确保问题清仓见底。

从下村入户开始，工作强度就上来了，无论晨昏，不管雨雪，总能看到这"五朵金花"走街串巷的身影。手机里每天的运动步数动辄一两万，刘晓丹知道了什么叫夜以继日，更体会到了什么叫马不停蹄。

（3）

　　上任一个多月，刘晓丹就把全区将近三百户贫困户的情况了如指掌。扶贫工作是一项涉及知识面广，十分细致的活儿。每一次会议前都要到相关部门把所有的事项都了解透彻。有个周日市里召开了一个扶贫紧急会议，会议结束时已经下午六点了，会上发了一本厚厚的政策梳理材料，第二天就要按材料所列内容到贫困户家对照整理。这就意味着刘晓丹必须当晚把所有政策吃细吃透。政策关系到贫困户的切身利益，来不得半点儿马虎。刘晓丹草草吃了点饭，便开始一个字一个字地抠，晚上十点多了还给业务部门打电话了解新的政策变动细节，一直到了十二点半才梳理完。

　　从干扶贫以来，因为工作繁重，又加上需要学习的东西太多，刘晓丹基本都没有休班，往往几个月都不能回老家看望父母。今年清明节放假，工作也正好比较清闲，刘晓丹兴奋极了，终于可以回老家一趟了。她匆匆买了几样孝敬父母的礼品就往家赶。紧赶慢赶，到家已是上午十点多。

　　一家人正在忙着炒菜做饭，刘晓丹的电话响了，原来是次日第三方要来扶贫督查，让她赶紧回党委准备迎查。刘晓丹不好意思地跟父母说自己得马上回去，单位有急事。父母满眼都是失望，但他们还是催着刘晓丹："赶紧去，赶紧去，工作不能耽误。"同事都笑晓丹："光说养了个好闺女，好几个月都不待回家看看的。这小棉袄，指望不上啊。"刘晓丹瞅瞅他们，说："是不是特羡慕我有个好爸妈呀？他们都那么支持我！"

（4）

　　今年的 5 月 20 日是刘晓丹与徐建楠结婚 3 周年纪念日，刘晓丹已经连续加班好几天没回家了。徐建楠很早就打电话说今天一定早点回家，我们一起过个节。他一大早就出去买食材，通过视频学怎么做更好吃，围上围裙操起炒勺，在家里准备了一桌丰盛的饭菜，还教女儿飒飒祝妈妈快乐。飒飒兴奋地一遍一遍说着祝妈妈快乐，一遍一遍地开门看妈妈回来了没。徐建楠忙完了，一边瞅着墙上的石英钟，一边拨弄着手机。六点过去了，六点半过去了，七点过去了……就是不见刘晓丹踪影。

徐建楠的手机终于响了，是刘晓丹打来的。

晓丹第一句话先道歉，然后说："接到紧急通知潍坊要来检查扶贫，必须加班准备贫困户档案材料，今天也不能陪你们了。"

"今天是什么日子你不知道？我一大早就起来，里里外外忙活了一天，注沟难道离了你单位就不转了？！"

徐建楠直接把手机给了飒飒："飒飒，妈妈电话，问问妈妈啥时候回来。"

飒飒接过电话："妈妈你什么时候回家？我和爸爸都等着你呢，爸爸还做了你最爱吃的菜呢。"晓丹安慰飒飒，告诉她等妈妈忙完了就回去陪她。

"是不是飒飒不是个好孩子，妈妈不喜欢飒飒了？为什么别的妈妈都下班，我的妈妈总不下班？"

刘晓丹的眼泪瞬间决堤，眼泪吧嗒吧嗒地滴在面前的档案材料上。她又何尝不知道徐建楠的一片心呢？她又何尝不愿意一家三口热热闹闹地吃一顿丰盛的节日大餐呢？只是，她真的离不开呀。

怕同事们笑话她，她赶紧去洗手间用凉水洗了洗脸，回来继续整理材料。

（5）

有一次徐建楠出差，公婆也因为有重要的事没法带飒飒，没办法刘晓丹只好请假在家里带孩子。在家比在单位还忙，晓丹从早上起床就开始接打电话，处理业务。女儿特别乖，起来以后基本也是自己玩。到了9点了，飒飒拉着刘晓丹的手说："妈妈，我饿了，我想吃面条。"晓丹正因为一户贫困户的政策享受问题在和手机那边的人嘱咐着该如何如何。她蹲下来摸摸飒飒的小脑袋，说："妈妈很忙，飒飒吃点面包好吗？"

中午十二点半了，徐建楠回来了，老公是个女儿奴，自己受多少委屈都可以，但绝不能委屈着闺女一星半点。得知晓丹和飒飒直到现在还没吃饭，他才两岁多点的宝贝女儿两顿饭竟然只吃了几片面包，徐建楠整个人都抓狂了，他对着刘晓丹一顿咆哮。晓丹心里委屈，又心疼飒飒，抱着飒飒又开哭了。

第二天晓丹肿着眼皮去上班。

她听到有人说："这个时候了，这么忙，扶贫办的人竟然还请假。"

刘晓丹简直要崩溃了，谁说扶贫办的就不能请假了？谁家能挂着没事牌？电话从一大早打到晚，就是请假我也没耽误工作呀？

连月来的压力、疲惫、加上这样的质疑，刘晓丹不想在同事面前哭，可是眼泪还是不争气地奔涌而下……

（6）

又是一个晚上十点多到家，刘晓丹感觉家里有点异样，往常这个点儿，飒飒早就睡下了。今天都这么晚了她却躺在徐建楠怀里没有睡，见到刘晓丹也没有往日的兴奋，弱弱地说了一声"妈妈回来了"，就蔫蔫地闭上了眼睛。

徐建楠跟晓丹说："孩子今天发烧到了40℃。"

"啊！去医院了没？烧退了吗？怎么也没跟我说？"

"咱妈本来要给你打电话，我没让她打，知道今天省里来检查你肯定忙，知道了要是没空回来，净给你添难受。"

徐建楠拍了拍怀里的飒飒："飒飒在我怀里老是心神不宁，迷迷糊糊地问了好几次，妈妈在哪里，妈妈为什么还不回来？医生说，再晚一会可能就会引起高烧惊厥了。"

刘晓丹什么话也没说，从徐建楠怀里把孩子抱过来，自己的脸紧贴着飒飒的脸，就那么一动不动地一直抱着……

（7）

扶贫让刘晓丹饱尝心酸的同时，也时时让她体验到那种付出之后的满足与幸福。

代家庄村的贫困户曹某，妻子去世，年老体弱，自己照顾一个肢体一级残疾的儿子，在走访过程中，刘晓丹了解到他经常从电视上购买药物及偏方药品，钱不少花，药品质量无法保障。刘晓丹仔细向他讲解了扶贫方面的医疗政策，尤其是药物安全保障、扶贫特惠保政策等，通过劝导，曹某后续基本通过柴沟医院定点医院治疗。这样既保证了治疗效果，又节省了医疗花费。在后面的工作中，刘晓丹也重点关注该户，多次走访，保证所有政策保障到位，并为其送去了面粉、面条等生活必需品。曹某激动地对刘晓丹说："现在的干部真是务实，工作真是做到家了，谢谢你，嫚儿……"

西注沟的贫困户乔某，儿子去世，孙子、孙女由其照料。孙子各方面都很优秀，今年考上了高中，但由于孙子正处在青春期，心理上又特别敏感，不想让老师同学知道他是贫困户，放弃了学校的教育资助政策。在得知这个消息后，刘晓丹立刻与扶贫办联系并出具情况说明，希望在保护孩子自尊心的同时能够申请教育资助，与学生家长无数次沟通，平抚他们的情绪，并多次跟进教育资助的申请进展，保证教育资助发放到了乔某手中。

走访时，发现葛家大泲村的曹启珍大姨听力不好，刘晓丹先跟村里沟通好帮她提交材料，然后跑到她家趴在曹启珍耳朵边大声说："大姨，你听力不太好，周五单位派车，咱去鉴定鉴定？"大姨乐呵呵地说："好好好！"

后来的护理补贴、无障碍改造、单人低保、生活补贴、低保高龄，刘晓丹挨个给曹启珍跟进落实好，看着大姨脸上的笑容，刘晓丹心里有种从没有过的满足：能为需要的人做一点好事的感觉真好。

刘晓丹记得第一次见到葛家大泲村的马姨（精神二级残疾）的时候，她穿着大棉袄，躺在炕上一直睡觉，精神萎靡，跟她聊多久都不睁眼。这一年多的时间里，刘晓丹见证了马姨的不断康复，现在每次去马姨家，她会笑呵呵地说："大嫚儿，你又过来了。"那口气，仿佛刘晓丹就是她的亲闺女。

刘晓丹自己说，她喜欢听贫困户每次见到她那句"嫚儿，你又过来了？"每次进他们的家门，刘晓丹感觉自己是在走亲串友，满满的感动和亲切！

他们有的拿出自家的大石榴："你尝尝俺家这石榴，特别甜，专门给你留着的"；有的拿出新烙出来的饼："也没啥稀罕东西，你等会捎点回单位……"

（8）

在李延宗主任主管、宋晓丽主任分管，注沟全体扶贫人的团结协作之下，注沟发展区的扶贫工作取得了骄人的"战绩"。"五朵金花"带领全镇扶贫干部连续开展拉网式大检查 11 次，一年以来，为贫困户修缮房屋 305 间、灶台贴瓷砖 135 个、铺设院内甬道 107 户；帮助新办理慢性病 145 人、两病 95 人、鉴定残疾人 46 人、实施无障碍改造 217 人，为 15 名有劳动能力和就业意愿的贫困人口提供公益性岗位，助力实现增收脱贫。"五朵金花"以责任担当书写着注沟扶贫答卷。2020 年注沟现代农业发展区被潍坊市评为"脱贫攻坚示范镇街区"。

（9）

我跟刘晓丹私聊的时候，她跟我吐槽，说自己的泪点怎么就这么低？有时候本来不想哭，但是眼泪就是不听自己的话。我心里暗笑，我又何尝不是如此呢。当初写《麦穗》，现在写这个扶贫系列人物，写到动情处，经常哭到不能自抑，找个没人的地方哭够了，再回来继续写。

眼泪是女人的第二种语言。眼泪里有委屈，有悲伤，有不能承受的生命之重；有欢乐、有振奋，也有无以言表的内心感激。眼泪是不可触碰的柔软，是潜于心底的善良，也是内心风暴平息的汤泉。

那个爱哭鼻子的丹丫头，想哭就哭吧，让泪水化作倾盆雨，压力排解掉，委屈倾泻完，姐们儿又是响当当一条女汉子。

刘晓丹走访中

凯哥的烦恼

——记醴泉街道扶贫办主任王凯

（1）

"凯哥"本名王凯，别看叫哥，其实他就是一个20多岁的"90后"小青年。凯哥戴着眼镜，面皮白净，要是穿上长衫，束起头发，就是妥妥的古书戏文中的倜傥书生一枚。这书生可不像古装戏中的小生们那样只知道孤灯下吟诗夜读，更没有摇曳烛光下倩女摇扇，红袖添香，而是在脱贫攻坚的最艰难时刻，在众人讶异的目光里挑起了扶贫办主任这副很多人望而生畏、避之不及的千钧重担。

王凯

2019年12月底，王凯通过遴选副科到了醴泉街道，公布的职务是醴泉街道农业综合服务中心主任（挂职）。当时正值年底大观摩、各项考核忙得不亦乐乎，王凯被安排先到街道扶贫办了解了解工作内容，没安排具体的工作任务。凯哥暗自思忖，按常规来说领导肯定会安排给他通知上公布的相关工作，或者根据他在原单位的工作内容安排相近的工作，这样的话，工作强度不会很大，自己努力干好工作的同时，还可以精进一下自己的业余爱好，全面提升一下自己的综合素质，人生如此，也算马马虎虎说得过去。

计划不如变化快，走马上任之后，凯哥马马虎虎的人生小规划受到了接二连三的强力冲击。

（2）

因各方面工作压力大，醴泉街道扶贫办原班人马全部辞职或申请调离岗位，街道脱贫攻坚工作短时间内处于停滞状态。平时看起来温文儒雅的王汝波书记关键时刻体现出了过人的魄力和胆识——出奇招、用新人，扶贫办来了一次大换血。王凯、周升鑫、孙晓铭、赵虹、李想这五位"90后"在扶贫工作攻坚拔寨的关键时刻走上了扶贫岗位。初生牛犊不怕虎，这五员小将正当天不怕地不怕的年纪，明知山有虎，偏向虎山行，一个个摩拳擦掌，跃跃欲试。

来扶贫办没多久，小试牛刀的凯哥就真正体验到了扶贫这块骨头的"硬度"：全街道14个社区、76个村居、2002户建档立卡贫困户、645户享受政策户，3户即时帮扶户、1个省定贫困村、8个扶贫项目。更让人头疼的是，有的村离街道驻地40里之远，而且道路经常拥堵。

凯哥的烦恼来了，绕来绕去这么多数字，自己怎么能记得住、摸得清呀？真正的扶贫原来是这个样子呀！

（3）

快过年了，凯哥和大家一起熟悉扶贫业务，速度明显加快，这些小年轻们其实有自己的小算盘，畅想着春节假期能放松一下。谁知道，大年初二他们就收到了疫情防控通知。疫情就是命令，全副武装的凯哥冲到了疫情防控一线。突如其来的疫情让所有的人都惶恐不安，凯哥不敢有丝毫放松。

有时候，凯哥心里自己嘀咕：扶贫这根弦已经把人心绷得够紧的了，这新冠又出来凑热闹，是不是老天爷在故意给这帮90后苦其心志、劳其筋骨？

好在在国家的强力防控措施之下，疫情肆虐的势头很快得到了有效控制。

2020 年 3 月 3 日，在抗疫、防疫工作取得阶段性进展之后，凯哥正式接手醴泉街道扶贫工作，正式成为街道扶贫办主任。至此，5 个扶贫办青年也开启了真正意义上用双脚丈量脱贫攻坚厚度的征途。

不当家不知柴米油盐贵，虽然前面已经熟悉过一段时间的情况，但是真正挑头干，困难和挑战会比以前多得多。

尽管不遗余力，凯哥的烦恼还是接踵而至。工作断档衔接不起来、业务水平低短期提升不起来、建档立卡档案繁多一时梳理不起来。被烦恼困住的凯哥夜不能寐，他在苦苦思索着行之有效的解决问题之道。看到伙计们多多少少产生了一些畏难情绪，凯哥一面鼓励他们，其实暗地里也在鼓励自己。

思索之后凯哥得出了一个结论：扶贫没有捷径可走，实干才是硬道理。

为尽快扭转街道当时扶贫工作的被动局面，王凯每次重要活动前先学习梳理出"明白纸"，总结出"六问八看"工作法，带领街道扶贫办成员对贫困群众开展遍访自查评估 8 次，动态抽查督导 15 次。"白 + 黑""5+2"的工作模式已见怪不怪。凯哥常和伙计们开玩笑，说："我们扶贫办已经实现了工作自由，想什么时候加班就什么时候加班。"

因为要走街串巷，且在城区的村经常遇到道路拥堵，凯哥就和伙计们经常坐三轮入户。他们亲切的将这种走访模式总结为"坐上我心爱的三轮车，脱贫攻坚路上永远不会堵车"。

（4）

2020 年 7 月份，脱贫攻坚工作任务繁重，推进压力较大，尤其是牵扯到市直部门帮扶责任人，他们本身有原单位的本职工作，还要包靠自己的贫困户，路途远，开展工作不很方便。王凯每次都提前为帮扶责任人仔细梳理工作任务，列好条目，尽自己最大努力让帮扶责任人的工作简单化、清单化。

但是，某次在醴泉街道扶贫群里下发通知后，一位帮扶责任人直接质问王凯的工作安排。

当时王凯既委屈又愤怒，我费心费力地尽量减轻大家的工作量，到头来人家不但不买账，还如此出言不逊。难道你们是为我干的？

凯哥为此烦恼了一阵过后，他静下心来，换位思考了一下。面对如此繁重的任务，帮扶责任人一时有点负面情绪也是正常的。人都是感情动物，有情绪就需要出口。于是他耐下心来说明了缘由，具体阐述了此项工作是推进扶贫工作的重要环节，并对该帮扶责任人一直的帮扶和支持表示感谢。

真挚的话语感动到了该帮扶责任人，也给了他冷静思考的时间，他和王凯私下交流，说当时自己一时冲动，其实他也理解凯哥他们的不容易和所做的努力。

帮扶责任人一句话，凯歌的烦恼顿时烟消云散。人与人之间就是这样，退一步海阔天空，理解万岁真的不是一句空话呀。

（5）

2020 年 8 月末，醴泉街办迎接完潍坊脱贫攻坚集中大调研，9 月初又接到第三方即将开展脱贫攻坚评估的通知。

这期间，凯哥还要忙活自己的终身大事——9 月 13 日是王凯和女朋友逢雪举行婚礼的日子。

本来计划抽空请假忙活忙活自己婚礼的筹备工作，但为了迎接第三方评估，王凯要带领工作专班利用一周时间对 469 户档外低保五保户展开自查评估。家里这一摊子基本上全依靠父母和对象忙里忙外。作为扶贫办业务负责人，凯哥深知此次自查评估时间紧迫任务繁重，主动放弃了请假的计划。眼看婚期越来越近了，本来周末约好了双方父母和对象聚一起梳理一遍各方面的准备情况，再去购买喜字、胸花等婚礼用品，但王凯一时抽不开身，放了家人鸽子。

凯爸是个急性子，他没好气地对王凯说："都订好了的事，家里还能指望你干点什么！"

爸爸的话让王凯一下子黯然神伤。

凯哥的烦恼来了。"难道我不知道这一辈子的大事马虎不得？不是万不得已，谁会在这会儿当逃兵？自己家里最亲近的人都不理解和支持自己，那我还能指望谁？"

凯哥的女朋友逢雪的工作单位在朝阳街办，因为同样在街道任职，有些事沟通起来就便利很多。

王凯把需要准备的东西列了一个清单又交代了细节。逢雪扭头瞅瞅他，眼神里的意思分明是：干吗，你这是想撂挑子？

凯哥晓之以理动之以情:"媳妇,你也是帮扶责任人,难道没收着近期第三方评估的通知?扶贫工作性质就是这样,急的时候真急,你又不是不知道。等忙过去这一阵儿,我就没有心事了,我打包票,肯定不会耽误了咱俩婚礼的大事,这几天就辛苦一下媳妇大人啦。你一会见着我爸,也帮我开导开导,你说话比我好使,和我爸说说,我这两天确实脱不开身。"

逢雪沉默了一会儿说:"我知道你是真忙。你忙你的,我们忙我们的。"

"媳妇大人放心,这一阵子你多操点心费点力,以后家里洗碗的活儿我包了。"

逢雪赶紧伸出手要和凯哥拉钩:"大丈夫一言既出,驷马难追。"

"嗯嗯,八马也难追。"

后来,凯哥发现本来说好要一起去采购的婚礼用品爸爸都不声不响地买了回来:红纸、喜字、粿子、翻花、饼干、喜烟、盛小礼的红袋子……

凯哥讪讪地问爸爸:"不是说好一起去买吗?"

爸爸假装没好气地说:"不指望你。"

凯哥心里乐了,爸爸虽然嘴上这么说,语气里其实已经原谅自己了,未过门的儿媳妇说话果然好使。本来嘛,天下哪有和孩子真正较真的父母?

值得庆幸的是,9月11日第三方检查评估顺利结束,为凯哥和逢雪9月13日的婚礼留出了两天的准备时间。

9月13日,凯哥和逢雪的婚礼得以如期举行。

(6)

作为业务负责人,凯哥与市办、其他镇街、帮扶责任人、社区村居干部、贫困户经常电话沟通交流,最多的一次一天接了122个业务电话。

那天王凯晚上8点下班刚一到家,媳妇逢雪问:"咋回事呀,你手机咋停机了?不是刚充的话费吗?"

"快别提了,今天电话打得嗓子都冒烟了。"逢雪把凯哥的手机拿过来看了一下通话记录,她给数了数电话次数,好家伙,光呼入电话竟然就有一百多次。中途有两次打得欠费停机,凯哥就赶紧充值再打。

逢雪拍拍凯哥肩膀:"移动公司真应该请咱客哈,这扶贫结束咱们得给他们创造多少利润啊？"

（7）

一分耕耘，一分收获。

扶贫办的这帮子小青年，在凯哥带领之下从一开始的业务"小白"历练成长为业务"小能手"。贫困户脸上满意的笑容更是激励他们越干越有劲。记得这一帮小青年在开展自查遍访的路上相互交流，作为街道扶贫办需要干些什么，又能干些什么，能否精准地帮扶到他们。价值观上的疑惑也在脚踏实地的走访帮扶中逐渐找到了答案，让贫困户应享尽享行业扶贫政策，让贫困人口脸上露出满意笑脸，就是他们需要干的，也是他们撸起袖子正在干的。

金杯银杯不如老百姓的口碑。爱国村某户家中的老母亲性格内敛，不管家里困难多大，都不会主动说出来，原因就是"怕给村里添麻烦"。他们通过走访了解到，其儿子因车祸事故还在康复中，尽管有特惠保、医保等政策保障其个人花费较少，但对一个家庭来说，还是一笔不小的负担。王凯在入户走访时，根据其总结出的"自查评估'六问八看'法"，熟练、敏锐抓住重点，预测其收入并核查是否符合低保纳入条件，经与街道民政办多次沟通，逐一研判、密切协作，为其办理了低保。当再次去走访督导"回头看"时，老太太脸上露出了满意的笑容，不断地说着感激的话："感谢国家的好政策，谢谢你们，谢谢啦……"老太太尽管牙齿已脱落了几颗，但笑容却是如此灿烂。

老人家一直把他送到大门外很远。看到老太太眼里闪着的泪花，凯哥心里酸酸的，自己微不足道的帮助对贫困户而言却是如此之重要，扶贫是行善积德，自己做的是一件多么有意义的事。

（8）

2020 年是全面打赢脱贫攻坚战的收官之年，必须要有"咬定青山不放松"的韧劲和"功成不必在我、功成必定有我"的精神。有同事夸赞街道扶贫办以凯哥为首的 5 个 90 后，个个劲头十足，生龙活虎。劲头十足的背后，是街道领导的大力支持，帮扶责任人与村干部的配合协作。

扶贫工作一盘棋，醴泉街道在脱贫攻坚工作机制上，形成了街道书记王汝波动态调度、办事处主任王永乾亲自指挥、分管领导王艳全程靠上、街道扶贫办主任王凯推进落实的脱贫攻坚工作体系，街道同事亲切总结为"四个王"模式，营造出了干事创业的浓厚氛围。

今年 8 月份醴泉街道开展"脱贫攻坚工作集中提升月"专题活动，各社区村居干得热火朝天，王汝波书记连续半个多月在晚上调度脱贫质量集中提升情况，看到短时间质量提升幅度之"火辣"，扶贫办 5 个青年深刻体会到"姜还是老的辣"。作为扶贫办主任的王凯说，经常在周末的一大早接到王书记亲自调度扶贫工作的电话，领导如此之重视，自己怎敢有丝毫懈怠？

2020 年 5 月，高密市扶贫办在醴泉街道召开脱贫攻坚现场会；8 月醴泉街道获评"潍坊市脱贫攻坚示范镇（街、区）"，10 月份顺利通过省级集中督导，11 月份代表潍坊市顺利迎接省级脱贫攻坚工作验收评估。醴泉街办经受住了一次又一次考验，扶贫办的这帮小年轻们用心用情，以责任担当书写着扶贫答卷，在脱贫攻坚的路上阔步向前。

王凯

（9）

凯哥发现，随着工作的稳步推进，自己的烦恼越来越少了。

生活中，我们祝福凯哥永远没烦恼，家和万事兴。工作上，我们倒希望凯哥不时地被"小烦恼"叨扰一下，因为有烦恼，才有思考；有思考，才有精进；有精进，才有突破。

对了，有一件事我一直想找逢雪同学落实一下：凯哥婚后洗碗的承诺兑现了吗？

鞠超的逆袭

这小伙 80 后，眼睛不大但炯炯有神，一向以目光准、脑子活、点子多闻名，是高密镇街扶贫办主任中的"智多星"。说到这里，你大概猜到了，他就是高密市大牟家镇扶贫办主任——鞠超。

鞠超自 2016 年就开始参与全镇脱贫攻坚工作，称得上一名"老扶贫"了。别看是一名"老扶贫"，由于扶贫工作是动态的，新情况新问题层出不穷，所以不管干多少年，扶贫办主任绝不会因为干的时间长而比别人来得轻松。鞠超还有一件特别糗的事——被媳妇拉过黑名单。嘘！千万别声张，一般人我不告诉他。

（1）

干扶贫的人都知道，从 2019 年 4 月份至今，是扶贫人"炼狱"的日子。这一年多来，每个扶贫干部那种心理上的压力，身体上的疲劳，几乎都到达了承受的极限，其中的辛苦，不亲身经历的人真的很难体会。尤其是大牟家处于高密的"大西北"，路途遥远，他就比别人多了很多鞍马劳顿。

在鞠超干扶贫的这四年，他的媳妇杜淼从一开始的"什么时候周末能休息一天？"到"什么时候能休息？"再到"什么时候能正常下班？"最后到"什么时候能回家？"在这一连串的追问中，鞠超加班的次数却越来越多，加班的时间也越来越长。

在镇扶贫办公室，灯光照亮了他熬夜加班的身影；在各村督查的路上，留下了他一串串匆忙的脚印；他熟悉政策、熟悉考核、熟悉贫困户，学习研究各项政策，

鞠超与儿子

加强对全镇帮扶责任人的政策指导，规范扶贫工作，引导扶贫工作做实做深，做出成效。查问题、理清单、顺项目，严把质量关，确保在精准施策、到户措施落实方面全面覆盖。他累计归纳整理扶贫资料50余份，整理扶贫项目档案40余盒，相关材料1000余份，整理会议资料100余份。鞠超的工作量绝不仅仅是这几个简单的数字，因为一份贫困户的档案材料要经过无数遍的修正、整理、随着政策的变化及时变更，看起来的几十份资料，在鞠超这里往往要过手几十份的N次方。

（2）

除了日常扶贫业务，他还是镇扶贫督导组成员，他和分管扶贫的人大主席蔡修文经常要下到各村进行督查，每次检查得都很仔细、全面，问题清单当晚就交办至帮扶责任人、村支部书记，反映的问题具体、可操作性强，给村里留出更多的整改时间。在贯彻落实各级扶贫指示精神中，鞠超始终能做到先学一步，学懂、学透，及时将精神传达到各帮扶责任人。他积极协作主动配合，与帮扶责任人和支部书记一起深入贫困户家中查危排险，访贫问苦，排忧解难。在许多问题探讨中，他能运用熟练的业务知识，为全体帮扶责任人出主意、想办法。

因为鞠超脑子好使又较真，贫困户内的上墙表他瞅一眼就能迅速发现问题在哪儿，很多社区领导见了他都躲着走，怕被他挑毛病。他们都背后议论鞠超："这家伙不但脑子好使，还较真，再小的问题他都能给你一下揪出来，他一检查我心里就发毛，见了他都得躲着走……"

大家都说这"智多星"真不是白叫的。其实鞠超自己知道，哪里有什么智多星，经验都是夜深人静自己一个字一个字抠出来的，技巧和点子都是多少个不眠之夜自己绞尽脑汁绞出来的。

（3）

从事扶贫工作4年来，鞠超多了不少"亲戚"。

大牟家镇有一名贫困户的孩子，目前正在上高中，父亲早年死亡，母亲是精神一级残疾，前些日子母亲走丢了，这孩子成了事实无人抚养的"准孤儿"。在得知该情况后，鞠超为这个孩子的处境忧心忡忡。他赶紧对接各职能部门，费尽周折为孩子申请办理了孤儿补贴。因为一次次地与孩子沟通，孩子对他很是依赖，鞠超成了孩子的"超哥。"

（4）

鞠超除了日常的扶贫业务，还包靠着官厅社区严凤海户。严凤海今年82岁，肢体一级残疾，常年瘫痪在床，平常由妻子一人照顾。严凤海还患有高血压、糖尿病等疾病，自从鞠超包靠该户后，跑前跑后为其申请了轮椅、落实了高血压"两病"政策。因为严凤海常年卧床，自己不能翻身，身上起了一些褥疮，鞠超每周至少要去严凤海家两趟，去帮严凤海翻翻身或者用轮椅把他推到院子里晒晒太阳。严凤海没有儿子，每每鞠超到家走访，邻居们都笑着跟严凤海说："你家'大儿子'又来看你了。"

（5）

L因患乙肝不敢见人，不善与人来往。

鞠超来到刘某某家，他知道刘某某患有乙肝，但他更知道越是这种人越需要别人给予的温暖与平等相待。在刘某某门前，鞠超费尽了口舌，好说歹说刘某某终于把门开开了。一见面，鞠超主动向刘某某伸出了手。

刘某某先是一愣，后又犹犹豫豫地伸出手和鞠超轻轻握了一下。

进屋后，刘某某为难地说："我有传染病，就不给你倒水了。"

"不要紧大爷，现在医学这么发达，有病咱就治。下次来我给你带点一次性杯子，你的水我肯定得喝。"鞠超在刘某某炕头坐下来，和他从土地聊到身体，从帮扶聊到政策，一聊就是一个多小时。临走时，鞠超主动拉起刘某某的手，让他有什么事随时给他打电话。

鞠超的不见外给刘某某本来封闭的内心照进了一抹阳光。刘某某恢复了往日的神采，见了人不再回避，话也多了起来。他还主动购买了一次性纸杯，逢人去就边倒水边说："这是鞠主任教我的办法，不会发生传染。"那口气，鞠超俨然就是他至亲至信的家里人。

（6）

2020 年 8 月 17 日，对于鞠超和大牟家镇来说是个"黑暗"的日子——大牟家被潍坊市列为黄牌警示管理镇街。晴天霹雳一声响，这个消息在大牟家党委炸锅了。

一张黄牌差点把鞠超砸懵了，大牟家的脱贫攻坚不是一直冲着夺红旗去的吗？很多兄弟镇街的扶贫办人员还经常向大牟家学习取经呢，到底是哪里出了漏子？一名"老扶贫"竟然阴沟里翻船被挂牌，关键是这个黄牌不是他个人的黄牌，是整个大牟家镇的黄牌，也是整个高密扶贫的黄牌。超哥从此得上了"心病"，简直都有点怀疑人生了。

关键时刻，刘广智书记体现出了一个党委书记该有的胸襟和气度，当大家都沮丧、慌乱的时候，他遇事不慌，处变不乱，成了漩涡中的定海神针。刘广智书记没有埋怨、批评任何一个人。他在会上说："我一开始觉得大牟家的脱贫工作还可以，一张黄牌让我们充分认清了自己，工作确实有不到位的地方，我为这次挂黄牌负全责。我们要以此为契机，为荣誉而战，抓落实，抓细节，奋起直追，誓摘黄牌挂红旗。这张黄牌是教训，也是我们大牟家的一个宝贵财富，它教会我们很多东西。"

鞠超本以为刘书记会把自己一顿骂至少要痛批一顿，但是刘书记没有责备任何一个人，他知道，大家一直都在努力。蔡修文主席也是一个劲地往自己身上揽责任。一开始鞠超还觉得这个黄牌挂的很憋屈，现在他想明白了，领导们都能有这样的胸襟，他也不再为自己找任何客观理由，"我们的工作还是不到位，知耻而后勇，从此刻开始找出病根，挖除病灶，坚决不给高密扶贫拖后腿。"

当学会反思、自省，沉下心来把很多事都想通透了，才能更好地前行，一个人是这样，一个单位更是如此。我们一直在赶赶赶，没有审察内心的自觉与意识。人有时候需要停下来，回望一下来路，给自己一点思考的时间。

（7）

会后，镇党委政府立即行动、迅速部署，刘书记、蔡主席齐上阵，鞠超带领着镇扶贫督导工作专班、镇帮扶责任人、镇直办部门每天下沉到村，逐户走、逐村过，督导范围包括扶贫政策落实、住房及饮水安全、收入达标等内容。每晚8点鞠超都会将走访发现问题进行分类汇总，并在调度会上交办给各个社区，大家都看出来了，"超哥"这是拼了！

鞠超通宵达旦地忙，不管晨昏晴雨，和自己较着劲。最长的一次连续10天吃住在单位，因为衣服没法换洗，身上都有股馊味了。熬了几天实在难以忍受了，鞠超只好打电话向媳妇求援。

"媳妇，赶紧来给我送点换洗衣服吧，身上都臭了，袜子脱下来都能自己站住了。"

晚上，妻子杜淼带着2岁的儿子驱车几十公里来了。杜淼一手抱着儿子，一手提着一个大大的背包，背包里面全是鞠超换洗的衣服。趁妻子给自己整理脏衣服的空儿，鞠超赶紧抱起儿子。小家伙可能因为太长时间没见爸爸，跟他都有点认生了。鞠超想跟儿子亲昵一下，儿子赶紧用小手往外推他的脸，那一刻，鞠超的眼圈红了。

"哎，真拿你没办法。家里不但指不上你，还得反过头来……这个点了，孩子早该睡觉了，这还得陪着我跑这几十公里颠簸这一个来回。"杜淼的语气里满是疲惫和怨怼。

"媳妇，知道你不容易，熬过这一阵儿会好的……"鞠超的心里满是歉疚和辛酸。

"你也别太累了，身体要紧。"媳妇收拾了一大包脏衣服，临走的时候嘱咐鞠超。

到底是自己的媳妇呀，嘴上再怎么埋怨，心里还是疼老公的。

在这段"黑暗"的日子里，鞠超在透支着自己的精力和体力。

（8）

功夫不负有心人。经过大牟家镇全体扶贫人的共同努力，大牟家镇经潍坊市扶贫办现场验收合格，2020年9月2日，"黄牌"终于摘掉了。一个月来，鞠超疲惫的脸终于"阴转晴"了。

摘掉"黄牌"的轻松倏忽而过，大牟家镇扶贫办和鞠超志不在此，我们的目标是夺"红旗"。

鞠超又带领镇扶贫办设计扶贫版面、逐户规范档案材料、核查扶贫政策落实，与各个部门多次对接，研究每一个疑似符合政策户的政策落实情况。

夜深了，鞠超拖着疲惫的身体回到办公室。无意中瞅了一眼手机，鞠超猛然发现通话记录中竟然有媳妇杜淼十几个未接来电。一连打了十几遍肯定有急事，鞠超赶紧给媳妇回电话。电话那头回声："对不起，您拨叫的号码暂时无法接通。"

鞠超又找出媳妇微信想打微信电话，这才发现媳妇竟然把他微信拉黑了！微信拉黑，电话拉入黑名单，鞠超懵了。

鞠超后来才弄明白，原来是那天孩子发烧，杜淼着急开车去医院，没承想跟人撞了车，打鞠超电话打不通，打通了又没人接。杜淼一气之下把他拉黑了。鞠超回忆，媳妇打电话那会儿，自己正忙着跟同事和市直部门的人研究讨论导致挂黄牌的那几户的低保转五保情况，根本没听见手机响。

（9）

2020年10月14日，鞠超正在研究政策性收入明细表，接到了同事电话："鞠主任，挂了！这回真挂了！"

"挂什么了？什么挂了？"鞠超的头皮有点发麻，难道刚摘了黄牌又给挂上了？

"挂红旗呀，示范镇嘛！你看群里文件。"

"咱不带这样的，连句话都说不利索，知不知道我现在神经都快绷断了，那叫夺红旗好不好？"

大牟家黄牌变红旗，逆袭成功！

哆嗦着手把扶贫群里的红头文件一连看了两遍，鞠超心里一块巨石终于落地了。

一阵疲惫猛然袭来，鞠超感觉自己要虚脱了一般，浑身没有一丝力气。他把自己扔在床上，抓过枕巾一下子蒙住脸，像个孩子一样呜呜大哭起来。

（10）

躺了一会儿，鞠超从床上一下子坐起来，不行，大牟家的翻身仗打赢了，媳妇这边还被"黑"着呢。鞠超照了照镜子，自己红着眼，扎煞着胡子，头发豉豉着跟张飞一样，这样子见媳妇哪行？

鞠超赶紧把自己捯饬了一通，光捯饬自己不行，还得挖空心思给媳妇弄点惊喜。思虑良久，鞠超去花店给媳妇买了一大捧玫瑰花。

媳妇看见鞠超进了门，佯装没看见扭身就洗衣服去了。

"媳妇，对不起，让你跟着受委屈了，向你赔罪。"

"你快去跟你的贫困户过去吧？我们娘俩指望不上你！"

鞠超听出来了，媳妇的语气里气已经消了，他把一大捧藏在背后的玫瑰捧到媳妇面前，媳妇一甩手："我不要。"

话虽这么说，媳妇还是把花接过去，鼻子凑在花瓣上深深地吸了一口气，扭过头不好意思地笑了。笑着笑着，又哭了。

鞠超赶紧乘胜追击："媳妇，还黑着呢，把俺从黑名单里放出来吧……"

"傻呀你，早就放出来了。"

鞠超感觉天空一下子亮了。

鞠超走访中（左二）

青深的深情

"这盆玉坠多少钱？"

"小天狗好养不？"

"这法铜能不能便宜点？"

"还有没有别的新品种？"

……

付青深

高密柴沟镇大集上，一群喜欢多肉的人围在付青深的摊位前，有询价的，有问怎么养的，有凑热闹的，把摊主付青深忙得不可开交。

付青深是高密市井沟镇綦家沙岭子村的建档立卡贫困户，每逢阴历的二七、三八和四九集日，付青深都会把他的肉肉装进电动三轮车去柴沟、呼家庄、初家赶大集。

打开付青深的微信朋友圈，他的微信个性签名是这样写的：人生在世，不用去证明神马，只要证明还活着就好，明天会更好。

20年前，付青深和大多数意气风发的年轻人一样，对生活充满了无限憧憬。面庞帅气的付青深与一起打工的张姓姑娘谈起了恋爱，就在他们即将谈婚论嫁的时候，付青深感觉自己的腰时不时地疼，有时候全身都疼。付青深以为是自己干活累着了，休息一下就好了。可是疼痛发作得却越来越频繁，有时候都疼得他下不来炕。付青深去当地的医院检查，找不出病因。去药店买止疼药，也只能暂时缓解，一停药就犯。看着付青深痛苦的样子，家人给付青深请来神婆做法，结果肯定是白费心思。家人觉得事情可能不像付青深自己想象的那么简单，该出去看看了。付青深预备了点现金怀着忐忑不安的心情去了青岛骨伤医院，诊断结果出来，付青深一下子蒙了——强直性脊柱炎。虽然对这种病不是很了解，但是听人说强直性脊柱炎就是不死的癌症，根本没法治。

付青深怎么也接受不了这样的结果，"说不定他们看错了，再去八九医院看看，我家上查几代都没有得过这种病的人，怎么就我得了？"

付青深又怀着微弱的希望去了潍坊八九医院，在等待检查结果的时候，付青深在医院走廊的躺椅上坐立难安，一会儿坐下，一会儿起来，反反复复一遍又一遍。

取来结果的后，付青深自己不敢看。那张不知结果如何的诊断单捏在他手里，被他手里的汗濡得都有点潮湿了。

尽管不能接受，八九医院最终的结果还是与青岛骨伤医院一样，付青深心里说："完了，我这辈子完了。"付青深感觉自己的世界一下子坍塌了。

家人不断鼓励付青深，让他去各地治疗。为了帮哥哥走出困境，付青深的弟弟经常给哥哥生活费，还给付青深买保健被，保健内衣，不断地给哥哥加油鼓劲。付青深的姐姐也经常给他送好吃的。

治疗了一段时间，病情没轻，反而更重了。付青深知道，没有奇迹，只不过是他们的一厢情愿罢了，这辈子是不可能治好了。

回到家后，付青深不跟任何人说话，也不出门。他整天喝酒，喝醉了就睡，睡醒了又喝。父母哭着劝他，他把父母推出门外。姐弟把他的酒瓶子藏起来，他就骂人摔东西，又哭又号。

随着时间的推移，付青深的脊柱开始变形，腰变弯了。晚上睡觉平躺的时候，因为腰是弯的，头和屁股"两头不着地"，对他来说，睡觉就是一种折磨。本就沮丧至极的付青深更加绝望，有时候他真想这样子活着还有啥意思，还不如死了。

2013年，付青深的父亲去世了。母亲被弟弟接走，家里就剩下付青深一个人。

付青深终于可以安静地思考一下以后的生活了。他查了强直性脊柱炎的若干资料，知道这种病不好治，但是死不了人，自己以后该怎么办？继续酗酒买醉？父亲不在了，母亲年纪也大了，自己这样的状态对她来说是不是一种残酷的折磨？疾病不是家人给他的，他凭什么因为自己的病就可以肆无忌惮地折磨家人，让他们寝食不安？让他们日夜煎熬？自己的身体病了，难道自己的心也病了？活一天，我也要好好地活。真有那么一天，老天爷不让我再受罪了，那我就坦然地离去。

想明白之后，付青深把家里未喝完的酒全部扔到了村外的沟里，把家里里里外外地打扫了一遍。付青深从小就喜欢养花，他把以前弃置的花盆找出来，从邻居家要来花苗种在了花盆里。他又去找到以前他身体好的时候跟着干活的包工头，他要跟着他出去干建筑。身体好的时候他就干活，身体不好的时候他就吃药治病。心变坦然之后，付青深反而觉得身上没那么疼了。

2014年，了解到付青深的身体状况，政府对付青深伸出了援手，村里为付青深办理了低保，落实了各项帮扶政策，镇街安排了责任人对他进行帮扶。付青深窘迫的生活有了转机。

后来付青深听人说济南有一种中药拔罐对他的这个病有作用，发了工钱他就去买了一套。

第一次用了拔罐，付青深起了一身水泡。第二次拔，他拔出来一身清水。第三次拔，拔出来一摊摊像鼻涕一样的黏液。用了一段时间拔罐之后，付青深发现自己的症状竟然减轻了。

身体好转之后，付青深又继续出去干建筑。

屋漏偏逢连阴雨，在一次木料吊装作业时，负责卸料的付青深因为吊车的吊斗晃荡，把正卸料的他一下子从木料垛上晃了下来，落地的瞬间，付青深听到自己先着地的手腕响了一下，他心想，坏事了。工友们把付青深送到医院一检查，他的手腕骨折了。

为了方便照顾弟弟，付青深的姐姐把他接到自己家住了半月。伤愈之后，付青深知道，自己这身体，已经不适合干建筑了，他得另找出路。

手腕康复以后，付青深回到家，把前段时间栽的花草拨弄了一下。因为这几年的积累，付青深家里的花多了起来。付青深突然有了一个想法，可不可以卖花谋生？种花本来就是自己喜欢的事，卖花这活轻松没啥危险，正适合自己的身体状况。打定主意之后，付青深把这几年的积蓄拿出来，置办了一辆三轮车，每到集日，他就拉着他的花儿们去摆摊。

一开始他的生意做得并不如意，自己的摊前很少有人问津，偶尔有一两个问的，问完也就走了。为了招徕顾客，付青深不断增加自己的花草品种，为了适应不同层次顾客的需求，他也时不时地进一些稍高档次的花。顾客多了，而且很多人看到付青深的身体状况，也不大和他讲价钱，付青深的生意慢慢有了起色。但也不是所有的人都像我们想象的那么善良，付青深有一次赶集的时候，有一个买花的人看到他身体不方便，本来讲好 15 元一盆的花，他扔下 10 元拿着花就走了。付青深没去追，人家留了钱不算抢，反正也没折本，少给就少给吧。付青深惊讶于自己现在的淡定，是病痛让他看透了很多事，也放下了很多东西。

2017 年，付青深的母亲又去世了。付青深知道，那个最牵挂、最疼爱自己的人走了，以后的路风也好，雨也罢，只能是他自己一个人抗了。

2017 年，朋友来找付青深，告诉他手机可以下载软件，发视频可以赚钱。还说自己一天赚了好几百，建议付青深把自己的花花草草拍成视频赚钱。付青深对拍视频不是很感兴趣，倒是被网上的多肉直播吸引了。这些愣头愣脑萌萌的小家伙，让付青深一见钟情，以后我也要卖多肉！

把家里普通的花草卖得差不多之后，付青深从网上进了一批多肉幼苗。幼苗长大以后，他就用自己的多肉繁殖幼苗，繁殖得多了，室内已经放不下这些小家伙，付青深就找人帮他在房子前搭了一个大棚，肉肉们的队伍渐渐浩荡起来。整天在这些可爱的小家伙之间穿行，付青深感觉自己的心里特别踏实，特别满足。

自从与多肉结缘，付青深全部的深情就付给了这些萌萌的"肉肉"，与"肉肉对话"已经成为他生命中不可或缺的内容。

付青深把自己家的口粮地全栽上了树，以便腾出更多时间和精力来侍弄肉肉。不懂配土技术他从网上学，掌握不好嫁接时机他请教同行和朋友，温度湿度把握不好他求助百度、看直播。付青深像伺候闺中女儿一样伺候自己的"肉肉"，看着自己亲手种下的幼苗在自己的照料下一天天长高长大，付青深感觉自己的日子阳光又充实。

第一次拉着他的"肉肉"上集市，付青深感觉自己像拉着自己做新嫁娘的女儿般那样自豪。自己的"女儿"被自己养的水灵灵光鲜鲜，今天就要嫁人了！

生活总是在不经意间跟你开一个玩笑：出乎付青深意料的是，他第一次赶集竟然没开壶。付青深不但没赚钱，还要交摊位的卫生费。后来，一场突如其来的寒流，付青深未加保温措施的大棚里的多肉冻死了一大片，看着自己连日来倾注心血的那些"肉肉"变得蔫头耷脑、黑乎乎的，付青深心里那叫一个疼呀。

心疼归心疼，付青深没放弃。他对大棚进行了改造以提高大棚温度的调节能力；为了提高自己肉肉的品相，他从网上看直播学技术，学习各种肉肉的习性和配土要求，学习各种肉肉的造型知识。付青深对着他的肉肉们说："我就不信我有好货卖不了。"

功夫不负有心人，付青深的肉肉渐渐成了气候。在高密西乡的各个集市上，付青深的肉肉是品种最全的，也是品相最好的。品种多，品相好，付青深的生意渐渐红火起来。他就不断把自己的肉肉品种升升级，还从网上看植物世博会，以便给自己的肉肉合理定价。

2020年是脱贫攻坚年，付青深的帮扶责任人邱玉亮、井沟镇扶贫办工作人员以及村干部通力配合，为付青深把原来的低保转成了五保，付青深的特困供养补贴涨到了每月七百多元。为了帮付青深转特困供养，那段时间邱玉亮来来回回到付青深家跑了十几趟。村里为他拉上了自来水，修缮了房屋。邱玉亮和村干部也不定期来帮付青深打扫一下卫生，每次来也都问问他有什么困难以便帮他及时解决。井沟镇尤河头社区主任辛国鑫等人联系协调阚家、呼家庄、柴沟这三个集市的摊位儿，让付青深卖花儿。同事也积极帮他转发朋友圈，邱玉亮和镇扶贫办的人为了帮付青深宣传多肉，帮他联系电视台出宣传片，做公众号，转发朋友圈。他们还把付青深拉到周边村里的微信群中，让大家知道他的多肉。付青深筹备开一家多肉淘宝店，并开始网上直播卖货。听说开淘宝店需要缴纳保证金，社区主任就帮付青深向镇党委申请了一笔资金，以备付青深交纳保证金。他们不厌其烦地给付青深出点子、当参谋，帮助他不断扩大自己的销售面和消费群体。付青深的日子越过越有了奔头。个人的成长，社会的关爱，付青深感觉到了从没有过的自信与满足。

现在，付青深已经培育出50多个品种、600多盆多肉植物。天气暖和的时候，他把需要上色的多肉摆在院子里晒太阳。憨憨萌萌的肉肉在阳光下雀跃着：晶莹剔透的"玉露"，让你忍不住想低下头听它们童话一样的絮语；"小天狗"擎着自己憨态可掬的"小爪爪"似乎在向你撒娇卖萌；"火祭"像一个着红战袍、骑火红马，英武出征的花木兰，她一揽马缰绳豪壮地说着：不破楼兰誓不还；镶了红边的"唐印"像涂了玫瑰腮红羞答答的怀春姑娘见到了自己日思夜想的情郎，欲说还羞，欲说还羞……

有人说：一个经历过人生至痛的人一旦看开，就会具有常人不具备的超脱。

付青深告诉自己：花冻死是因为自己养护不到位，虽然亏了点钱，但是却给自己积累了经验；他原谅所有对他投来异样目光的人；他原谅那个少付了钱拿走他花的人；他甚至认为，当年对象离开他也是天经地义，别人没有义务搭上自己一生的幸福来迁就他这个患病之人。幸福从来不是等来的，活好当下，努力打拼。努力让自己越来越好，就是对关心自己的那些好心人和社会最好的回报。

那个曾经对生活极度绝望的付青深，那个从人生泥沼中蹚出来的付青深，那个对肉肉付出无限深情的付青深，目光越来越自信，脚步越来越坚定。

跳动的火焰

谨以此文向所有在脱贫攻坚中做出贡献的志愿者致敬

引子

2014 年国务院做出决定，将每年的 10 月 17 日设立为"全国扶贫日"；同时提出："动员社会力量向贫困宣战"。

在高密，只要一提起志愿者，一看到志愿者身上的红马甲，大家都会不约而同地想到一个人——他就是高密市党员雷锋团党委书记、团长单政达。单政达和满城的"红马甲"就像秋天成熟的高粱穗子，又像熊熊燃烧跳动的火焰，映红了凤城的各个角落。这片热土，也因为这一个个红马甲，盈满了爱意与温暖。

单政达

近日，因为我的高密扶贫系列人物创作进行人物采访，有幸见到了传说中的单政达。他中等的个子，大耳短发，脸色白里泛红，说话干脆利索，行动敏捷，言语间，脸上总是春风化雨般的微笑。

一大早，与同事荆伟、方之驱车来到"党员雷锋团"驻地。原以为"党员雷锋团"就像我见过的其他志愿服务组织一样，在厂房、社区，或在便民服务大厅内的边角位置象征性地挂一个牌子，用于平时志愿者们集会和议事。待到我们走进"党员雷锋团"，我才知道自己原来的想法是多么狭隘，久居机关，我们淡漠抑或习惯了身边每天新鲜的或是不新鲜的事物，却从来没想过一探究竟，我们早就应走近这些默默为社会做出贡献的志愿者。

在单书记邀请我们参观"志愿服务展厅"时，伴随着一个个扶贫济困的项目、一张张助残扶弱的照片映入我的眼帘，还有单政达在北京钓鱼台国宾馆和国务院扶贫开发领导小组办公室党组成员、副主任夏更生等领导"同框"为来自全国的"学雷锋扶贫帮困服务团"成员授旗时的照片，我被深深地震撼了。这时，我才知道单政达何以被评为潍坊市扶贫先进个人，也才明白这位浑身写满"故事"的单政达为何有那么多响应支持者了。

展厅很大，就是光选择性地介绍一下扶贫的事迹，大约也得听一个小时。单政达和志愿者们开展的活动，亲民、多元、与时俱进。由于时间关系，我们仅选择了像"九月希望""七日圆梦""夕阳影驻""妈妈回家""孤宝工程""凤城暖冬"等和扶贫有关的项目请单政达给我们介绍，这些项目多为潍坊市、山东省的最佳志愿服务项目，每一个项目的背后，都是说不完的故事。单政达给我们讲起这些故事里的主人公，就像叙说着自己的亲戚，他熟记每一个帮扶对象的名字、年龄、嗜好，以及和他们在一起的那些让人开心或让人心酸流泪的故事。

闲聊中得知，"党员雷锋团"的办公场所约 1200 平方米，是单政达 2011 年无偿提供给高密广大志愿者使用的。目前高密市志愿者协会、高密市车友协会等公益组织常年入驻其中，10 年来，单政达光现金投入至少上百万元，用以维持全市志愿服务运行和表彰鼓励等，我久久地看着眼前这位耳闻已久，却第一次见面的单政达，迫不及待地想走进他的过往岁月，探知他的内心世界，多了解一些他和高密志愿者们的扶贫故事。

（1）

2014 年 9 月 3 日，单政达接到一个求助电话，说是××村的范树才（化名）的孩子由于没有户口，七岁了还没上学，请求志愿者能够给予帮助。

9 月 4 日，单政达向业务主管单位汇报后，与志愿者们一起立即驱车赶到柴沟镇郝家村，在村干部的带领下，直奔范树才家中。去范树才家的路上，村干部跟单政达介绍了范树才家的大体情况：几年前，范树才领回来一个女友叫徐莉（化名），后来，那女人生下孩子不久就出走了，从此再无音信。范树才也从此破罐子破摔，过起了混日子。范树才的父亲年纪大了，还常年有病，根本管不了范树才。儿子范晓晓（化名）从生下来就成了有人生没人养的娃。一家人吃了上顿没下顿，平时也基本不做饭，到饭点了就从小卖部里买几个馒头和榨菜，一家人很少炒菜，祖孙三代戚戚惶惶地过着不叫"日子"的"日子"。

尽管做了最坏的想象，单政达一进门，还是被眼前的景象惊了一下：范树才光着膀子，头发一边长，一边短，男不男女不女，实在是有碍观瞻；范晓晓也光着身子站在院子里，身上瘦得都能看见肋骨；四间房子门窗都快烂掉了，窗户破得只剩下窗扇，有一扇门已经掉下来，靠在墙上……

单政达赶紧从绳子上扯下一个汗衫给范晓晓穿上，蹲下身子，把范晓晓拉到身边和他交流。只可惜，无论他说什么问什么，范晓晓就是不说一个字，只是满脸恐惧地看着单政达他们。

性情耿直的单政达也许是真的忍不住了，也许是真心想帮一下这个孩子，他指着范树才大声喊了起来，单政达越说越激动，嘴上毫不留情。10几分钟后，把本来一副无所谓样子的范树才说得哭了起来，他说："我也想过好日子啊，你看看，人跑了，孩子户口落不上，老的还用人伺候，啥都弄得一团糟……"

单政达一看有戏，立马改变了态度。他真诚地和范树才说"孩子上学的事，你放心，我明天就让晓晓先去上学，户口什么的我来办。但是，你得给我个承诺，第一，我明天来时，我不想看到你的长头发。第二，我不想看到满院子的垃圾，你如果同意，我说的话绝对算数！"

"我能办到！只要您让孩子上学，我都能办到。我也是个父亲，我试着真对不起孩子……您走了，我马上就和孩子去理发，今下午就收拾院子……"，范树才激动地说。

回程的路上，单政达当即给镇里的小学打了电话，校长说一定不能耽误孩子上学，期间如遇到困难，大家一起解决。下午，单政达接到了村支部书记范永钦的电话："单书记，您真是厉害，范树才中午领着孩子理了发，现在正在往外推垃圾……"

单政达欣慰地笑了。

其实单政达也看出来了，这个范树才虽然把日子过得稀烂，他是看不到生活的希望自我放弃了，还没到不可救药的地步，需要一个人来敲打他一下，把他从迷茫中拽一把。扶贫关键是扶志扶智，范树才缺的就是志。

（2）

9月5日早上7点钟，单政达和志愿者们带上昨天下午特意为范晓晓准备好的新衣服、新鞋、新书包、本子、糕点等，驱车 30 公里再次来到 ×× 村。这时，范树才家门口已经站着 10 几个邻居，他们就像农村看人家新娘发嫁一样，七嘴八舌地议论着。

单政达和志愿者们赶紧进屋，帮范晓晓试穿新衣服、新鞋子。今天范晓晓也仿佛知道什么，脸上开始露出笑容，还开始叫单政达"单大爷好"。摸着范晓晓瘦小的身子，单政达的心里很是难受。单政达下定决心，一定更帮助这个家庭过上正常人的日子。

当单政达给范晓晓穿袜子的时候，范晓晓突然指着袜子问了一句："单大爷，这是什么？"

"袜子啊，你没穿过？"

"没有，我见别的小朋友穿来，爸爸说穿那玩意儿干吗，穿了还得洗。"

单政达直接无语……

看着焕然一新，站在院子里的父子俩，乡亲们都七嘴八舌地嘱咐范树才，今后一定不能再懒了，这么多人都来帮你，你可得好好做人，以后再说个媳妇，好好过日子……

根据和学校的约定，单政达和志愿者在 9 点前准时赶到了学校。在柴沟小学孙海军校长和老师的关心、帮助下，范晓晓如愿坐到了一年级第一排的座位上。

回来后，单政达根据范树才提供的有限信息，在柴沟派出所民警的帮助下，开始研究孩子户口的事情。根据法律规定，最简单有效的方法就是让医院出具孩子的出生证明。单政达在和医院联系沟通后，医院回复"必须孩子的生母持有效身份证件当面办理出生证明"。

单政达和志愿者们辗转一千多公里，几经周折，总算找到了范晓晓的妈妈徐莉，帮范晓晓办好了"出生证明"。

办好出生证明，单政达又要去派出所帮晓晓落户。结果派出所一查，范树才家连户口本都没有，需要先办户口本。办户口本又需要范树才的身份证。范树才在家里找了半天，把身份证拿到了派出所。单政达一看，范树才的身份证是那种早就作废的第一代身份证，单政达叹了一口气："范树才呀范树才，你这是一直没出过门、坐过车啊，没用过身份证啊。"

单政达又陪范树才缴费、拍照、办身份证。等 20 天后范树才收到办好的身份证，单政达又来到柴沟派出所，总算把事情办利落了。

2014 年 10 月，范晓晓也通过这幕"谍战片"和单政达的来回奔忙，由一个没有户口的"小黑孩"变成了合法小公民。

派出所的民警对单政达说："单书记您可真有耐心，来来回回的都不知跑了多少路了，别的不用说了，光油钱得费多少？"

单政达呵呵一笑："我是一名共产党员啊，既然碰上这事了，我不做谁做？我能看着孩子没户口、没学上？谁碰上谁都得帮不是？你们派出所不也是在帮他们吗？"

（3）

期间，单政达和志愿者们经常来郝家村或学校看望范晓晓，一有空就拉着范晓晓进城玩耍。此时的范晓晓对单政达也不再陌生，一见面就亲热地叫他大爷。单政达也对范晓晓有了感情。据单政达讲，他在第一次拉着范晓晓进城时，看见范晓晓一直趴在车窗上往外看。

"晓晓，看啥呢。"

"大爷，你看那些灯有红的有绿的还有黄的，大白天亮灯干吗？"

"这是管车辆通行的红绿灯，晓晓你没见过红绿灯？"

"在电视上看过。"

在市中医院，单政达和志愿者们陪范晓晓做完体检后，晓晓看见刚刚启用的中医院新门诊楼，突然说了一句"安阳这个高哩！"

单政达也随声附和了一下："嗯，挺高的。"

单政达没事拉着范晓晓进城吃了几次饭，据单政达讲"晓晓很懂事，但总归是孩子，他可以毫不掩饰地说出自己想吃的东西，但不吃独食，会想着家中的爷爷。"

"晓晓，你愿意吃什么？"第一次带晓晓来饭店吃饭时，单政达问晓晓。

饭店展示架上的菜品让晓晓感觉眼花缭乱，他瞅着盆中放着的猪蹄，咽了口唾沫："大爷，吃个猪蹄吧。"

单政达给晓晓要了一个猪蹄子。

拿到猪蹄的晓晓满眼放光，看了一眼单政达，就狼吞虎咽起来。

晓晓吃了一半，瞅着面前的猪蹄，舔着嘴唇但不再吃了。

单政达问他："怎么不吃了？"

"给爷爷留一半。"

单政达眼圈红了一下，心说这孩子还真是懂事，自己没帮错人。

"你快吃吧，管你吃够，我再给爷爷买一个。"

晓晓一听，又拿起猪蹄有滋有味地啃了起了。

单政达问晓晓还想吃什么，晓晓的黑眼珠转了一圈说："吃饺子？"

啃完猪蹄、吃完饺子，两人又去公园转了一圈，晓晓的脸上写满了从没有过的幸福和满足。

（4）

晓晓的户口解决了，融入了群体的晓晓眼睛里的迷茫没有了，代之以澄澈无邪和这个年纪该有的快乐光芒。

后顾之忧解决，范树才的生活也有了奔头。

范晓晓上学后，单政达期间没少来范树才家，一边了解孩子的情况，一边和范树才谈心。其间，单政达帮范树才找了份工作，还为他撮合了一段姻缘。

拿到沉甸甸的工资的那一刻，范树才积压在心头多年的阴霾终于消散了，他找到了人生的方向，也辨清了以后的出路在哪里。

范树才的媳妇非常勤快，多年来，她冬天骑着三轮车收尿，夏天给人家加工手套，两人一年下来，至少能挣 10 几万元。现在，范树才家的旧屋更换了铝合金门窗，还临街盖了四间南屋。范树才买上了摩托车、面包车，房子还安装了空调。秋天到了，范树才家新收的玉米在天井里用钢丝网围了好几垛，这个家，祥和、欢乐，与之前已经是天壤之别。

在单政达感召之下，范树才不但自己致了富，平时还帮着邻居干点力所能及的活，成了一名学雷锋志愿者。

单政达看着越来越自信的范树才，心里充满了自豪。

（5）

单政达说，扶贫不是一阵风，不能搞雨过地皮湿，持续关注，动态帮扶方能长远。像党员雷锋团这样的社会组织在市委市府的指导下参与扶贫，是对政策帮扶的必要补充，两者目标一致、相得益彰。

　　10多年来，单政达和学雷锋志愿服务队伍已遍布全市的各个角落。目前，高密已注册志愿者达10万余人。通过各种方式组织帮扶省内外困难学童16000余人，为1200余户孤困、失独和特殊家庭在送去社会大家庭的温暖，帮他们走出困境。每年冬天，单政达都会组织志愿者们去看望孤寡老人和残障失独家庭，为他们送烤火煤、送棉衣棉被，送生活用品、在政府帮助之余，送去一份温暖和关爱。为了给老人们留驻那份夕阳记忆，单政达还组织志愿者为老人们照相录像。为了让更多残疾人朋友融于社会，单政达主动和他们交朋友，为他们买轮椅、买医疗床，还组织他们外出游玩，看3D电影。

　　疫情期间，300余名志愿者协助镇街社区入户摸底调查；协助是指包靠部门参与暂无物业管理的老旧小区防控值守；3500多名志愿者就近参与村居路口执勤。哪里有困难哪里就有红马甲，哪里有需要哪里就有红马甲。

　　单政达所带团队先后被授予"山东省委组织部党建联系点""山东省最美志愿服务组织""山东省五四红旗团委"等荣誉称号，单政达个人也先后被中央宣传部、中央文明办、全国妇联等授予"全国最美志愿者""全国最美家庭""中国好人"等荣誉称号，并2次荣登《雷锋》杂志封面、中央文明网"好人365封面"，被中宣部《党建》杂志誉为新时代新雷锋的典型代表。

（6）

夕阳西下，胶河水在落日余晖里荡漾着一片旖旎波光，岸边垂柳如烟，几只归鸟在波光云影里翩然翻飞。单政达和志愿者们站在"党员雷锋团"的大门口正在商议着什么。

红马甲在夕阳的映照下更加鲜艳，与天边的云、岸边的柳一起被落日镀上了一圈金黄。

有人开玩笑说：有部电影叫满城尽带黄金甲，咱们这是满城尽穿红马甲呀。

单政达和志愿者们身上的红马甲，遍布高密的各个角落，它是最美的凤城之花，它是这人间四月跳动的火焰。

永恒的微笑

"来呀，撵我们呀，哈哈，看看能不能追上我们……"

"哈哈，熊孩子们，看你们那两脚泥巴，一个个都成泥猴子了，赶紧洗洗穿鞋去……"

在高密市经济开发区小王家庄村边一片麦地里，村里一帮孩子正跟曹永恒嬉笑、玩闹着。因为刚浇完麦子，地里全是泥水，他们干脆脱了鞋子撒起了欢。田里返青的麦苗在一场透水的浇灌下泛出了更加新鲜葱茏的绿意；远处一个浇麦的农人，三两桃花，几棵垂柳，把2016年春天的小王家庄装点成一幅淡雅的水粉画。

2016年2月24日，通过高密市人社局推荐和市委组织部安排，曹永恒来到了经济开发区小王家庄担任第一书记和精准扶贫驻村工作队队长。从此，曹永恒在小王家庄"安营扎寨"，一住就是一年多。

帅气随和的曹永恒特别有"孩子缘"。自从他住在了村委，有一帮孩子先是探头探脑地时不时看一眼这个"新面孔"的"官儿"，慢慢地他们发现这个"新面孔"不但不板脸，还很温暖也很和善，他们就放开了胆儿，经常来这里转悠。曹永恒不忙的时候，就跟他们皮打皮闹地找乐子。爱好摄影的曹永恒还经常用相机定格这些孩子的快乐瞬间。孩子们在镜头前也不拿捏，各种卖萌搞怪摆"Pose"。孩子的笑声，麦苗的清香，这些看似最简单、最质朴的符号，也最容易唤醒沉潜在生命深处的一些东西。看着这帮

曹永恒

天真无邪的孩子，他们爽朗无羁的笑声似乎推开了曹永恒关于童年记忆的门扉，他眼前掠过过往的云烟，嘴角轻扬起恬淡的微笑。

（1）

说起曹永恒近两年的驻村工作，可不像村边麦田那副"水粉画"那么闲适，也绝不像他跟孩子们一起玩那样轻松。

2021年4月16日，我和曹永恒一起来到小王家庄，来看看这个他曾经"战斗"过的地方，来看看他曾经朝夕相处近两年的乡亲们。

小王家庄的村主任冯德亮说："一开始我看到曹书记这么文质彬彬的一个人，我还真不相信他能把这个村管好，谁知道曹书记还真是把不可能变成了可能，我真是服了……"

柳沟崖村、单家官庄、小王家庄村的联合支部书记李绍臣说起曹永恒，言语中是掩饰不住的赞许和肯定："曹书记改变了小王家庄村，他务实，认真，严谨。曹书记吃住在村委，孩子们喜欢来找他玩，村里老百姓有事最先想到的也是给曹书记打电话。曹书记离开小王家庄好几年了，他们有事还是跟曹书记打电话说，没事的时候也会打个电话，发个微信问候一下，这是真处出感情来了……"

而在来小王家庄的路上，曹永恒一个劲地夸李绍臣书记是一个李云龙式的好干部，敢担当，敢作为，工作有魄力，困难面前敢"亮剑"……

我看出来了，这两位书记是"英雄惜英雄"，惺惺相惜。工作中有这样的搭档，想干不好，可能吗？

（2）

从前，小王家庄村是高密出名的软弱涣散村，曹书记来之前，村里已经乱了20多年了。多年来村支部书记像走马灯一样，村中党员基本轮流干了一遍，真可谓高密"奇葩"。

班子软弱，小王家庄村村民的人均收入也很低。村民思想保守，基本靠种地、外出打工来维持生计。村内有小型制钉作坊一个，平时雇用七八个人；另有家庭收粮庄一个，木业加工点一个，并无真正意义上的企业。2014年，该村被列入省定贫困村名单。

这样一个村子，自己这个第一书记能干好不？那时候，曹永恒的心里还真是没有底。

曹永恒知道，干好村官不容易，尤其是这样一个乱哄哄的村，更是难上加难。不过他坚信一点，不管什么样的"官儿"，老百姓只认一个理儿：就看你能不能为大家"办事儿"，让大家得到方便，获得实惠，大家就认可你。否则，你说得再天花乱坠，再"高屋建瓴"，老百姓也不会买你的账。

要想治病，得先找到病根。曹永恒先和老百姓唠嗑拉家常。树荫下，胡同口，经常看见曹永恒坐着马扎和乡亲们一起聊天的身影。曹永恒坐在老百姓的炕头上和他们几个小时地交心走访。连日来，曹永恒说得少，做得最多的就是——倾听。倾听他们心里的不满和牢骚，倾听他们的疾苦和渴望。就这样，曹永恒用了40天的时间，把村里65户人家全部走访了一遍，通过走访，村里情况他就摸个八九不离十。走访的时候，曹永恒让每一户都提意见，汇总起来，收到的意见竟然有80多条。

曹永恒从了解到的情况来看，这个村贫困原因主要有几个：一是村民以传统种植业为主，习惯种植省时省力的小麦玉米等粮食作物，而且多数是靠天吃饭；二是可耕土地较少，种植规模小，产出效益不高；三是村民经商意识较差，都习惯土里刨食，缺少"买卖人"；四是因病致贫户多，疾病蚕食了他们本就不多的积蓄，病痛折磨和经济支出大大降低了他们的生活质量。

工作如何开展？从哪里下手？村委办公室的灯光下，曹永恒拧着眉头思索着。

曹永恒决定先给小王家庄村民交个底——他制作了一个第一书记联系卡，正面是他的姓名、联系方式，背面是他"给小王家庄村民的几句心里话"，印成名片大小分发给村民。拿到卡片的村民先是一愣，心说这个书记不一样，还有"心里话"跟咱们说。仔细看卡片，上面是这样写的：一、本人带着组织的重托，个人的理想与激情，来到小王家庄工作，一定会扑下身子，不取报酬，全心为民。二、当您的家庭或个人有什么困难的时候，不论是白天还是夜里，只要您和我联系，本人将尽全力帮助解决。三、欢迎每位村民对村级工作，特别是对于发展经济，增加农民收入等方面提出宝贵意见和建议，我将和村支两委干部认真研究，民主决策。四、希望本村党员同志牢记宗旨，团结群众，充分发挥先锋模范带头作用，为促进小王家庄全面进步献计献策五、本人出身农村，尊崇人民，敬重事业，愿意和每位村民结交朋友，诚心做事，用心待人。

这语气，这态度，一下子就拉近了曹永恒和村民之间的距离。

对于村民提出的 80 多条建议，曹永恒带领村两委一班人认真研究，能接着解决的接着解决，不能解决的大家研究对策，协调相关部门协助解决。

（3）

小王家庄村北侧是胶济铁路，交通靠两个涵洞，村民出行主要是向南走。南侧的出村路共两条，西边一条在多个部门的支持下，投资 28.8 万元，已经硬化完成。东边的一条，却还是坑坑洼洼，"晴天一身土，雨天一身泥"。一到下雨，路上泥泞不堪，送孩子上学的村民得扛着车子抱着孩子通过这个泥泞路段。经常会有骑车接送孩子的村民摔倒在路上，村民意见很大。村里的主要胡同，村民放置的杂草杂物比较多，不仅雨季水流不畅，还出不来进不去，极易引发火灾。到村任职后，曹永恒决定从改变村容村貌入手，打响村庄治理的第一枪。

曹永恒经向市人社局主要领导进行详细汇报，得到了局领导的支持，并多方筹措到修路资金 4.4 万元。他带领村两委的同志，冒着炎炎烈日，清理障碍物，搞测量，买建筑材料。施工期间，他严抓施工质量，每天靠在工地上，晚上经常干到八九点钟。

修路过程中也不是一帆风顺的，有一位老太太就曾拿着马扎一下子坐到李绍臣书记的车前就是不起来。曹永恒经过询问，才弄明白是因为新修的路面比他们家院子地面高，他们觉得自己家的水排不出去，所以才出来"逼宫"。曹永恒耐心地跟老人家解释，虽然看起来路面比院子地面高，但是排水管道的埋深比院子的地面要低不少，院子排水绝对不是问题。并且说："要是有问题，您找我。"经过再三劝说，老太太确信自己家的排水没问题，才从车前让开。

这次的拦车"事件"虽然顺利化解，却也给曹永恒提了个醒，使他猛然意识到——无论干什么，工作之前一定要做好预案，对可能遇到的困难和对老百姓的影响要充分估计，不能有一丝一毫懈怠和马虎大意。

经过十几天的努力，一条南北长 1500 米的出村路，三条主要南北通透的胡同终于赶在麦收前完工了。老百姓终于不用在下雨天扛着车子、抱着孩子趟过这片泥泞了，他们大踏步走在新修的水泥路上，心里温暖，脚步踏实。

连日来的鏖战把曹永恒熬得灰头土脸，本来儒雅帅气的他脸上晒暴了皮，头发戗戗着，衣服上是一圈一圈的盐渍。村民开玩笑说，曹书记家炒菜不用买盐了，衣服一抖搂就够炒一顿菜的。

走在新修的大路上，曹永恒感觉视线比原来开阔、通透了不少，这时候，他才感觉到自己浑身要散架一样麻木酸疼。曹永恒告诉自己，不要抱怨老百姓的鲁莽和蛮不讲理，如果他是我们的亲人，我们的家人，我们会怎么样？既然和他们走在一起，这就是宿命，是缘分，这就需要自己拿出百分之百的热忱和真诚，与他们共担风雨。自己如果总是高高在上地俯视他们，那就注定自己会成为游离在这个村子之外的局外人，是一个永远的外来者。不要瞧不起任何人的鄙俗，因为我们没经历过他们那样的成长环境，没经历过和他一样的人生。当你对一个人，对一件事都能设身处地为他人想一想，原来预想的一切困难似乎都没有想象中那么难。

（4）

到了小王家庄村，我们肯定要去访一访那几个建档立卡的贫困户。贫困户是村中一个极端的群体，也是一个弱势的群体。因为贫困，他们更能体味别人体味不到的炎凉与辛酸。

路上，曹永恒跟我详细地描述每一户贫困户家庭成员的名字和致贫原因，驻村已经过去了三四年，那种知根知底的熟稔，好像他从未离开过这个村庄。

我们去的第一户是王维成家。70多岁的王维成在一个收废鞋料的厂子看大门。看到我们，他从屋里出来，老远就兴奋地跟曹永恒打招呼。那眼神，那笑意，丝毫没有疏离感。

来到屋内，因为是厂区内的门卫房，屋子里略显拥挤。床上一床颜色鲜艳的玫瑰红的被子特别醒目，一看就是新置办的铺盖。床沿上，坐着一个留着短发、穿着红色毛衣的中年女人。女人见了我们，略带羞涩地笑了笑。王维成倒是很大方，介绍说，他俩现在搭伙过日子。

我心领神会地和女人对视一眼。大概是因为自己害羞的原因已经被"揭穿"，女人反而不再那么拘束，大大方方地坐到王维成身边，不多话，神情和反应却也没有游离在我们的话题之外。

曹永恒因为接了一个电话去了院子。健谈的王维成就和我聊曹永恒，聊曹永恒为他，为他这个家做的大事小情。

这是一个多灾多难的家庭，王维成的老伴几年前去世了，大儿子突发精神病意外身亡。时隔40天以后，王维成二儿子也莫名其妙地突然之间成了精神分裂症病人，整天晚上不睡觉，翻墙跑到村子大街上四处游荡，二儿媳无奈之下改嫁去了别的村。一个好端端的家转瞬之间支离破碎，留下王维成、二儿子、和孙子祖孙三个艰难度日，一向乐观的王维成感觉自己一下子掉进了万丈深渊。

为了帮助王维成走出困境，首先得帮他解决儿子治病的巨额花费，而要解决常年药物控制病情的花费首先得办门诊慢性病证。曹永恒到市精神卫生中心医院、开发区卫生院复印病历，开具诊断证明，协调医保部门，为王维成的二儿子王新武办理了门诊特殊慢性病证，使他享受慢性病门诊报销待遇。王新武治病、吃药的费用大幅下降。

王新武发病时，王维成第一时间给曹永恒打电话。曹永恒也第一时间联系派出所把王新武送到了开发区精神卫生中心。经过一段时间的住院系统治疗，王新武的病情得到了有效控制。

王维成逢人就说："曹书记真是咱老百姓的贴心人，就是自己的家人亲戚也没为俺操这么多心，出这么多力。"

2017年离开小王家庄以后，曹永恒和王维成一直没断联系。每到过年，曹永恒有时候自己，有时候领着科室的同事甚至领着孩子到王维成家，给他带来"福贴"、鸡蛋、米、油等过年物资。

我们从王维成家要走的时候，王维成对我说："为了我，曹书记真是操心了。"

小王家庄村最困难的户是李振明户，李振明因为先天性的"婴儿瘫"，从生下来就没下过炕，在炕上一躺就是53年。他的弟弟李振福一面要照顾躺在炕上的哥哥，为哥哥喂饭穿衣，挖屎接尿，一面还要照顾已经85岁因为脑血栓行动不便的老母亲。为了方便照料，李振福娘仨睡在一个炕上。李振福睡中间，两边分别是哥哥和老母亲。因为照顾哥哥，李振福"奔五"的人了还没成家。我们进门的时候，李振明头发全白的老母亲坐在院子里晒太阳，一看是曹永恒，老太太咧嘴嘟囔着："曹书记又来了，来看我……曹书记真是操心了……"

曹永恒拉着老太太的手，嘘寒问暖，然后扭头对我说："上一次来，大娘的头发还没有这么白。"

　　我们来到室内，炕上的李振明扭头一看是曹永恒来了，咧嘴笑了。孩子一样单纯、会心的笑容。被子底下的李振明身高像个五六岁的小孩子，他用自己力所能及的方式表达着对曹永恒到来的欢喜。

　　说到李振福这么多年的不容易，老实木讷的李振福没有太多话，只是瞅一眼躺在炕上的哥哥，说："怎么着也是条性命，我哪能不管……"多么朴素的话语，却道出潜藏心底人性之至善，伺候哥哥五十多年，又有几人能够做到？

　　曹永恒说："第一次到李振明家，感觉太震撼了，我从来没想到还有这么困难的户。看着这娘仨，心里真是难受……"

　　曹永恒第一次走访时，躺在炕上的李振明身体蜷曲着，因为常年卧床，身体和面部已经变形。屋子里凌乱不堪，散发着常年卧床病人特有的气味。李振明的老母亲头发斑白，脸上挂满愁容，说起话来气息微弱。曹永恒的心被眼前的景象刺痛了，如果不是亲眼所见，曹永恒怎么也想象不到村里还有这样的户。

　　经过交流，曹永恒发现李振明竟然没办残疾证。后来打听村里才知道，村里也想给他办，但是李振明躺了五十多年没出过门，根本没法出行去验残。曹永恒联系高密市残疾人联合会，详细说明了李振明的困难，询问能不能上门验残。残联那边回复，业务人员太忙根本出不去。曹永恒不放弃，他反复沟通，又给李振明拍照发给残联，证实李振明确实不宜外出。曹永恒经过与残联反复沟通，残联领导决定特事特办，派两位主任上门验残。

　　这次残联来不但给李振明验了残，还给李振明因为脑梗行动不便的老母亲也鉴定了残疾等级，分别帮他们办了肢体一、二级残疾证。有了残疾证，李振明母子两个从2016年7月开始享受残疾人生活和护理补贴，这个不宽裕的家庭因此增加了一块收入。

　　从李振明家出来，我们又来到王亦杰家。幸福的家庭是一样的，不幸的家庭各有各的不幸。王亦杰的妻子患有精神残疾，儿子患有肾病，王亦杰自身肢体也有残疾。

　　王亦杰妻子的头顶已经被自己揪得没有了头发。看见曹永恒进来，她眼睛里闪过一丝亮光，很快又沉浸在自己的世界里。

　　王亦杰的儿子在外上学，因为患肾病需常年服药。为了减轻王亦杰的经济负担，曹永恒联系残联给王亦杰争取了两只扶贫羊。过了三个月，扶贫羊又生下了一只小羊羔。王亦杰的妻子满眼放光地瞅着小羊羔，时而拍拍小羊羔的头，时而摸摸小羊羔的背。王亦杰心里也很恣儿，眼前的日子似乎也像这只小羊羔，正在焕发出勃勃生机——媳妇从来没对除了好吃的以外的东西这么上心过。

如今，王亦杰家的羊早已经出栏卖掉，屋内一个大纸箱里养了十几只小鸡。鸡娃们看见我们走过来，呼啦啦挤到纸箱的边角。挤了一会儿，小鸡们又像小孩子闹着玩一样呼啦啦又挤到纸箱另一个角。

我们从王亦杰家出来的时候，曹永恒嘱咐王亦杰："好好看着你媳妇，别让她再去村垃圾箱里翻东西吃，天气热了，吃那些不干净的东西容易生病。孩子马上毕业了，如果找工作的事需要我就随时给我打电话。"

"嗯，到时候需要的话肯定找您，让曹书记操心了。"王亦杰回答得很干脆，仿佛曹永恒是他家特别实落的亲戚，不需要那些额外的客套。

今天走访过的所有贫困户，我发现他们都说过共同的一句话——"曹书记操心了。"

我扭头问曹永恒："曹书记当年为他们操过多少心，才能让他们达成如此一致的共识？"

曹永恒笑笑："也没啥，操心的都是些分内的小事。"

当年，对于小王家庄的贫困户，曹永恒本着实事求是、因人而异的原则：对于没有劳动能力的贫困户，他在积极协调国家有关政策帮扶的同时，多方筹集资金进行救助。有劳动能力的，输血不如造血，他尽量想法让他们自食其力。曹永恒和班子研究成立了小王家庄村环卫队。环卫队从村里困难户中招聘环卫工人，采取自愿报名的方式，组建24人的环境卫生清扫队，负责小王家庄村、柳沟崖、单家官庄三个联合支部村的环境卫生清扫。环卫队卫生工具由集体购买，三天打扫一次，村民每月增加收入600元，一年可增加收入7200元。

经过曹永恒一年来的努力，小王家庄村的道路变好了，村情稳定了，无一出镇街区上访事件的发生；扶贫工作也得了较大的发展，贫困户有了稳定的收入。小王家庄村的扶贫工作也得到了各级领导的充分肯定，省分管扶贫工作的赵润田副省长专门到小王家庄村进行了调研指导。

不管多么粗粝的人，他们也能从细枝末节处感受到一个人是不是真正和自己贴心。越是历经过人生苦难的灵魂，越能感受到什么是真正的善意。小王家庄的村民，感受到了曹永恒的贴心和善意。乱糟糟的村子，在不知不觉中变得安稳起来，像一个整天喧闹混世的人突然开悟，开始思考一些什么，回望一路喧腾而忽略的风物与人情。

（5）

2016 年，上级给小王家庄村拨付了 30 万元扶贫项目资金。对于这块资金的使用，曹永恒和李绍臣书记费了不少思量。是投资入股孚日家纺？30 万资金投资入股不是很可行。建扶贫车间村里自己使用？没有经验又怕管理不善造成亏损。经过曹永恒提议，村委会研究，决定建成车间往外出租。一是解决村内有劳动能力的贫困户和一般群众就业；二是租金可以给村里增收，给村环卫队的贫困务工人员发工资。应该说这是一个科学又可行的方案。

项目可行，资金又成了难题，三十万的扶贫资金是远远不够的。曹永恒只有到处"化缘"。在曹永恒多方斡旋之下，孚日家纺、开发区政府、扶贫单位多方出资，项目终于可以动工了。

在项目施工过程中，又遭到一伙人的抵制，他们上访，打市长热线。听到这个消息，曹永恒突然有点灰心——为了这个小王家庄，我操心费力，好不容易争取来孚日家纺合作这个项目。有谁知道我费了多少心思？有谁知道多少个夜里我辗转反侧不能安睡，建项目难道是为了我个人私利，怎么为大家干点事就这么难呢？本来已经为了促成项目落地已经焦头烂额的曹永恒，此时真是有点心灰意冷。有时候，他真想放弃算了，自己这是何苦呢……

为了摸清底细，曹永恒决定会一会挑头上访的人。经过交流，曹永恒终于弄明白他们的理由：明明是小王家庄的扶贫项目，为什么要建在柳沟崖的地界上？

曹永恒苦笑了一下。他耐下心来跟大家解释：我们的土地是集体用地，不是自己想干什么就干什么，小王家庄的土地都是基本农田，不能用来建车间。只有柳沟崖这块地是建设用地，项目也只能建在这里。再说了，项目建在哪里不重要，收益归谁、用于谁才是最主要的。

解释明白原因，村民也不再闹事，曹永恒心里的一块石头总算落了地。

项目建成了，加工车间 1000 平方米，办公场所 150 平方米，文化广场占地 4 亩。经过磋商，车间对外出租，每年 5 万元的租金用于从事村环卫工作的贫困人员发放工资。小王家庄村扶贫"自我造血"机制终于变成了现实。

文化广场建成以后，每到傍晚，熙熙攘攘的人群就从四庄八疃聚集而来。在欢快的音乐伴奏之下跳起了广场舞。

2016年底，小王家庄村成为潍坊市首批率先脱贫的省定贫困村之一。

（6）

连续几年的干旱，庄户人苦不堪言。2016年3月，小王家庄村民看着满坡的麦子眼看就要枯黄，心疼、着急，却没有解决办法。有村民给曹永恒打电话，反映地里的旱情。曹永恒紧锁眉头，想想从哪里入手解决旱情。外来引水办不到，只有靠地下水补缺。村里33眼机井因为弃置多年已经淤积，办法只有一个——清淤。有办法就立即落实，曹永恒联系市水利局，申请了2.4万元清淤资金，把村里33眼机井清理了一遍。

机井跟人一样，经不起荒废。当我们自我懈怠，总有一天会跟弃置多年的机井一样成为废井。我们需要时不时地给自己清清淤，用自律给淤堵的心灵和懒散的肢体重新赋能，心中才能有活水，我们才能不断前行。

饥渴的麦苗终于喝上了清冽的机井水，那一年，小王家庄村的麦子收成比周边没浇上水的村庄高出了一大截。村中水泥路两边晾晒的小麦籽粒在阳光下散发出淡淡的麦香，增收是另一种减贫，好收成让庄户人的内心无比敞亮。乡亲们又说起那句平时说得最多的话：曹书记操心了。

是的，曹书记真的操心了——这是每一位有良心的小王家庄村村民真诚的心声。

（7）

从小王家庄回来的路上，我从车窗瞥见路两边的麦子已经开始拔节，长势喜人。去年冬天小麦得到几场大雪的呵护，今年春天又总是在小麦最需要的时候下了几场特别及时的透雨。持续干旱多年之后，老天似乎在弥补以前的缺失一般，一切都是它最好的安排。

目睹了贫困人员生活的艰难、人生的不幸和有幸。而曹永恒所能做的，就是尽自己的最大努力缩小他们与健全人之间的生活差距。两年的驻村，他付出了太多，而回馈也是如此丰厚。我想，就像今天我们来到小王家庄一样，曹永恒每一次重新回到小王家庄，内心沉潜的一些事物一定会被乡亲们那亲切的呼唤重新唤醒。

两年的驻村，是一次洗礼，也是命运的特意安排。短短两年，却像人生长河中一个重要的埠口，这个过程重塑了曹永恒的一些认知。这两年的驻村会让曹永恒对待生活的态度和人生的态度发生怎样深刻的影响，我们不得而知，曹永恒自己也不得而知。我确信地是，这个埠口的停驻一定会唤醒曹永恒心中的一些东西，同时也让他重新觉知一些东西。不经意中拉开的帷幔，让我们得见生命的成长，也让我们用全新的眼光看待周遭的一切人与事物。

在向曹永恒求证了几个小疑问之后，我突然想起那几个满脚泥巴的孩子，按年龄推算，他们现在应该上高中甚至有人已经上大学了。不知他们可曾记得曹永恒给他们拍摄的照片，可曾记得他们曾经那样肆无忌惮地嬉笑玩闹，可曾记得曹永恒那深情的，永恒的微笑。

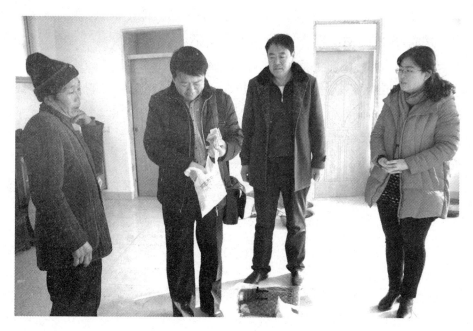

曹永恒走访中

清爱堂的风声

（1）

20世纪五六十年代，那时候的城律公社曾家店子村是个典型的贫水村，村内无一户人家打井能打出地下水——这成了困扰曾家店子村民的一件"糟心事"。曾艳军的爷爷曾胜欣是新中国成立后曾家店子村第一届支部书记。曾胜欣从1966年就酝酿着搬迁村庄，为曾家店子寻一处能打出水来的地方。曾家店子村由三个小自然村组成，三个自然村错落分散，思想工作不好做。故土难离，从有动议到实施经过了一个漫长的动员阶段。一直到1968年正月，曾家店子才开始正式搬迁，搬迁历时五年，到1973年才全部迁完。

曾艳军

就凭曾家店子村整体搬迁这一件事，爷爷在童年时代的曾艳军眼里就是个响当当的"人物"。曾艳军听母亲说，那时候家里经常来驻点的干部，这些干部人勤快，表情温和。每次来她家吃饭，很多时候他们拿起轴子就擀饼，抄起铲子就炒菜。他们吃饭也不白吃，每次还要给奶奶交饭钱。外面的干部经常来村里，爷爷也经常出去开"三干会"。

后来曾艳军和父母搬到了高密，离开了曾家店子，家乡变成了故乡。

来到高密城的曾艳军入学到了西关小学。曾艳军本来对新环境、新同学满心好奇、充满期待，没想到新同学们都对她浓郁的家乡口音很是不屑，说她是个"乡下人"。曾艳军心里很不服气，就你们不是乡下人！三百年前大家还不都是一家人？

一学期结束，曾艳军寒假回到曾家店子。离开这么久，还真有点想念村里的小伙伴，想念这片泥土的清香了。有一种情况是曾艳军始料未及的，村里的小孩子都围着曾艳军瞅，瞅着她脚上那双黑色小皮鞋。曾艳军一开口说话，小孩们接着开始起哄：这人还撇腔！说话语气里绝不是那种艳羡，而是把曾艳军当成了"异类"。

后来曾艳军才弄明白，小伙伴的疏远，一是因为她说话时某一个字的发音已经产生了明显的"变异"，更因为她脚上穿的这双与众不同的小皮鞋。曾家店子人哪有穿这玩意儿的？

曾艳军从此以后回老家再不穿那双小皮鞋了。

（2）

2019年3月份，高密市自然资源局开始动员报名驻村第一书记。同事们似乎没人感兴趣，曾艳军却蠢蠢欲动。潜意识里，她就是觉得自己应该去农村，最好是去曾家店子，至少得去老王吴乡那一带。

曾艳军给老公发信息，说了一下这个还没大成形的想法。老公秒回了几个字：不中、不同意、不行。

曾艳军知道老公为什么如此坚决反对，一是因为他听说以前有的第一书记还没干到期就卷着铺盖卷回来了。二是因为曾艳军从一岁多就来到了高密城，几乎没有农村生活经验，老公担心她适应不了农村生活。

你一个女同志，去干什么第一书记？

曾艳军随之打消了这个念头。

后来，曾艳军跟同事说起这件事。同事对她说："你干行，绝对没问题。"

曾艳军意外地抬起头瞅着同事，本来湮灭的火星又被同事的一句话撩拨起来。她打电话跟母亲商量，没想到母亲满口赞同："去吧，树挪死人挪活，换换地方也不错。"

曾艳军跟母亲开玩笑说："那您得去和我做伴，给我做饭吃。"

母亲说："中。"

儿子得知曾艳军要去包村干第一书记，也是百分百的赞同支持，并且推荐曾艳军看看电视剧《马向阳下乡记》《初心》。

老公看见曾艳军已经下定决心，也改了口："既然你愿意，那就去吧。我倒不是担心你干不好，就是怕你一个女同志去驻村不方便。既然决定去那就好好干，家里有我，放心吧。"

有了至亲之人的支持，曾艳军又重新树起了信心——报名去！

于是曾艳军找到自然资源局领导，说自己想报名试试。

领导正在为单位没有报名的人犯愁，没想到一下子冒出来个救急的曾艳军。

朋友说：你一个女的下去干第一书记，吃住在村里，方便不？

曾艳军挺了挺腰板，试试又何妨？

曾艳军想起了自己那双被家乡人取笑的小皮鞋。如今，我又要回到农村了，不知还会不会被取笑为城里人？她突然想起一个词——宿命。

（3）

2019年4月份，市里召开第一书记工作会，组织部公布了第一书记驻村名单。曾艳军本来想自己是这一批第一书记中唯一的女同志，组织上肯定会考虑驻村方便给她安排个不远不近的城边村，没想到自己被分到了注沟逢戈庄，应该算是高密比较远的村庄了。

自然资源局的领导也觉得确实有点不便，便想再向组织部反映一下，看看能不能适当调整。曾艳军坐在办公室想了一会儿：文件都公布了，再为了自己一个人让领导为难，有点不合适。可能这就是缘分——自己和逢戈庄的缘分。

想明白了，曾艳军跟自然资源局领导说：文件都已经下发了，再调肯定很麻烦，还是顺其自然吧。

领导说：那就尊重你的意见，不过确实有点远。

曾艳军又挺了挺腰板，远就远点吧，试试又何妨？

（4）

来到逄戈庄以后，曾艳军庆幸自己幸亏没调到别的村。

西毗潍水韩信坝，顷王汉冢岭横东。南望巴山长空远，平川北眺城阴城——这首诗，把逄戈庄的地理风貌完美地呈现在曾艳军面前。逄戈庄丰厚的历史文化底蕴，黛瓦粉墙的村容村貌，强有力的村集体班子折服了她。

说起逄戈庄，人们都会自然而然地想到刘墉、刘统勋，想到清爱堂。以刘统勋、刘墉为代表的清爱堂刘氏是清代著名的世家望族，在短短的二百余年里，刘家先后走出了42位举人，其中有11人高中进士，创造了八子登科、三世一品、父子祖孙翰林、五世蝉联进士的诸多辉煌。特别是乾嘉时期，刘统勋、刘墉父子先后为内阁大学士，显赫一时。（《西窗剪红烛》）

"相国家声著，洋洋表海东。披图知胜境，怀旧仰高风。嘉树人常誉，仙庄笔更工。"这是嘉庆皇帝《题石庵师傅槎河山庄图》中的诗句。嘉庆皇帝是刘家的"帝王门生"，对恩师家族钦羡、仰慕，不吝溢美之词

逄戈庄倡文化，重教育。自明代后期已成传统，尊师重教之风延续至今。曾艳军站在清爱堂的正厅之内，一门三宰相的刘墉故里逄戈庄，到底是怎样一方水土才能造就这样的传奇？

走在逄戈庄的大街小巷上，看着路两边的房屋山墙上的水粉画，曾艳军心想，基础差容易出彩，逄戈庄已经建设得如此有特色了，自己这个第一书记该如何打自己的特色牌？

曾艳军想起爷爷经常挂在嘴边的一句话：农村工作说简单也简单，说难也难。要想让老百姓认可，关键是落在一个"实"字上。自己要做的就是不要有那么多的畏首畏尾，那么多的瞻前顾后，而是沉下心来，把自己当成逄戈庄的一分子，踏踏实实地干。

以前回到村子，伙伴们因为自己脚上那双皮鞋不接纳她，说她是城里人。40多年以后，命运又一次让她回到农村，又寻到了自己的根。有些东西看似没有任何关联，却在不可见的时空之外根脉相连，只待合适的机缘，这些根性的东西就会一一呈现。人与人，人与物之间，冥冥之中都有天定的缘分——比如，曾艳军与村庄。

我又回来了。曾艳军与满坡的庄稼深情对话，百草葳蕤、五谷丰茂。小麦、玉米、棉花、大豆、花生、芸豆、白菜、萝卜、南瓜，这些上苍赐予人间的尤物，奉养着百姓苍生，生生不息地繁衍在这片祖辈耕耘的土地上。

（5）

考虑到曾艳军是女同志，住在村委多有不便，且逄戈庄与镇驻地毗邻，注沟党委便安排她住在镇党委女工宿舍。曾艳军及家人曾经担心的住宿问题迎刃而解。曾艳军跟自己说：做事之前不要先自己把自己吓倒，车到山前必有路，水到桥头自然直。自己预先给自己设想的那些困难与障碍，都会在你的坦然接受中迎刃而解。

第一书记的一项重要的工作任务就是带领村里的贫困户脱贫致富。心里有数，才能做事有谱。曾艳军先把村里的 17 户贫困户挨个走访了一遍，把情况摸了个大概。

逄戈庄共有建档立卡贫困户 17 户，在走访过程中，曾艳军发现孙树支户情况有点特殊。建档立卡贫困户孙树支已经 70 多岁，有一个女儿，一个儿子。女儿上大一，儿子上初中。孙树支靠给板厂起钉子打点零工赚点零花钱，媳妇因为右手残疾只能在家做饭，做一些简单的家务。

曾艳军纳闷的是，孙树支家只有两间房子，一间安着锅灶作为厨房和"当门"，另一间作为卧室。

原来是孙树支有弟兄两个，家里一共四间房，父母分家时给他们兄弟两个一人两间。

孙树支女儿都二十多岁了，一家四口挤在一起，曾艳军能想象得出女孩的那种难堪与苦恼。

她先跟村干部打听孙树支弟弟家的情况，了解到孙树支的弟弟与孙树支临墙，家里也是两间房子，而且他跟孙树支家共用一个天井。但弟弟平时基本不在村里住，只有逢年过节回来看看。

曾艳军突然找到了突破口，她让村干部联系孙树支的弟弟，跟他商议能不能把他的厨房稍微改造两家共用一个厨房。这样孙树支家原来的厨房就可以腾出来作为一间卧室，也就避免了四个人挤在一间房里的尴尬。孙树支的弟弟一开始不同意，他怕到时候房子的归属说不清。曾艳军晓之以理动之以情，毕竟是一母同胞的亲兄弟，终究是血浓于水。在曾艳军和村干部的轮番动员之下，弟弟最后松了口。

孙树支的弟弟答应了，村里立马行动。他们在孙树支弟弟的厨房里另垒了一套锅灶，孙树支和弟弟两家共用一个厨房。然后村里又把孙树支家原来厨房的锅灶清理出去，进行吊顶、粉刷，把"当门"改成了一间卧室。

在整改房屋的过程中，自然资源局的侯兆明书记来到孙树支家，帮他订窗帘，打扫卫生，把屋里收拾得干干净净。

一家四口挤在一间房里的日子终于一去不复返了。

今年清明节孙树支的弟弟回来，从超市买了烧肉和一些熟食来到孙树支家，想和哥哥嫂子一起吃顿团圆饭。

孙树支的媳妇说："家里啥都有，你还买啥东西，咱自己做就行。"

小叔子说："我也没花多少钱，将就着吃点就是了。"

看着这一家人如此和睦友好，兄弟两个没有因为房产问题产生芥蒂，曾艳军悬着的心总算放下了。

以后的日子，曾艳军一直关心着孙树支一家的生活，时不时地过来看看。每次过来就嘱咐孙树支的妻子："孙树支这么大年纪了，还出去干活，你一定得把他的生活保障好啊，在家早点做好饭，让孙树支到家就吃热乎饭。"

如今，曾艳军再去孙树支家，孙树支的妻子就说："我老早就给他做好饭，回家就吃，水也帮他放到不冷不热，正好喝。"

孙树支家该享受的各项扶贫政策都已落实，女儿也即将大学毕业，日子一天比一天好起来。

（6）

逄戈庄还有另一户贫困户刘世兰，刘世兰因为大脑炎后遗症患有精神残疾，丈夫前几年因为癌症去世。刘世兰有一二十岁出头的儿子叫吕文亮，在高密打工。

曾艳军第一次去他家走访，精神残疾的刘世兰在屋里怎么也打不开门。村干部把刘世兰的兄弟媳妇王令霞叫了去，才把门打开。

进门后，曾艳军发现刘世兰的头发几乎是"毛寸"。村干部告诉她，刘世兰几乎没理过发，每当有头发长出来，刘世兰就自己把头发薅掉了。每当有头发长出来，她就不住地扯着头皮往下薅。

曾艳军后来了解到，一直是王令霞在伺候自己的大姑子刘世兰，而且已经伺候了四五年。俗话说久病床前无孝子，王令霞能伺候没有任何血缘关系的大姑子这么长时间，让曾艳军很是感慨。

曾艳军跟村干部说，村里以后要是评选什么好媳妇好妯娌什么的，千万别忘了王令霞。

在一次走访时，刘世兰的帮扶责任人李明明发现刘世兰的儿子吕文亮从陕西进了一批冰糖心苹果，因为没有销路压在了家里。李明明和曾艳军商量该怎么帮他。

曾艳军想，吕文亮小小年纪知道自立自强，绝不能因为这些苹果滞销烂掉打击他的主动致富脱贫的热情，一定要帮他把苹果卖出去。

曾艳军和李明明帮着吕文亮转发朋友圈，呼吁身边的亲戚朋友购买苹果。个人的力量毕竟有限，曾艳军又向自然资源局的领导汇报了此事。侯兆明书记马上发动自然资源局的干部职工购买苹果。人多力量大，同事们都踊跃购买。曾艳军帮吕文亮把苹果拉到城里的约定地点，以方便同事们都过来拉订购的苹果。曾艳军帮着吕文亮统计卖出的苹果数量，并代收苹果款。

在自然资源局干部职工的同心协力之下，一气帮吕文亮卖出了110箱共计3000多斤苹果。后来，自然资源局又有职工吃着苹果口感好多次回购，陆陆续续竟然卖掉了4000多斤。苹果在不长时间卖完，去掉了吕文亮的一块心病。

苹果卖完后，曾艳军教吕文亮把苹果数量和收到的款项一笔一笔对起账来，把货款转给他。

吕文亮紧皱的眉头舒展开来，一个劲地感谢曾艳军，感谢自然资源局，感谢所有帮过他的热心人。

得知吕文亮在高密打工，方便的时候，曾艳军就叫着吕文亮一起吃顿饭，两个人谈谈心，交流一下吕文亮母亲和他自己以后的打算和出路。

吕文亮把曾艳军当成了自己的知心大姐，有什么糟心事也愿意跟她说一说，唠一唠。

（7）

曾艳军想：要想盘活一个村庄，真正做到脱贫致富、乡村振兴，就要有可持续营收的产业，而逄戈庄深厚的文化根脉是乡村振兴可以依托的一个点。以文化振兴促产业振兴，以产业振兴带动乡村振兴，这应该是适合逄戈庄的一条发展之路。

曾艳军和吴来荣书记经过多次探讨合计，决定在清爱园入口旁边开一家小饭馆，让来清爱园观赏的游客不再跟以前那样：看完清爱园，连个落脚吃饭的地儿都没有，看完就走了。逄戈庄有现成的门面房，但是没人懂技术、会经营，也不知道饭店的门面房该如何装修。

有朋友向曾艳军推荐高密嘉合饺子店的冯爱萍店长，建议她去和冯总协商一下，能不能开一家嘉合饺子分店。

朋友先跟冯爱萍联系说了一下曾艳军的想法。冯总说因为疫情和经济下滑，暂时没有开分店的意愿，以后再说吧。

曾艳军打算亲自去见一见冯爱萍。第二天一大早，曾艳军来到高密火车站附近的嘉合饺子店。她发现店内装修很有特色，生意也非常火爆。一看冯总就是有品位、懂经营的一把好手。

冯爱萍没在店里，冯爱萍的爱人邱哥接待了曾艳军。听了曾艳军的想法之后，邱哥委婉地拒绝了她：经过前几年的打拼创业，现在店里一切都步入正轨，经营有序。他和冯爱萍好不容易可以松口气了，他不想再让媳妇那么累。冯爱萍现在要做的就是当好她的大总管，空余时间发展一下自己的业余爱好，消遣一下，休闲一下。

曾艳军从嘉合饺子店出来，心里有点失落。但她还是有点不死心。晚上下班后，曾艳军又来到嘉合饺子店，她要亲自跟冯爱萍谈谈。

这次她终于见到了冯爱萍本人。冯总看起来温婉端庄，身上有那么一种其他生意人没有的渗透着文化味的高雅气质。

曾艳军与冯爱萍一聊就是两个小时。曾艳军从自己下村干第一书记的初心讲到乡村振兴；从逄戈庄现状讲到清爱文化的传承，从乡土人文讲到人生价值。

她的执着与情怀引起了冯爱萍的共鸣，同样有情怀的冯总被她打动了。

聊到最后，冯爱萍眉毛一扬，瞅着曾艳军："那就试试？"

曾艳军如释重负："试试又何妨！"

（8）

有了意向立马付诸实施，曾艳军、冯爱萍、吴来荣书记首先集思广益把饺子店名字取好：桐荫轩嘉合饺子加盟店。

接下来就是店面门脸装修安装。安门窗，铺地面，垒灶台，整排水沟，安油烟机，墙面贴瓷砖等土建安装工作由吴来荣书记主抓完成。村文书陆桂忠、曾艳军、冯爱萍去采购桌椅条凳，锅碗瓢盆等物资。曾艳军采购时有意让村民共同参与，一是保证支出透明，二是要让他们亲自体验，便于以后经营管理。

从开始动手到一切齐备，总共用了五天时间。曾艳军开玩笑说：这就是"嘉合速度"。

一切准备就绪，最重要的是找经营分店的店长和技术人员。后来经过村干部推举，把建档立卡贫困户的妻子杨术英派到嘉合园学技术，让村干部张治云参与管理。张治云人干净利索，吃苦耐劳，人品也好，曾艳军也便放心地把饺子店交给张治云经营。

店面准备好之后，第六、第七天，冯爱萍带领分店招来的管理人员和员工去高密嘉合总店体验观摩。冯爱萍手把手地教她们体验活面的手感，软硬的火候，教他们调制各种饺子馅，还要教张治云运营管理。

桐阴轩嘉合饺子分店的顺利落成，让门楣高大的清爱堂除了书香雅颂又拥有了一份人间烟火气息。

饺子店开业之初，冯爱萍几乎每天一个来回，往返近百公里路来进行技术指导。曾艳军经常在桐荫轩客串跑堂、打杂，有时候也要当采买总管。店长张治云不负众望，吃苦耐劳，悉心管理，每天起早贪黑，随叫随到。

大家的辛苦没有白费，饺子店的日营业额一度达到2000多元，在一个偏远的农村，这样的营业额已经非常可观。

合作社模式运营的饺子店为逢戈庄的经济带来了源头活水，为刘墉故地的乡村振兴涂写了重重的一笔。

（9）

饺子店成功开业的同时，曾艳军又开始琢磨整合村里闲散劳动力，组织部分妇女共同参与蒸馒头。馒头采用自产小麦磨面、纯老面引子、柴草大锅蒸等传统工艺。老百姓做好馒头之后，由张治云店长收到店里来，由合作社统一包装、管理、储存、调配。曾艳军和刘洪岩负责进行网上销售，运输派送由村文书陆桂忠来负责。馒头产业运营到 21 天的时候，单户最高产量竟然达到了 1720 斤。村民的脸上笑成了馎馎花——曾艳军为她们找到了一条致富新路子。

手工制作的馎馎以麦香浓郁、口感筋道、色泽美观等特点深受高密城广大市民的喜爱，春节前供不应求，成为潍河流域面食文化的一道靓丽风景。馒头产业的初战告捷，增强了曾艳军以此为契机扩大产能的信心。深入开发以刘埠文化为主线的文化旅游产业，为群众增收致富是一条可行之路。

第 111 个妇女节及花样馎馎大赛

（10）

引进产业项目的同时，曾艳军没有忘记逢戈庄深厚的文化底蕴，时不时地要打一打文化这张牌。

在曾艳军驻村的这两年，经村民代表大会同意，组织举办了两届农民丰收节，两届三八妇女节。每一次的节日盛况都采用网络直播方式向外界推送，让外界了解逢戈庄，把宣传娱乐融于一体。

第二届农民丰收节曾艳军设计植入商业模式，在节目现场设了一些摊位，吸引一些房地产公司、食品加工厂、手套加工厂等来做商业宣传、产品展销、现场招工等活动，丰收节为逢戈村创造了一定的收益。

第三届丰收节，在常规歌舞节目之外主推了一个情景剧。让村里老人扮演刘墉和纪晓岚，通过乾隆皇帝看今日之逢戈庄，用这种别开生面的方式宣传推介逢戈庄。贫困户孙树支的云南妻子穿着民族服装去看丰收节节目，这样的服装在她的老家云南只有特别盛大的节日才会穿。孙树支的妻子成了丰收节当天舞台之下的一个亮点。以歌典、舞蹈、游戏等形式多样的节目，不仅展示了村庄欢乐祥和的丰收气象，也通过丰收节活动的举办，历练了村干部的组织协调能力和团结谐作精神，为下一步将逢戈庄发展成为旅游村打下一定的管理基础。

第三届丰收节逢戈庄村干部与主持人合影

2020年三八节，曾艳军别出心裁组织了一场花样饽饽大赛，我有幸去当了一回评委。我们温柔贤惠的妇女姐妹们带着自己制作的老面引子、手工柴草大锅蒸的传统花样馒头参加比赛评选，她们发挥自己的聪明才智，以独特的手艺和绝活制作了精美的馒头作品，品出了色香味俱佳的口感，蒸出了红红火火的好日子。大赛还没开始，老面引子饽饽那股清香纯正的麦香味儿让我忍不住咽了好几下口水。曾艳军说：党支部、村委会举办这一场花样饽饽大赛，目的就是挖掘村里的传统手艺，看看村里到底有多少生产能力，为了下一步乡村产业振兴做铺垫。

（11）

一个文明、有文化底蕴的村庄，当然要有整洁规整的村容村貌。逄戈庄村里每个胡同内都有垃圾箱，天气热的时候，垃圾箱散发臭气，且招来苍蝇蚊子，让村民很是反感。村民也经常因为不让垃圾箱摆在自己家门口起纠纷。散发臭气的垃圾箱成了村内的一块久治不愈的牛皮癣。

曾艳军以村庄清洁行动为抓手，建立保洁长效机制，独创了"垃圾不落地"卫生管理方法。村民每天早上6点至7点自行将垃圾装袋后放在大门口外侧，由保洁员统一收集外运，真正实现了村内无垃圾桶和垃圾不落地。

以前村内几乎每个胡同都会有垃圾箱，谁也不愿意把垃圾箱放在自己门口。还经常因为垃圾桶摆放位置起纠纷，跑到村委让村干部处理"官司"。

村内不见了垃圾桶，没有了垃圾桶周边投放散落的垃圾，村子里的苍蝇蚊子明显的少了。

保洁岗位优先安置有劳动能力的贫困户，为他们增加收入。虽然收入不是很高，但毕竟是细水长流。老百姓很是欢迎，曾艳军心里也很是欣慰。

逄戈庄以"垃圾不落地"为契机，全力整治农村"四大堆"、私搭乱建、断壁残垣、生活污水直排、弱电线路凌乱等问题，并通过村规民约、"门前三包"、旱厕改造全覆盖等措施，积极培育村民健康文明生活方式，全力维护良好自然环境和村庄干净整洁，在2019年底高密市观摩评议中，逄戈庄获人居环境整治项目第一名。

（12）

逢戈庄刘家祠堂曾作为公社、村委办公场所使用，随着时代变迁逐步闲置荒废，其文化价值、空间价值、土地价值未得到有效利用。为保护开发刘氏文化，变文化元素为发展要素，区村两级决定对刘家祠堂房屋进行修缮改造，并在此基础上建设了占地6亩的清爱文化园，集中展现以刘统勋、刘墉为代表的刘氏家族"清廉爱民"政德家风文化，让闲置房屋成了文旅产业发展的载体。

逢戈庄村的清爱文化园二期工程，重点建设相府老街、东西门楼、廉政书屋等，进一步完善功能设施，着力打造集廉政教育、文化体验、观光游览于一体的精品文化项目。目前该园年接待游客1.2万人次，被评为山东省师德涵养基地、潍坊市爱国主义教育基地、廉政教育基地，高密市廉政文化教育基地、党员干部教育培训现场教学基地，并列入山东省廉政教育基地建设计划，现正进行3A景区申报。

清爱文化园建成后，逢戈庄村借势投资120万元，翻修周边沿街房，由村委统一对外招商。已有农业银行代办点、公益文化研究的刘墉文化研究院及依托逢戈庄旅游合作社成立的百货店、特色小吃店等多家商铺入住，通过房屋租赁，可实现村集体年增收6万元。目前，该村集体经济年收入达100万元以上，农民人均收入超过1.5万元。

"单丝不成线，孤木不成林"，逢戈庄村聚焦产业振兴，以清爱文化园为"先手棋"，通过招引关联项目，布局文旅产业发展。村东顷王冢，为汉高密国顷王之墓，省重点文物保护单位，两千年风雨沧桑，汉风古韵犹存。顷王冢西侧，落地投资25亿元的山东上元甲子汉文化小镇项目，主要发展影视、康养、文旅等产业，已列入潍坊市重点项目和高密市"五个十"重点支撑项目，目前项目展厅已建成，商业步行街三座建筑主体结构基本完成。村庄西北侧，引进占地320亩的龙林雨漂流项目，依托地形地势设计漂流河道、溶洞景观，进一步丰富经济业态，与周边生态采摘、文化体验等形成优势互补。

逢戈庄村庄格局规整、肌理清晰，以相府街、永清路为"十"字轴线，呈方形展开，共有东西街巷18条，南北街巷8条。村内沟渠湾塘桥涵等要素保存完好，与乡村生态空间、生产空间、生活空间融为一体。村内建筑风格特色统一管理，以灰白为主色调，按明清风格对民居、建筑物等实施仿古改造，民居屋顶喷灰色外墙漆，墙面喷涂灰白二色外墙漆，墙体下部贴仿古砖，屋檐屋梢贴青瓦，整体呈现协调一致、古朴雅致，彰显传统特色，留住乡情乡愁。

"四旁五荒"、房前屋后等见缝插绿、栽花植绿，实现"村在绿中、人在景中"。走进逢戈庄，灰瓦白墙的民房掩映在绿树红花之中，干净整齐的村巷、接天映日的荷花、安居乐业的人们如一幅美丽画卷。

逢戈庄村位于高密市注沟现代农业发展区管委会驻地，520 户、1826 人，党员 86 名，耕地面积 3645 亩。近年来，该村以盘活闲置农房为切入点，大力发展乡村文化旅游，让村庄从名不见经传蝶变为山东省美丽乡村示范村。

（13）

乡村振兴，文化先行。而文化振兴又推进产业振兴，逢戈庄村对清爱堂文化的发掘成为当下乡村振兴的一个亮点。清爱之魂穿越 200 多年的时空，在逢戈庄人的发扬光大之下，依然闪耀着警世育人的光芒。

或许有人会说，曾艳军也没干太多与扶贫有关的事。我们的眼界为什么非得盯在看得见、摸得着的物质层面？文化是什么，文化是启智的钥匙。文化的浸润，开启了人的心智，开阔了人的眼界，打开了人的视野。逢戈庄人知道了山外青山楼外楼，思想长出了翅膀，赶走贫穷迎来振兴，还会远吗。

布谷鸟一声长一声短地提醒着人们："光棍光棍儿，磨镰割麦儿，光棍光棍儿，磨镰割麦儿……"把整个天地都叫喊得刮起了暖煦煦的风，布谷鸟不知道逢戈庄的人们早已经不用镰刀割麦了。

可以肯定的是，不管曾艳军以后的路走多远，逢戈庄都是她生命中一个绕不过去的驿站。不管曾艳军离开多久，逢戈庄人会记得，曾经有这么一位小女子来过这里，给她们带来别开生面的三八妇女节，带来农民丰收节的欢笑，带来铜荫轩清蒸榆钱儿的清香，带来文化兴村的畅想和希望。

起风了，风刮过逢戈庄的相府大街，刮过清爱堂院里的那丛翠竹。窸窸窣窣——窸窸窣窣——像极了刘公当年夜读翻书之声。

大地的女儿

——记大牟家镇万亩良田家庭农场王翠芬

春寒料峭，几只喜鹊在不远处的杨树上叽叽喳喳地呼叫着春天。地上零星的紫花地丁和蒲公英经过一个漫长冬天的蕴蓄，早就按捺不住在喜鹊的招呼声中开出了紫色、黄色的花儿。棚外春风如剪，塑料大棚内却早已是朱红翠绿，瓜果飘香：绿叶红根的头茬春韭让人想起小时候奶奶侍弄的小菜园，白色细绒毛上挂着细密水珠的西红柿晶莹剔透得像一个个童话——这就是位于大牟家镇王翠芬的"万亩良田"农场的一个缩影。

王翠芬

"我喜欢土地，只要站在土地上，闻着土地的香味儿，就感觉心里格外踏实，格外有底气。"在满眼葱翠的羽衣甘蓝田垄间，王翠芬边走边跟我们说。

见到王翠芬之前，路上我一直在想象她的样子。我想象中的王翠芬既有事业型女强人的精明强干，又有那种整天在田地里劳作，农村妇女的质朴和憨厚。待到见到王翠芬本人，与我的想象还是有些出入。留着短发，着咖色风衣的王翠芬显得干净利落，握手时她手上的老茧硌得我一愣神儿。言谈之间，我们能感觉到她经历过大风大浪后的那份从容淡定，经见过大世面的开阔视野和坦荡气度。是大牟家开阔的地域视野造就了她？还是王翠芬骨子里本就是这样的人？

（1）

大牟家镇地处高密西北部，耕地多达 16.5 万亩，素有高密"北大仓"之称。

放眼望去，大牟家开阔辽远的土地之上，天空似乎都比别的地方更高、更远，也更蓝。

天高地远出能人，这不，大牟家镇就出了个"万亩良田"全国种粮大户——王翠芬。

经过25年的艰苦创业，王翠芬的"万亩良田"农场成方连片土地面积达6300多亩，农场种植以大田作物和蔬菜种植为主，首当其冲的当然是小麦，种植面积达3000亩；菠菜种植面积2000多亩，是国内最大的菠菜出口种植基地；王翠芬引进的国外品种蔬菜——羽衣甘蓝达1000多亩，是亚洲最大的羽衣甘蓝出口种植基地；2019年以来，先后有德国、美国、埃及、比利时、荷兰、加拿大等七个国家的客户前来基地考察洽谈；2020年，王翠芬的农场获评粤港澳大湾区"菜篮子"生产基地，蔬菜可直供粤港澳大湾区。基地订单农业年出口各类蔬菜8000多吨，在蔬菜出口订单不断加大的同时，今年农场又与北京"每日优鲜"签订了内销合同。

自己致富的同时，王翠芬没有忘记自己的父老乡亲，通过产业带动周边村民致富，通过为贫困户提供就业岗位等方式助力脱贫攻坚。

在追求安全食品的路上，没有捷径可循，做一个热爱农业，读懂农业，做良心农业的农业人——从创业之初王翠芬就秉持这样的绿色健康发展理念，尽量少用农药，少用化肥，规范技术流程，从而有效减少了药物和重金属的残留。

在"大包干"后的三十多年间，因为曾经的饥荒如阴霾一样始终压在一代人的心头，人们对饥饿和贫穷有一种天然的恐惧，表现在行动上就是对农作物产量有一种近乎疯狂的执拗追求，恨不得我们的土地一年四季都能长庄稼，恨不得我们的庄稼能够一亩打十亩的粮。由于过度追求连年高产，我们的土地早已在大量化肥和农药的侵蚀下不堪重负。而随着物质的极大丰富，人们不再满足于解决温饱，对产品品质的要求日益提高，那些化肥和激素催生的粮食、菜蔬已经越来越让人丧失胃口。

有些过度的东西，总会在历史的某一个节点蛰疼一下人们麻木的神经——很多地方因为水源和土壤污染和各种食品安全问题导致出现了癌症村和新生儿畸形，各种癌症患者以让人咂舌的速度出现在我们身边熟悉的人身上。时代呼唤绿色农业，时代呼唤像王翠芬这样做良心农业、绿色农业的人。

（2）

通过采访，领略了王翠芬辉煌成功的同时，我们也知道了王翠芬成功背后那些不为人知的辛酸故事。

20 世纪 90 年代，农民的日子并不好过。种地要交公粮，交三提五统，每年还有出不完的义务工。庄户人忙活一年，年前借的债，到年底还是还不上，甚至还要旧债之上添新债。农民对种地失望至极，很多年轻人选择离开土地进城务工，家里的地留给留守老人耕种，导致大片良田被撂荒。王翠芬看着地里长势凶猛的荒草，心里很是疼惜。"中国这么大，这么多人口，都不种地了，大家吃什么？"王翠芬望着茫茫"草原"，心中萌生了一个想法——我要把别人不要的地收起来种！民以食为天，你们不种我来种，王翠芬突然觉得自己的想法有点"伟大"。

王翠芬跟家里人说了自己的这个"伟大"想法。家里人异口同声一致反对："别人为什么不种？因为种地不挣钱呀，明摆着折本的买卖你偏要去做，你说你是不是吃错药了？"

"不挣钱是暂时的，国家不会任由这种局面发展下去，都不种地了，没有粮食我们都喝西北风？"

"你还操心国家的事啊，这是你能管得了的，反正我们都不同意，要种你自己种！"

"自己种就自己种。"王翠芬的执拗劲儿上来了，她真去联系了村里一些不要地的户，把他们的地收了过来。虽然收这些地不要钱，大家还是很愿意把地给王翠芬，因为以后的公粮、三提五统、义务工都随着地转给王翠芬了，他们这是卸下了一个沉重的包袱啊。

王翠芬一口气包了 13 个户的 100 多亩地，开始在田里没日没夜地劳作。村里人都为王翠芬捏了一把汗，谁都知道，赶上年景不好，地里连要交的提留都挣不出来。

第一年，王翠芬种了七十亩棉花，种棉花是个特别耗时耗力的活，她一个人根本忙不过来。说是让她一个人干，家里人哪里忍心，一家人一起帮着王翠芬在这七十亩棉田里忙活着，他们压根就没想到王翠芬真能把那个"伟大的想法"变成现实。

种棉花需要打药，但是 70 亩地靠那种小喷雾器根本打不过来。王翠芬听说现在有一种自动喷雾器容量大、打药快，适合大片棉田使用，王翠芬赶紧筹钱去买了一台。这种喷雾器装满水和药后重达80多斤，且因为喷药速度快，需要在地里跑起来才不至于浪费农药。王翠芬一个弱女子背着80多斤重的喷雾器，赤脚在棉田里来回奔跑，500多米长的地，王翠芬不到十分钟就得跑一个来回。一天劳作下来，王翠芬的骨头都要散架了，但是在家人面前她不敢叫苦，也不能叫苦……

地是收来了，活也干了，但是王翠芬一家要技术没技术，要机械没机械，年景不好的时候没有收成，年景好的时候种出的作物没有销路卖不出去，一年又一年下来，王翠芬包的地一直在亏损。即使是亏损王翠芬在家人面前也不能说亏损，为了还上欠别人的种子钱，化肥钱，王翠芬拆了东墙补西墙，从张家借了还给李家。王翠芬秉持一个原则，人可以缺钱，但不能缺信用。答应别人五一还钱，哪怕是借钱她也会最晚到4月30日把钱还上。

1997年的腊月二十六，王翠芬在她的100多亩地里没日没夜劳作了一年，除去农业税、公粮、提留等费用，不但没有盈余，还欠着37个户的种子、化肥、农药钱，最少的一户欠着十块钱。

农村的习俗是年关清债，一般一年内借的邻亲百家的钱，或者欠的工钱，到了年底会想法清账，让人家过个宽拓年。实在没钱还债，借钱的人也要给人家解释一下原因，俗话说没钱还能没句话？

都腊月二十六了，王翠芬欠的钱根本没有着落。王翠芬心里掂量着：快过年了人家肯定会来家里要钱，家人本来就反对她包地，知道自己干了一年不但没挣着还欠下这么多债，那更得反对了。不行，得跟大家说说过年别来家里要钱了，可是怎么去跟人家开这个口呢……王翠芬躺在床上翻来覆去怎么也睡不着，她沮丧，她自责，她懊恼……

第二天是腊月二十七，不能再拖了，王翠芬把心一横，骑着自行车，把这三十几户挨个跑了一遍。

她让大家等到来年春天，她把地里的菠菜卖了，一定第一时间把饥荒还上。

跑完这三十七个户，王翠芬身心俱疲。她迎着西北风骑车走在回家的路上，脸上的泪流进嘴里，流进衣领里，王翠芬也不擦，任北风像小刀一样割在脸上，脸上的泪似乎结了冰一样透心凉啊……

乡亲们用自己的淳朴和善良包容了王翠芬，他们没有一个人去王翠芬家里要钱，这个年，总算是过去了。

王翠芬七岁的儿子王伟利看到别的孩子吃方便面，回家来跟王翠芬说，"妈，某某吃的方便面真香，我也想吃。"

"你就知道吃，破方便面有什么好吃的！"

王伟利从没见母亲发这么大的火，他委屈地含着眼泪蹲在地上不再说话。

那一刻，王翠芬心里刀割一般难受，哪里是方便面不好吃，是自己兜里没钱啊。王翠芬啊王翠芬，你累死累活到头来连一包方便面都给孩子买不起，你说你还忙活个什么劲啊……

那段时间，王伟利经常看见母亲坐在树荫底下偷偷地哭，年幼的王伟利不明白母亲到底怎么了，他以为是自己做错了什么惹母亲生气了……

（3）

为了扭转连年亏损局面，王翠芬想引进荷兰蔬菜新品种——羽衣甘蓝。羽衣甘蓝种子在王翠芬的热切期待中种了下去，发芽的那几天，王翠芬整天蹲在地头瞅着那些稚嫩的小芽，一棵棵菜苗仿佛就是王翠芬的一个个孩子。王翠芬整天看啊盼啊，盼着幼苗赶紧长大。令她失望的是，羽衣甘蓝的幼苗长了没几天就不再生长，慢慢地蔫了，死了。王翠芬锲而不舍地实验，羽衣甘蓝幼苗不是冻死就是热死，不是涝死就是旱死，三四十亩羽衣甘蓝赔了个血本无归。王翠芬欲哭无泪，老天爷是不是故意跟我作对？

王翠芬知道自己是因为关键的技术不过关才一而再再而三地亏损，我就不信我王翠芬能这么轻易被打倒。哪里跌倒了哪里爬起来，王翠芬和儿子、女儿一起研究，网上查询，请教专家。功夫不负有心人，连续几年的失败之后，2010 年，来自以色列的羽衣甘蓝种子终于在王翠芬的大田里落地生根了，王翠芬提心吊胆，整天趴在地里看着羽衣甘蓝冒芽，看着稚嫩的小芽拔高，看着羽衣甘蓝舒展出羽翼般的叶片。王翠芬抑制不住心里的激动，这次终于成功了！王翠芬看着眼前翁翁郁郁的甘蓝，眼里涌满了泪水。

有心人，天不负，所有的付出，所有的劳累都值了。

2006 年，庄户人迎来了自己的春天——延续了几千年的农业税和三提五统都取消了。随着形势的日渐好转，2007 年，王翠芬承包的土地已经扩展到 1000 多亩，机械化程度比最初那几年已经高了不少。但是王翠芬始终有一块心病——大田浇水始终没实现机械化。因为持续干旱，地里的玉米萎蔫，叶子都拧成了绳，就靠晚上下点露水叶子能暂时舒展一会儿。大田农作物对水源要求高,大水漫灌不但浪费人力还浪费水源,四十多台机械同时抽水,还是会出现这边没浇完,那边已经干了的窘境。王翠芬偶然从报纸上看到郑州有节水喷灌机械,她当机立断,买了两包方便面,借了80元钱就坐火车去了郑州。到了郑州,王翠芬按报纸上的地址找到的却是一家电缆厂。王翠芬又在郑州打听到江苏有一家这样的厂子,她又辗转到了江苏。结果到了江苏还是竹篮打水一场空。江苏那边的人又告诉她,其实济南就有这样的厂家。王翠芬又风尘仆仆地来到了济南,看着厂门口那个"济南华泰保尔灌溉设备工程有限公司"的牌子,王翠芬激动得就要哭了,终于找到了!

王翠芬在厂办公室坐了一上午,出来进去的人都用异样的目光打量着这个灰头土脸的女人,那眼神分明是——怎么来了个要饭的?王翠芬自己知道,这连续多日的奔波焦虑,自己身上又脏又臭,真的跟个要饭得差不多了。看到王翠芬一直等在那儿不走,下午三点多的时候,有一个叫杨敏的销售经理接待了王翠芬。王翠芬说明了自己的来意,杨敏半信半疑,问她有多少地还要买这样大型的喷灌机。当王翠芬报出一千多亩的数量时,杨经理惊得半天没合拢嘴巴。

通过交流,杨敏终于相信了王翠芬,她与王翠芬签订了购买合同,还陪同王翠芬去高密农机局办理了农机补贴。一台喷灌机要九万多元,王翠芬回家借了九个户凑齐了货款,终于把这台卷盘式喷灌机"请"回了家。

杨敏对着王翠芬竖起了大拇指:"你是我见过的最能干的女人,你创造了三个第一。"

"三个第一?"王翠芬惊讶地看着杨敏。

"山东省第一台个人购买的设备;省内第一台享受农机补贴的设备;第一台上门购买的设备。"

"咱不管几个第一,机器好用就行。"王翠芬露出了孩子般的笑容。

设备运到家,王翠芬迫不及待地试用起来。果然没让人失望,这一台喷灌机一天能浇30亩地,顶8个人8台普通机器一天的工作量,最关键的是能节水,节肥,省工,一亩地能节约30方水,算起总账来,数目大得惊人。

(4)

王翠芬注重打造自己的品牌形象,每一颗幼苗都是王翠芬的一个孩子,它的冷暖,它的饥饱,都是王翠芬记挂在心头的大事。2002年,王翠芬看到了订单农业的曙光，她又借钱承包了 1000 多亩地，种植出口蔬菜。由于国外检测非常严格，出口蔬菜执行的都是欧美标准，不用化肥还得让作物长得壮，首选肥料当然是腐熟的大豆。王翠芬又想，孩子们喝了牛奶都长得那么壮，如果庄稼也能喝上牛奶岂不是更好？当然，庄稼不能"喝"鲜牛奶，得"喝"过期后发酵的奶才能吸收。王翠芬的大田里用上了牛奶加大豆的有机肥料。王翠芬想：这么高标准生产出来的蔬菜不能光出口，也得让身边的人吃到这样的绿色菜。于是，在出口的同时，王翠芬在国内也开了几家"万亩良田"直供店，店内产品从田间地头到餐桌实现无缝对接，保证了高品质的产品能直接到达老百姓的餐桌。

王翠芬个人也先后被获得齐鲁乡村之星，山东省十大返乡农民工，和全国优秀农民工等荣誉称号。

（5）

在一次开完全国粮食座谈会后，一个大学生模样的青年跟在她后面，瞅准机会，他看看左右压低声音问王翠芬："阿姨，种粮这么多困难，现在我们都吃鸡翅、喝牛奶，吃面包了，还种粮食干吗？"王翠芬愣了一下，这话要是让村里老百姓听见，肯定会觉得这是天大的笑话，可是王翠芬笑不出来。这个大学生代表的是在城市长大的年轻一代，他们竟然对粮食有这样的认知？这是谁的悲哀？

王翠芬突然感觉自己真的是任重道远，用什么方式让孩子们从小认识粮食，认识蔬菜，认识农业，知道粮食是怎么长出来的，不要再闹出我们都吃鸡腿面包了，还种粮食干吗这样的笑话？回来的路上，王翠芬萌生了一个想法，农业知识也需要从娃娃普及，我要发展采摘农业。

说干就干，王翠芬开辟了几个塑料大棚，种上草莓、西红柿、黄瓜等，供周末休闲的年轻人或者退休的爷爷奶奶领着孙子、外甥过来进行亲子采摘，让孩子从小了解农业，亲近自然，走进自然。王翠芬把"珍惜盘中餐，粒粒皆辛苦"的横幅挂在大棚内，还制作了连环画，教育孩子们珍惜粮食，爱惜粮食。看见别人浪费粮食，王翠芬就会非常气愤。受王翠芬影响，她四岁的孙子一天三顿饭都喊着：光盘行动，光盘行动。小家伙每次都把碗里的饭吃得干干净净。

"万亩良田"农场在王翠芬的带领下，农业生产稳中有进，2020 年又扩大土地流转面积 400 余亩，现总面积达 6700 亩。先后购置了大型农业机械 28 台，并陆续投资配齐无人机、育苗自动点种机、自动蔬菜移栽机，自动打药机等，耕种收综合机械化水平达到 100%，智能水肥一体化达到 2000 亩。背着 80 多斤重的喷雾器赤脚在地里奔跑的日子已经一去不复返了。那些曾以为走不出去的日子，现在回头都成了过往。

2020 年，大牟家镇政府联合王翠芬的农场举办了全国首届小麦文化节，文化节上精心安排了小麦传统收割体验，设置了开镰、割麦等环节，让现场观众和游客重温传统小麦生产劳作，体验原始的农耕文化。望着汹涌的人群，王翠芬心里感慨良多：观众把割麦子当成了游戏，可是真正的农业是个苦差事，又累又脏，等我们这一代人老了干不动了，谁来接我们的班？如何从长远着眼，保障粮食安全，端牢中国饭碗？置身喧闹之中的王翠芬安静地思考着这些问题。

（6）

致富不忘反哺，在自己发展壮大的同时，王翠芬始终不忘身边的父老乡亲，把外出学习培训学到的先进技术和理念毫无保留地传授给周边的老百姓和种地大户，带领他们共同致富。王翠芬带动周边基地 13 家，全年共用工达 30000 余人次，人均年增收 26000 元。通过土地流转，让周围 13 个村庄 1300 多户人家直接受益，为很多人提供了稳固的就业岗位，使他们成了不离土不离乡的产业工人。

王翠芬响应国家全面脱贫号召，力所能及地帮助乡亲们脱贫。王翠芬说：扶贫不是做给别人看的，我的方式是让村里每年找出三四户、四五户确实有困难的贫困户报给我，我每年都拿出现金和农场的产品帮扶救助贫困家庭。

但是王翠芬有个原则，那种有劳动能力好吃懒做的贫困户她坚决不帮，扶贫不是扶懒汉。王翠芬想，这种直接送钱送物的帮扶终究有很大的局限性，她觉得最好的帮扶就是让他们有稳定的收入，帮助他们就业。王翠芬以高于市场价优先流转 18 户建档立卡贫困户的土地 40 多亩，又引导有劳动能力的贫困户来农场打工，通过挣工资实现长效优质脱贫。

大牟家镇芦家庄子村的村民唐淑华是贫困户，因为手有残疾，去别的地方打工没人愿意要。王翠芬不但接纳了唐淑华，而且还格外照顾她，唐淑华每天能拿到八九十元的工资。唐淑华感激地说："我在这里干了四年了，感谢老板不嫌弃我，让我能在家门口赚钱。"

来王翠芬农场打工的贫困户拿到自己工资的那一刻，开心和满足写在了他们的脸上。他们中的有些人以前游手好闲才导致了老来贫困，现在他们放下了以前那种"等、靠、要"的思想,通过自己的劳动脱贫致富,拔掉了"穷根"。

没有豪言壮语,王翠芬用踏踏实实的行动,用浓浓的乡野情怀助力乡村振兴。

2020年疫情期间,农场临危不乱,主动挑起生活保障工作的重担。在抗疫期间,工人们加班加点,保证每天有20多个品种,1800斤左右的绿色安全蔬菜直供到小区门口,保证疫情期间老百姓吃上放心、新鲜菜。王翠芬还为高密市咸家工业企业捐赠鲜食玉米3000个,捐赠高密市阚家镇出口冷冻鲜食玉米15000个,价值37500元。疫情是一场大考,考验的是一个国家一个城市的执行力,凝聚力;考验的是一个人一个企业的社会担当,有些东西,不言自明。

(7)

王翠芬说:很久之前我就读过一本书,书中基辛格说过这么一句话:谁掌握了武器谁就掌握了全世界,谁掌握了粮食谁就掌握了全人类。王翠芬还说,年轻人看懂农业需要缘分,从事农业是福气。

一个人,知道自己想要的是什么,并且为了这个目标付出自己全部的努力,在向目标逼近的过程中不忘自己的社会责任和使命担当,不管这个人的事业是不是成功,人生是不是圆满,这个人都是可敬的。没有时光可回头,有些东西却是永恒的。

王翠芬历经的磨难,吃过的苦,流过的泪,都是这片土地对她的历练;"万亩良田"收获的瓜果的香甜,稻粱的芬芳,都是这片土地对她的激赏与馈赠。

为什么我的眼里饱含泪水,因为我对这片土地爱得深沉。为什么我能在这片土地上走得如此坚实,因为我是大地的女儿。

王翠芬

爱在南山

记得童年时空气质量好的时候，站在村子高处经常看到目力所及的南方影影绰绰一道山。大人说，那是南山。犹记得上小学的时候，村里人讲顺口溜，"桃核杏核李子核（'核'高密方言读Hu），电线杆子溜溜壶，斯大林两撇胡，打起仗来不论胡。上南山挑沫糊，挑着扁担连扇呼……"顺口溜里面又提到南山，从那时起，南山就成了我心里一个神秘的存在。神秘的南山，时不时从记忆中跳出来，它是我童年岁月一个模糊又清晰的符号。南山在哪里？南山上有

张宗法

什么？为什么要去南山挑沫糊？每个月朗星稀能看见南山的夜晚，这些疑问就会跳出来，困扰着始终走不出村庄的童年时代的我。

2019年我开始扶贫工作以后，才知道胶河生态发展区有个叫"南山"的地方。于是，每次去胶河生态发展区，我都格外留意"南山"，并且要把它跟我童年记忆符号中的南山进行比对，这"南山"就是那"南山"吗？记忆中的南山是一个遥远的模糊的影子，而眼下的南山却不见山，而是一个花开遍野，文化浸润的"九叠岭"——这里的南山显然不是我记忆中的南山。

一夜春风忽吹来，千树万树梨花开。世外梨园似仙境，秀美胶河等君来——这是一首高密文友为南山梨花艺术节做的梨花诗，寥寥数语，就把南山梨花花开时节的盛况呈现于我们面前。除了梨花，胶河生态发展区还有晏子文化广场。以梨花为媒，以晏子文化会友，成为这几年带动胶河生态发展区乡村振兴的特色观光农业。

白萼霓裳的梨花，金黄清香的油菜花，绚烂的樱花，一株株晚开的玉兰、

紫荆花，将本就打造得公园一般的胶河生态发展区装点得更是妖娆，春的气息在明丽的色彩和馥郁的花香中荡漾着散开。

南山美景引得游人远道驱车，拍照赏花。在这如画美景中，有个步履匆匆，不赏花也不观景五十来岁中等身材、面庞黝黑的男人，这人就是胶河生态发展区党工委委员张宗法。分管扶贫的张宗法正在为贫困户危房改造问题奔忙着，哪有闲情逸致流连美景。

（1）

2019年4月的一天，胶河生态发展区党工委委员张宗法主任疾步走在巩家桥秀美如画的村内小路上，他无心欣赏一路美景，而是急匆匆地往王明东家里赶。王明东是巩家桥村的建档立卡贫困户，妻子患精神二级残疾。就在前几天，张宗法主任走访王明东家时，发现王明东正在王吴小学上五年级的女儿王光霞（化名）待在家里没去上学。不是节假日也不是周末，这孩子为什么在家？王光霞支支吾吾，一会说请病假了，一会儿说家里有事没去上学。凭直觉，张宗法觉得这孩子没说实话。张宗法经过和王光霞的班主任老师和村干部了解，原来是因为母亲是精神残疾，王光霞在学校里经常受到同学们的讥笑。一到下了课，一些了解她家庭情况的学生就指着她说"痴巴闺女，大痴巴的闺女。"为了躲避同学们的嘲笑，她总是独来独往，即使这样也还是会遭到同学无端的讪笑和挖苦。本来就性格内向的王光霞越来越自卑，为了躲避难堪，就经常找各种理由不去上学，甚至产生了辍学的念头。这次，她已经一个月没去上学了。

这还了得！张宗法感觉到了事态的严重性：孩子正处在青春期，心理敏感，如果因为这个原因辍学，这个孩子会把自己封闭，甚至产生心理问题，那孩子这辈子就完了。

教育扶贫是斩断贫困根子、隔断贫困代际传递的重要举措，坚决不能因为辍学耽误孩子的前途。张宗法多次到王明东家给王光霞做工作，但是王光霞低着头就是不说话。

"张主任你说怎么办？孩子就是不想去，我硬逼着她上学，也长久不了。"

"嗯，硬逼着去是不行。"

"我是真没招了……哎……这娘俩，真是够人受的……我试着活着真是没劲……"王明东一边嘟囔，一边狠劲地吸了一口烟。

"我跟她班主任也联系来，班主任也不可能天天守着孩子。但是有一点很明确，孩子坚决不能辍学。你也别绝望，办法总会有。"

张宗法脑子灵光一现，突然想到了一个办法——转学。

在张宗法跟王明东多次沟通，征求王光霞本人意见之后，他们达成一致——最可行的办法还是办转学。换一个新的环境，也许会改变这种状况，消除孩子的自卑心理。

转学哪有那么简单？张宗法联系王光霞原来的学校和想转的学校，又联系教育局咨询。最后张宗法在胶河生态发展区高健主任和鹿名主任的帮助下，终于把王光霞转学到距离家 10 公里的拒城河小学。

换了学校，王光霞上学的时候脸上再也没有了密布的阴云。放学回到家，她脸上也终于有了久违的笑容。

王明东绷着的神经终于松弛下来。

鉴于王明东家的特殊状况，为了减轻他的经济负担，张宗法和高健、鹿名三人自掏腰包凑了 2000 元钱，作为王光霞的生活费、住宿费和来回路费。为了鼓励王光霞，高健主任还给王光霞买了羽绒服、书包、各种学习用品。张宗法为了随时了解王光霞的思想动向和生活状态，他一直与王光霞的新任班主任保持着联系。

保证家庭有长期稳定收入才是脱贫的最有效方式，张宗法又协调村里给王明东安排了公益性岗位，给王明东的妻子办了慢性病证，使她的治疗支出大大降低。给他们家落实了扶贫各项政策性收入，保证应保尽保。目前，王光霞已经顺利进入初中。

问题虽已解决，但是张宗法时刻关注着王光霞。每次走访到王明东家，都要问一下王明东妻子的病情和王光霞的学习状况。张宗法每次从王明东家离开的时候，王明东总是拉着张宗法的手，道不尽的感激，说不选的感谢。

每次去这样的家庭走访都让张宗法心里感觉异常沉重，也愈发让他感觉自己责任重大。让每一个感觉自己落入绝境的人看到希望，这个社会才有希望。如果一个人能尽自己的微薄之力让一个家庭走出绝望，那这个人的生命便又多了另一重价值与意义。

（2）

让张宗法挂心的还有张家庄村的张燕飞（化名），张燕飞的父亲张新龙（化名）患有精神残疾，目前张燕飞已上小学，十三四岁的少女，对于同龄女孩子来说正是蓓蕾一样的花样年华，张燕飞却像一只从巢中跌落地面的雏燕，在凄风苦雨中苦苦挣扎。

张宗法一开始去张燕飞家走访时，张新龙每次都抵触，不让进门。

张宗法联系村干部，又联系医院，想法把张新龙送到了开发区医院。张新龙的家，总算可以进去了。

进门后，张新龙家里的情景让张宗法红了眼圈：家里脏乱差倒是其次，张燕飞竟然连一张自己的床都没有，平时就蜷缩在一张不知从哪里捡来的破布艺沙发上睡觉。

此情此景，在场的人无不唏嘘。

世上不幸的家庭有很多，如此不幸的家庭并不多见。张燕那茫然无助的眼神让张宗法心里像塞了一个棒槌，使他坐立难安。张宗法协调区团委，区团委又联系团市委，给张燕飞打造了一个"希望小屋"，给她置办了舒适的床、衣橱、学习桌、台灯等一应生活、学习设备。张宗法又协调村里帮张燕飞落实了学费减免、助学金等各项扶贫政策。

出院以后的张新龙病情已经大大减轻，看到家里翻天覆地的变化，他是又震惊又欢喜。张燕飞打理着自己焕然一新的卧房，像小雏燕找到了自己舒适的新巢，梳理着羽毛，拍打着翅膀，欢腾腾地就想试飞。

（3）

在张宗法协调之下，享受到"希望小屋"温暖的还有邹家弯庄的邹雨（化名）。邹雨父母双亡，跟着80多岁的奶奶一起生活，已上初中的邹雨把"希望小屋"整理得井井有条。邹雨的学习桌上摆放着一个卡通小玩具，彰显着这个苦难中长大的女孩内心的阳光与向上。一群素昧平生陌生人的照拂和关爱，让这个女孩知道自己并不孤单，世上除了风霜，还有阳光与雨露。

（4）

西姚村的王长江户是张宗法包靠的贫困户。王长江的儿子王乾患有精神残疾。王乾当过兵，对人生曾经抱有很多美好的愿景，王长江老两口也把全部的希望寄托在儿子身上。天有不测风云，本来好好的王乾突然有一天开始语言怪异、情绪躁狂。后来去医院，王乾被诊断为精神残疾，而且是有暴力倾向的精神残疾。王长江老两口感觉晴天一声霹雳，对人生彻底绝望了。他们怎么也接受不了儿子成为精神病的现实，就在几天前，他们还商量着给儿子娶媳妇的事呢。

张宗法干扶贫之前就跟王长江认识，听说老伙计家出了这档子事，张宗法很是揪心。每次去走访，王长江的妻子都泪流不止。张宗法总是想方设法宽慰王长江，生活已经最糟了，以后只能是越来越好。他积极联系医院给王乾治病，每次临走前，张宗法都会自掏腰包给王长江留下五百或者六百元钱。平时一有机会，他就给王长江吃"宽心丸"。王长江和媳妇的悲观情绪渐渐淡化，心理上也接受了眼前的现实。这老两口每次见到张宗法，总是拉着他的手不肯放开。

（5）

大庄村的陈德忠户也是张宗法的包靠户。陈德忠自己一个人住在南屋，吃喝拉撒全在室内。南屋里几乎啥生活设施都没有，只有一领破席在炕上。屋内臭气熏天，根本进不去人。

张宗法走访发现陈德忠的这种家庭情况后，就思量着该如何帮陈德忠改变这种现状。老人行动不便，大小便都在室内才造成异味严重。本着实用原则，张宗法带人把张德忠家的水冲厕所改在了室内，老人便后即冲，进屋的人再也不用捂着口鼻躲避异味。张宗法又给陈德忠另买了席子，被褥全换成新的，光新被子张宗法就给他送过两三次。

或许是受张宗法感化，陈德忠的养女对老人也比以前上心了。陈德忠的日子一天比一天好起来。就在不久前，陈德忠去世了。村里的人都说，幸亏有政府关心扶持，让陈德忠临走前过了几年舒心日子。

（6）

张宗法一直就有血糖高的毛病，平时靠吃药打针控制着血糖。正常人的空腹血糖值是 3.9~6.1，而张宗法血糖最高的时候到了十七八个。因为扶贫他经常一连数日不能回家，经常因为打针不及时导致血糖升高。血糖到了十五六个时，张宗法就感觉腿酸，出虚汗，浑身一点力气没有。为了控制血糖，他买了两个注射器，一个放家里，一个放办公室，便于在加班不能回家时给自己打胰岛素。他咬着牙挨个社区、挨个村、挨个户走访，一天走到两万多步。身体没毛病的人走这两万多步都累得要散架，很难想象，血糖到了十七八个的张宗法，这两万多步是如何走下来的……

2020 年 7 月，潍坊市脱贫攻坚现场推进会议在胶河生态发展区谢家屯村召开。现场推进会关系到全潍坊下步扶贫工作的顺利开展，潍坊市把胶河发展区作为会议现场意义非常。作为分管扶贫的领导，张宗法的压力可想而知。张宗法在做好日常扶贫工作的同时，还要全力筹备现场会。一场看似简单的现场会准备起来却是千头万绪、事无巨细。张宗法脑子里那根弦绷得紧紧地，生怕哪里出点疏漏。张宗法和区扶贫班主任朱立芸把项目逐个梳理了一遍，又把谢家屯全村所有贫困户挨户走访了一遍。

正是炎炎盛夏，张宗法检查项目忙活得汗流浃背，挨户走访累得气喘吁吁。因为精神高度紧张，每天必打的胰岛素被他忘到了脑后。

当现场会圆满结束之后，张宗法两腿发软，坐在椅子上竟然无法站起来，一检查，血糖到了 17 个多。这个不服输的"拼命三郎"终于顶不住了，住进了医院。躺在病床上打点滴对张宗法简直是一种折磨，手头还有那么多的事在等着他处理，哪能躺得住？看着张宗法一副躺不住的样子，媳妇吡嗒他："血糖都到了多少了你还逞强，难道地球离了你就不转了？"

"咱就这干活的命，躺着就难受你说怎么办？"

（7）

扶贫扶长远，长远看产业。"要想实现真脱贫、脱真贫，就要注重通过发展产业的方式实现精准脱贫，推动扶贫模式'输血式'向'造血式'转变，做到与'扶智''扶志'相结合。"张宗法深有体会。他们将建档立卡贫困户分为三类：

有劳动能力、能走出去的，就鼓励他们走出去，积极安排他们到村、社区当保洁员；有劳动能力但走不出去的，借助区里工艺品加工厂多的优势，积极协调企业提供"原材料"，组织培训贫困户在家里"代加工"，发展"炕头收入"；没有劳动能力的，则依托政策兜底和惠民性项目分红来增加收入。

在张宗法的扶贫日记本上，分门别类地记录了各社区、各村建档立卡贫困户的信息资料。全区的贫困户什么情况，哪个社区哪些建档立卡贫困户是身体残疾，哪些房子需要修缮，哪些户卫生环境有待提高，哪些贫困户还有什么诉求，失能半失能的特殊家庭有哪些，哪些户需要落实政策，哪家有学生……张宗法记得密密麻麻，笔记本用了好几本。

我注意到张宗法笔记本上很多记录事项被划掉，原来是已经解决的问题都及时划掉销号。用张宗法的话说：好脑子不如烂笔头，事太多，不记着怕出纰漏。

张宗法每天驱车 7 点准时到村委会，徒步入户查访贫困户情况，有时晚上十点多还与贫困户话家常，了解情况、解决问题。饿了，和同事们一起吃泡面；累了，就在车上眯一会。全区 57 个村，建档立卡贫困户 1076 户，他和扶贫办主任朱立芸用脚来回"丈量"了至少 5 遍，有的多达十几遍。

两年来，对全区贫困户多次进行遍查遍访，张宗法发现问题立即整改；对各级扶贫政策和会议精神，他始终做到学懂弄通悟透；为贫困户新建、修缮、粉刷房屋，他身在现场指挥作业，严把质量关……

连续数年，张宗法没有休过一个假期，"5+2""白加黑""跑断腿""磨破嘴"——虽是调侃，但这是对张宗法这样的基层干部工作状态的真实写照。

有朋友问张宗法怎么从没看见他发微信朋友圈。张宗法说："哪有时间看朋友群，更不用说发朋友圈了。以前还有点小爱好不忙的时候消遣一下，现在啥爱好都没有了，哈哈，也没时间去爱好了。"

（8）

能干的人事就多。在张宗法的办公室里，一件救生衣、一双雨靴引人注目。备战"巴威"台风时，张宗法五天五夜靠在区里，台风来临前，他们对每个贫困户的房屋都进行了安全排查，台风过境时，胶河生态发展区的短期降水量 200 毫米以上，是当天全省降水量最大的地方。张宗法第一时间组织村干部将地势低洼处的群众转移到临时安置点，为他们准备好了被褥、方便面、温水等物品，还组织机关志愿者 24 小时为他们提供服务，确保群众安全度汛。

"从 2012 年 5 月 13 日修水库开始，不管是长假还是短休，我几乎一天都没歇过。"时隔多年，这个日期张宗法记得如此清楚，可见印象有多深。苦过，累过，几乎没歇过。这就是张宗法这些年对自己工作的简单总结。自从修孟家沟水库开始，大活硬仗一个接一个，一场接一场：水库征地搬迁、户户通、旱厕改造、扶贫、人居环境整治、疫情防控，暴雨防汛……哪一个活都不轻省。

（9）

独龙行不得雨，个人再能干，也需要组织、领导的支持，同事的配合。

胶河生态发展区最初的发展定位就是生态定位、生态立区，全域内亮化绿化改造投资大，而且全域内企业少，税收方面就比其他镇街差一截。在这种情况之下，王金语书记还是非常慷慨地说：全区全力支持扶贫，需要人，我们优先配备。需要花钱，我们区财政兜底。对于贫困户的日常生活需求，区里贯彻"五个一"原则，提高贫困户的幸福感和满意度。

张宗法和扶贫办主任朱立芸都是在扶贫工作最艰难的时候临危受命，两年来，他们和胶河生态发展区全体党员干部一起下村入户，一起研究政策，一起检查项目，风雨共担，荣辱与共。

世上没有白流的汗，在胶河生态发展区全体干部职工的共同努力下，2020 年 7 月，潍坊市脱贫攻坚现场推进会圆满收官；2020 年 8 月，生态区获评"潍坊市脱贫攻坚工作示范镇（街、区）"；2020 年 10 月生态区顺利通过省扶贫验收。

（10）

虽然成绩辉煌，张宗法心里是有愧的——愧对自己的妻子范爱华。

每一位为了工作鞠躬尽瘁的男人背后，都有一位咽得下委屈、无所不能，把自己活成"男人"的女人。自从接手扶贫以来，张宗法要么不回家，要么回家吃完饭扔下筷子碗就往单位跑。

妻子范爱华甲状腺动手术，张宗法在医院陪了一上午床。就这一上午，张宗法的电话就跟疯了一样，这个还没挂那个又打了进来，手机都要被打冒烟了。

接完电话，张宗法很为难：媳妇还躺在病床上，区里那边又催得十万火急，张宗法走又走不得，留也留不得，急得团团转。无奈之下，他把自己的姐姐叫了来，算是给媳妇一个交代，就火急火燎地离开了医院。走的时候张宗法跟范爱华打招呼，范爱华不知是没听见还是不想理他，没应声。

"陪一上午床，电话快要打爆了"，张宗法无奈又满含歉意地问媳妇："怎么办？"

"还能怎么办，去吧。我看明白了，这辈子啥都指望不上你。"

平时张宗法偶尔回一次家，两口子闲聊磨牙。

范爱华对张宗法说："这辈子给你当老婆，下辈子我也忘不了你。"

张宗法觍着脸说："哈，看样还没跟我过够。"

"下辈子俺要长长眼，坚决不找你这样的。"范爱华剜了一眼张宗法。

张宗法无奈地挠挠头，说："俺这也是没办法不是……"

"生了两个孩子没到跟前，坐月子没在家伺候一天。前些年家里二十多亩地，为了不耽误你，俺没因为农忙让你请一天假，累得我两个膝关节都不好了，整天疼……"范爱华说到这里就有点哽咽。

张宗法像个犯错的孩子一样低着头听任老婆大人扒数自己。自己确实是没尽到一个为人夫、为人父的责任，人家扒数一下也是该当的，咱就得乖乖地听着呀。

"人家问我男人姓什么，我说俺这个男人不姓张。"

张宗法一愣："不姓张姓什么？"

"姓公，你是公家的人，不是老张家的人……"

张宗法嘿嘿傻笑了两声。

扒数归扒数，范爱华就是刀子嘴豆腐心，心软着呢。她知道张宗法手头事多，尽量不拖他后腿。有事自己能解决的绝不轻易打扰他，范爱华和孩子身体有点小毛病需要去医院，她就找别人拉着去。

有时候她还安慰张宗法："你上好你的班就中，别出了岔子让领导为难，家里有我呢。"范爱华是这么说的，也是这么做的，不光地里的活落不下，家里的小院子也被她整理得有条有理，板板整整。院子里整出了小菜园和小花园，沟是沟垄是垄，扁豆黄瓜爬满架，月季海棠满院香。

范爱华对邻居们说："其实对老张最好的支持就是把家里打理得利利索索，不让他分心。"

张宗法说："媳妇确实不容易，地里家里，里里外外，大事小情，重活累活都是媳妇一个人，我真是欠她的。等我退休后，再好好补偿吧。"

（11）

2019年，张宗法的父亲骑着三轮车下了沟，造成跖骨骨折、足跟腱撕裂。住院期间，正是扶贫工作最忙的时期，张宗法没到医院。

张宗法的弟弟在村里干书记也没捞着去陪床。他的四个女姊妹轮流陪床伺候老爹。

护士问老父亲："大爷您没有儿？怎么出来进去就闺女忙活。"

张宗法的二姐不高兴了："谁说俺爹没有儿，俺有两个弟弟。"

老父亲对张宗法倒没有怨言，因为他在村里干过支部书记，知道有些时候真是身不由己。出院后，老父亲看见张宗法愧疚的样子，反倒反过头来安慰他：我干过支部书记，还不知道给公家干事不自由。有她们姊妹几个伺候我就行了，谁伺候还不是伺候？安心干好工作，不用挂念我。

话虽这么说，张宗法心里哪能心安理得呀？哪一个当儿子的不希望父母需要时自己能在跟前尽孝？

（12）

又到了南山梨花盛开的时节，南山九叠岭在胜雪的梨花里又绽放出昔日芳华；胶河水激荡着晏子故里的远古传奇与人文秀色。

当我来到胶河生态发展区采访的时候，刚给自己打完胰岛素的张宗法脸上略显疲惫。

"张主任，胰岛素多长时间打一次？"我瞅着那个注射器问张宗法。

"早晚各注射一次才能控制住。"张宗法轻描淡写地对我说。

"自己给自己打针能下去手不？"晕针的我一听打针就头皮发麻，更不用说自己给自己打针了。

"没办法呀，不打身体受不了。"

在我要求张宗法主任详细给我介绍一下这几年扶贫干的工作时，这位质朴率直的汉子很无奈地说"真想不起来自己干了哪些事，平时光知道干。但是你让我说，我脑子里还真没啥印象。我们就是平凡的小人物，真没啥好写的，还是多写写区里其他人吧。"

我们谁不是平凡的小人物呢？正是这些平凡的小人物，这些无名英雄默默无闻，平而又凡的付出，才让这个世界多了一份暖意和光亮。在张宗法看来，他所干的一切就跟落地的种子会发芽，春天来了花会开一样，一切似乎都是那么天经地义。其实，哪有那么多轰轰烈烈和惊天动地，生命的价值与意义正是在平凡琐屑中得以蕴养与升华。

这世间没有从天而降的英雄，只有默默坚守的凡人。张宗法、朱立芸，还有生态区那些为了扶贫竭心尽力的党委、社区、村干部，那些市直帮扶责任人，他们大多数人都不善表达，都认为自己所做的都是平淡无奇的小事琐事。他们总是用最朴素的情感，最朴素的语言来描述自己所做的一切。但我们早已从他们流过的每一滴汗，留下的每一个脚印，看到他们内心深挚的本意，看到他们对南山，对这片土地、对这片土地上的人民诚挚的爱。

爱在胶河，爱在南山。

没有岁月可回头，有些东西却可以在岁月里留下永不磨灭的痕迹。

南山会记住他们，时代会记住他们。

正在注射胰岛素的张宗法

春风过处

（1）

宿芳珍感觉自己像被扔进了万丈深渊，她觉得自己像陀螺一样在旋转着高速坠落，耳边有呼号的风声、震耳欲聋的轰隆声，飓风卷着宿芳珍飞过河流，飞过险滩、飞过山顶。世界仿佛走到了尽头，天塌了！地陷了！末日来了！嘎然一声，风停了，雨歇了，而后是微风细雨，万籁俱寂。

宿芳珍被绑在椅子上以各种方位旋转着，医生说这样转的目的是让耳石复位——她从没听说过"耳石症"，更没想到"耳石症"需要如此治疗。2018年年底，被阵发性的眩晕与恶心呕吐困扰的宿芳珍终于走进了人民医院。

医生问宿芳珍受没受过外伤。

宿芳珍摇摇头。

"最近有没有得过中耳炎一类的炎症？"

宿芳珍还是摇摇头。

"那有没有大的精神压力或者连续的劳累？"宿芳珍说："我是干扶贫的。"

医生瞅瞅宿芳珍说："怪不得。"

宿芳珍走访中

沉默了一会儿，医生又说："再忙再累也要自己注意调节，身体是自己的。"

宿芳珍苦笑了一下，说："我倒也想调节，不太可能。"

临走时，医生又叮嘱，要宿芳珍后续再来机器复位几次。

宿芳珍嘴上答应着，心里说："我肯定办不到呀。"

从医院回来，宿芳珍又开始了一天到晚地忙碌：下村入户走访，问题反馈与整改。宿芳珍头部不能随意改换方向，想回头必须整个身子跟着一起转才不至于太晕。晚上往床上一躺就天旋地转的时候，宿芳珍就告诉自己，明天再去医院看看。可是到了明天情况稍有缓解，她哪里还顾得上去医院。下午看完病，晚上刚到家，她就接到单位电话，说是有个镇街让宿芳珍去帮着给理顺一下扶贫资料。被机器复位折磨得筋疲力尽的宿芳珍真的不想动弹，但是拒绝的话宿芳珍实在说不出口，她匆匆忙忙吃了几口饭就出发了。宿芳珍教着这个镇街的五个小青年把所有扶贫有关的资料捋了一遍，原来没有头绪乱七八糟的一大堆问题终于理顺得清清楚楚。

（2）

直爽厚道，亲切自然，这是芳珍姐给我的第一印象。

宿芳珍是 2014 年开始接手扶贫工作的，到如今已经是 7 年整。别的镇街与宿芳珍同一时间干扶贫的主任们绝大多数早就因为这样那样的原因换了别的工作岗位，只有宿芳珍，一再咬牙坚持着。知天命的年纪了，还在这里一如既往地"熬"，而且一"熬"就是七年。

夫妻之间有个"七年之痒"的感情倦怠期，宿芳珍与扶贫较劲这七年，不是"痒"而是"累"——心累，身也累，让人崩溃的那种累。宿芳珍说：如果是单纯身体的那种累并不可怕，怕的是自己脑子里那根弦始终绷着，这种巨大的心理压力，那才是最熬人的"累"呀……

白岩松说："那些我们认为最艰苦的日子，恰恰是日后回忆起最美好的日子。"多年以后，当宿芳珍回忆起这段"最艰苦"的日子，不知会不会变成她回忆里的美好。

很多人觉得一开始那几年干扶贫的时候事少，上级要求也不是那么严格，会相对轻松一些。对宿芳珍来说却不是这样，一开始尽管事少，但是人也少。2014

到 2018 年，虽然扶贫工作看起来没有 2019 和 2020 年那么繁重，可是那时候扶贫办人员配备少，而且各个贫困户没有帮扶责任人，对宿芳珍们来说，那时候的压力一点也不比后来轻，常常为了一项扶贫政策的落实绞尽脑汁，整晚睡不着觉：政策落实不到位对不起贫困户，让不该享受政策的户享受了扶贫政策也不行。后来虽然配备的人手多了，但是扶贫政策纷繁复杂，各个贫困户问题千头万绪，带出一个新人的付出一点也不比自己干轻松。而且宿芳珍因为是"扶贫元老"级的人物，经常有兄弟镇街的领导让她去给他们干扶贫的人做指导培训或者帮着整理项目。

从干扶贫开始，宿芳珍就被各种各样病症纠缠着。2017 年夏天，宿芳珍每到凌晨一点左右就全身哆嗦，喝水都喝不到嘴里去。突然出现的状况让家人很是惊慌，老公赶紧把宿芳珍拉到医院急诊科。

让人想不到的是，到了医院待上半个小时左右宿芳珍的症状却自行消失了。为了确保宿芳珍的健康，医生给她把血糖、血压、身体各项指标都检测了一遍，结果出来都很正常。

后来，宿芳珍又连续好几次在凌晨一点左右出现同样的症状。可是每次都是在家哆嗦，到了医院待会儿就恢复正常。

医生也很无奈："你这是标准的神经病，应该是压力太大，精神紧张所致，平时注意自我减压。"

宿芳珍自己也很是纳闷，从没听说过谁有过这种毛病。

宿芳珍静心想想，自己确实是压力大了，每次回家那么近的路，自己要歇好几次才能走到家，一直感觉自己浑浑噩噩的没还过阳来一样。那段时间上班都是老公接送，宿芳珍自己不敢开车。

半夜三更盼天明，寒冬腊月盼春风。宿芳珍望着寒风中连接着远处地平线的被雪覆盖的麦田，春风啥时候吹到我这里呀？

（3）

"从 2014 年干扶贫开始，我就天天看新闻联播上关于扶贫的新闻，及时掌握上级的工作要求和最新动态，不敢有一丝松懈！"跟宿芳珍闲聊时，她告诉我们扶贫工作需要耐下心来一点点梳理，容不得半点马虎。

作为区扶贫办的业务负责人，"60 后"的她深知"打铁还需自身硬"，脱贫攻坚工作千头万绪，扶贫政策种类繁多，不能出现半点偏差，必须吃透政策、熟悉业务，才能为全区精准扶贫工作建言献策。参加扶贫工作伊始，宿芳珍给自己定了个"规矩"，坚持去所有贫困户家中走访了解情况。在单位，她挤出了中午的休息时间，逐项逐条去熟悉、研究扶贫政策；在家里，照顾好丈夫和孩子生活后，她又开始整理一天走访遇到的各种问题，进行总结分析、梳理汇总。7 年来，通过持之以恒的学习，日积月累，她已经把各项扶贫政策熟记于心，一本本笔记本，一摞摞档案，见证了她的付出与艰辛。现在，区里的扶贫帮扶责任人凡是有什么拿不准的地方，都会去问宿芳珍，大家总觉得经她审核的材料才能完全放心，听她讲解了的问题才能安心。

在全市扶贫干部队伍中，她也是出了名的"老大姐""宿姨"，其他单位的扶贫工作人员有事也总会给她打电话请教，听听她的意见建议，甚至开车过来现场学习。互相的交流学习，使宿芳珍这个 50 多岁的人和许多"80 后""90 后"的扶贫办主任成了忘年交、铁哥们。

"赵洪国虽然有点肢体残疾，但干事却很认真、也很热情，可以帮他在村里找份合适的工作增加家庭收入。"

"杜建强女儿杜欣今年上技校了，再穷不能穷教育，得想办法帮她申请雨露计划减轻家庭负担。"

"聂传仁妻子身体不好住院花费较多，要给他家申请个临时救助。"

"展华祥最近因病耳聋了，需要帮他办理残疾证并申请两项补贴。"

每当走访完一次，宿芳珍就会把走访过程中发现的问题能当场解决的当场解决，不能解决的及时向村里或区里交办。

大侯村贫困户赵玉平，丈夫因病去世，一对女儿尚小，赵玉平一度对生活失去信心。宿芳珍就经常来到赵玉平家中和她一起收拾屋子，打扫卫生；和赵玉平的女儿们聊聊学校的事，叮嘱她们好好学习，凡事往前看，往好处想。因为宿芳珍的到来，不大的小院里充满了温馨与欢笑，赵玉平一家早已把宿芳珍当成了自家人。

每每提起宿芳珍，赵玉平的眼里闪着泪花，言语里满是感激："这几年，宿主任经常到我家来，有困难帮助我们解决，鼓励我好好生活，关心孩子学习。我非常感谢她多年来对我的照顾、帮助。她就像我的一个大姐，有事她就来帮我，有什么心里话我都和她说。"

70岁的贾唐村精神二级残疾特困供养户朱光好房子破旧，几十年家里连个厕所都没有，家里脏乱不堪。朱光好还有一大爱好，往家里捡女人的衣服。家中花花绿绿的女人衣服塞满了一屋子。朱光好时常穿的也是捡来的女人衣服，而且性格古板，不愿跟别人打交道，时常还有暴力倾向，村干部都不愿意去他家。

在宿芳珍和附近邻居的多次劝说下，不让人动他东西的老朱终于松了口，宿芳珍又请示区党工委，为朱光好维修房屋，修建卫生厕所，并耐心开导朱光好讲究卫生，鼓励他好好生活。

看着收拾利落后干净明亮的房屋，老朱感慨："我第一回住这么干净的房子，奇好奇好！"通过宿芳珍的耐心开导、鼓励帮助，朱光好的生活自理能力得到很大提高，现在已经自己把家打扫得干干净净，也不出去捡破衣服了，还能记住帮扶责任人的名字。村里人都说老朱像变了个人似的。

"只要有志气、有奔头、有信心，就没有迈不过去的坎。"这是宿芳珍经常对贫困户说的一句话。

黑丘村贫困户张秀娟，患肢体三级残疾，三个孩子还小，无法外出打工挣钱。宿芳珍得知这一情况后，第一时间帮助张秀娟联系到临近村卫生室工作。在家门口工作的张秀娟既能打工挣钱，又能够照顾孩子，生活得到了极大改善。

陈屋村贫困户杜建强身体三级残疾，妻子多重残疾，有两个上学的孩子。2020年初，杜建强想养蛋鸡，但手头资金不宽裕。宿芳珍就和帮扶责任人栾兆升利用农村商业银行推出的"富民农户贷"优惠政策，帮助杜建强申请到贴息贷款3万元。杜建强用这笔贷款购进蛋鸡2000只，开始了创业之路，仅半年就收入5000元。

81岁的李德明老人是咸家工业区贾唐村的一名贫困户。300多户群众的村里，李德明老人举目无亲，长期独居，略显孤僻，不愿与他人交往，是村里出了名的"老古董"。村里人谁去他家也不给开门，村里派去给他打扫卫生的人更是让他给骂了出来。2019年4月，来扶贫办工作半年的王增祥成为李德明老人的帮扶责任人。

宿芳珍就经常陪王增祥一起去看望他……

李德明2020年冬天去世前夕，宿芳珍跟王增祥一起去他家。王增祥一进屋，他就说："小王啊，你来了？还有那个姓宿的嫚呢，她怎么没来？"当宿芳珍走进屋里时，老人的脸上露出了欣慰的笑容。陪同走访的村干部说："你们就是他最后想见的亲人了，他知道你们还牵挂着他，这回心满意足，走了也不遗憾了。"

（4）

2019年是脱贫攻坚年，扶贫工作的强度和力度陡然增加。宿芳珍和扶贫办的伙计们经常加班熬夜，无数次戴月而归，收获满天的星光。无数次冒着大雨去查看贫困户的住房漏不漏雨。无数次咯吱咯吱地踩着地上的雪去看看贫困户家的取暖设备效果怎样。在那些最劳乏的日子里，宿芳珍期盼的幸福变得如此之简单——哪怕让我走访的时候在贫困户家的马扎上坐五分钟，或者是趴在车后座上打个盹儿就是一件多么让人满足的事儿呀。

"干部脚下有泥土，群众心里就不堵。"宿芳珍今年已经53岁了，但是每一户贫困户的情况，她却总能脱口而出、丝毫不差。自从事扶贫工作以来，宿芳珍坚持逐一走访辖区内所有贫困户，熟悉每一家、每一名困难群众的基本情况，全区123户贫困户她都了如指掌。走访中，她耐心为贫困户讲解扶贫政策、拉家常，第一时间发现贫困户生活中的困难和问题，并及时帮助解决，用真情感化、用真心温暖每一个贫困户。

记得有一次潍坊的扶贫工作人员下来检查，有一位李姓主任发现有两个贫困户家里地的亩数一样多，种的作物也一样，可是收入上却有明显的差异。李主任一看，肯定是计算有误。他质问陪同走访的宿芳珍："这么低级的错误你们也犯？小学生都会的加减乘除，你们能弄错了？"

宿芳珍瞅了一眼那个收入表，然后神情自若地说："我们没算错，这两个户虽然种的地一样多，但是一个户收种都是靠自己下地，另一个媳妇在家拉着两个孩子，地里的活基本靠雇人干，成本大了，收入自然就会减少。"

李主任诧异地盯着宿芳珍，说："全区这么多贫困户，一个扶贫办主任能对贫困户家里的情况了解得如此细致，如此精准，怪不得咸家的扶贫干得这么好。"

2020年10月，省扶贫办曲永利处长到咸家调研，每到入户走访前，宿芳珍都要仔细嘱咐入户之后跟贫困户交谈要注意什么。比如有个贫困户妻子是精神二级，千万不能在她面前提"精神病"三个字。面对调研组突然提出的问题，宿芳珍也总是对答如流。曲处长感慨地说："我走了这么多地方，还是第一次见到乡镇扶贫办主任能够对自己乡镇所有的贫困户情况如此了解，真是值得大家学习。"

（5）

"自从接手扶贫这个活，感觉自己又年轻了好几岁。不是脸面上年轻了，而是自己心态不敢老，得一直铆足了劲儿往前冲。"工作之余，宿芳珍打趣自己说道。在最忙的那一段时间里，她连续5天住在单位，把家里的事和丈夫、女儿全部抛在了一边，晚上加班到凌晨更是成了家常便饭。丈夫担心她的身体，劝她歇一歇。她总是说："我这个还没调整完，那个还没弄清楚，这些材料我还要再捋一遍，那个户我还要再去看看，要不我回去睡不着觉。"。

2020年8月，正值女儿结婚前夕，亲家特意从日照赶来商量女儿买婚房、结婚大事。亲家在高密住了三天，宿芳珍在单位住了三天，连个面都没见上。说起这个，宿芳珍语气里满是歉疚："闺女一辈子的大事我都缺席，想起来心里真是难受。但是没办法，赶在点儿上了，实在是脱离不开。幸亏亲家能体谅，要不然……"

说到这儿，宿芳珍的眼圈红了。

宿芳珍的女儿今年毕业找工作，她也没顾上问问，直到女儿上班了，她才知道原来女儿为了不让她操心，大事小事总是能自己解决的尽量自己解决，不给母亲添忙活。

宿芳珍有时候真的感觉太累了，几次想跟领导说自己干不动了，但是领导从区党工委书记、主任到各位分管领导，对扶贫都是一路开绿灯。负责为贫困户修缮房屋的工程队的负责人说区领导曾经告诉他："只要宿芳珍安排的贫困户的活儿，你干就行，不用向我汇报。"对于区里的扶贫工作，党工委领导更是需要钱咱给钱，需要人咱调人，只要是扶贫，你尽管开口。何况不管多忙只要有时间，主要领导都会以身作则亲自入户走访。你说这撂挑子的话怎么说得出口呀？

尤其触动宿芳珍的是有一次和杜银忠书记陪同潍坊市第三方一起走访唐家村视力一级贫困户李桂兰，杜书记在贫困户院墙外打电话，李桂兰就说："外面打电话的是不是杜书记？"

宿芳珍瞪大了眼睛："你真厉害，村里的干部你能听出声来就罢了，杜书记你竟然也能听出来？"

"杜书记来我家无数遍了，哪能听不出来？"

作为一个镇街书记，都能做到让贫困户听声音就能辨别出是谁，那得来户里多少趟啊？镇街书记平时的工作千头万绪都能做到这样，自己只负责扶贫这一块儿，还有什么理由叫苦撂挑子呀？咬咬牙，继续干吧。

在家中，宿芳珍是妻子，是母亲；在漫漫的扶贫长征路上，她是女干部，女汉子。变得是角色，不变得是任劳任怨、甘于奉献的精神。正是靠着宿芳珍这一股拼劲、韧劲，凭着这些年的付出、牺牲，她的工作受到省、潍坊市、高密市各级领导的高度赞扬，她被评为"潍坊市、高密市"脱贫攻坚先进个人。全区的扶贫工作在她和同事们的努力下开展顺利，困难群众的生活和精神面貌发生了翻天覆地的变化，脱贫攻坚质量不断提升。2020 年 8 月咸家获评潍坊市第一批脱贫攻坚示范镇（街区）。10 月代表潍坊市迎接省脱贫攻坚督导考察，11 月代表高密市迎接潍坊脱贫攻坚工作评估验收。

"宿主任，来我家总得喝口水吧。"

"宿大姐，尝尝自家种的花生……"

每每听到群众亲切的话语，宿芳珍心里总觉得热乎乎的。人心换人心，自己的付出老百姓看在眼里，记在了心里。

又是一天新的开始，宿芳珍和扶贫办的伙计们飞奔在下村入户的路上，从一个黎明走向另一个黎明。

"阳春布德泽，万物生光辉。"春风过处，各样的庄稼翘首以盼；农人们在春风里劳作着，种瓜得瓜，种豆得豆；路两边的玉兰、迎春次第开放——这么多美好的事情都要发生，你又有啥办法呢？

左起：王增祥、贫困户、宿芳珍、栾兆生

四月小雨润如酥

一个穷凶极恶的男人拿着铁锹冲父亲奔过去，被人拦下。又有一个女人上前，对父亲又抓又挠，父亲的衣服被人撕破，脸上瞬间开了花。1999年，刚上小学一年级的张作栋躲在人群背后目睹了这一幕。

半夜，哗啦一声，张作栋家的玻璃被飞来的石头砸破了。父亲一下子从床上坐起来，母亲浑身哆嗦着赶紧过来安抚被惊醒的张作栋，张作栋不明白这一切都是怎么了？

很长一段时间，张作栋总是做着同一个噩梦：梦中他被恐惧、黑暗包围着，想喊却怎么也喊不出来……

张作栋

在村里上小学，因为离家近，且没有城里的车流，孩子们上学放学都不用家长接送。张作栋有一段时间却享受着别的同学享受不到的特殊待遇——每天上下学，不是爸爸妈妈接送，就是叔叔骑着摩托车来接他。自己如此"被重视"，张作栋心里很是受用。年龄渐长以后，张作栋明白了，那时候自己能享受这样的特殊待遇，不是因为自己有多么金贵，而是父母为了保证他的安全。

1999年，张作栋的父亲张勤德被组织安排到河崖镇吴家庄片区下村包片。片区内的一个村是出名的混乱村，村两委班子管理混乱无序，各大家族势力山头割据。因为村管理混乱，村民强势的抢地种，只要抢到手就成了自己家的，家族势力弱的，眼看着地被人抢光，也敢怒不敢言。用老百姓的话说：家里有地的能撑煞，家里没地的能饿煞。这是什么年代了，还有这样的恶霸行径，张勤德来包村后，那时候的他年轻气盛，有一股初生牛犊不怕虎的冲劲，他下决心要改变这种状况。张勤德把村里的土地全部收上来，按照每户人口重新分配。这样子大刀阔斧的行动，毫无疑问触动了一些"地霸"的利益。于是，在村里重新划灰线分地时，就出现了最开始那一幕。

父亲不懈地努力，在各种的耐心劝解和不懈坚持之下，不但把地重新分配，而且硬是把一个混乱村整顿得井然有序。山东电视台对张勤德的事迹做了专题报道，爸爸成了张作栋心目中的英雄。那时起，张作栋幼小的心里就扎根了一个理想，那就是要好好学习，长大后要像父亲一样为农村的改变干一番事业。

（1）

2019年3月，市里选派第一书记，张作栋报了名。90后的张作栋在大一时就入了党，大三时成为学校的学生会主席。大学毕业那年，张作栋希望自己能考取选调生，梦想着自己能跟父亲一样扎根基层，做一个危难时刻显身手、敢担当、有作为的英雄。但是因为成绩不理想，张作栋没有考取选调生。大学毕业以后，张作栋被调到高密市城市投资建设公司工作。

2019年，市里号召报名去干包村第一书记，张作栋毫不犹豫就报了名。多年前在农村的广阔天地闯荡一番的那个梦终于可以实现了。

父亲和叔叔都支持张作栋的选择，觉得到农村锻炼一下是好事。

2019年4月10日，天下着毛毛细雨。

四月小雨润如酥，雨中的麦苗泛着生命葱茏的绿意，杨树刚冒出的新芽在雨中探头探脑地打量着这个全新的世界。

细雨中，张作栋驱车来到阚家镇松兴屯。肩负着组织的重托，张作栋这位高密市第五批第一书记中最年轻的小书记就要正式走马上任了。农村对他来说既熟悉又陌生。虽然他的童年是在农村度过的，但是松兴屯像一个全新的驿站，一切是全新的，一切都是未知的。

在这之前，虽然久闻松兴屯大名，张作栋却未曾来过这里。就像我在采访他之前，虽知道了张作栋的名字，却没见过他的人，处于熟悉和陌生之间。他听说这个村建设得非常好，而且听说松兴屯的徐林收是一个颇具传奇色彩的书记。张作栋觉得，一个小村庄，建设得再好不过就是路宽点，安几个路灯，象征性地搞点绿化，房屋比别的村子高点大点。待到来到松兴屯，看见一排排整齐宽敞的二层洋房，优美的景观绿化，整洁宽阔的马路……

张作栋心里说：松兴屯，牛！徐书记，真牛！

（2）

最初来到松兴屯的那三个月，张作栋有点小迷茫：他不知道自己来这里能干什么。别的落后村稍微投点资整改一下就会有翻天覆地的变化，路通了，路灯亮了，村庄美了……但是松兴屯已经建设得如此之好，他不知道自己在这里能发挥什么作用。

迷茫了一段时间之后，张作栋突然意识到自己不能再迷茫下去了，没有大事，自己就从小事做起。四月的雨看似很小，不是一样也能滋润万物？

想明白之后，张作栋跟着村副主任徐凤杰、村文书徐伟等村干部开始学习。他知道自己年轻，资历浅，需要沉下心来多学习，不能光跟着打溜溜。徐主任开会他就跟着开会，徐主任走访他就跟着走访，徐主任去干什么活他就跟着去干什么活……

松兴屯的村级管理、村级建设都非常完善。

但张作栋发现，村里的幼儿园和小学都在村主路旁边。松兴屯车流量比较大，经常有领导或者考察团来考察。每当幼儿园和学校放学家长接送孩子的时候，路上就会特别拥堵。

张作栋向城投公司领导汇报了这个情况，申请公司资金支持。城投的领导对张作栋很是支持，拨付 120 万元的资金，为村里修了三条人行道。道路修好以后，分流了上学、放学时的人流压力，解决了道路拥堵问题。

张作栋发现本村的孩子都在村内上学，但是因为很多家长都在合作社的大棚内打工，平时顾不上接送自己的孩子，于是孩子放学后的去向和作业辅导成了问题。张作栋留心了一下村东主路边有一处村里闲置的门面房，以前是开托管的，后来因为效益不好停办了。他就想：能不能建一个妇女儿童家园，接纳放学后家长顾不上接送的孩子，平时妇女节什么的，也可以在这里搞个活动。张作栋立即联系了妇联，询问了一下有没有相关的扶持政策。妇联那边说没问题，罗家庄社区以前就成立了这么一个妇女儿童家园，而且很成功。

于是，张作栋忙忙碌碌，申请资金，装修房子，招收辅导孩子的志愿者，终于把妇女儿童家园建成了。名字叫：松兴屯社区省级妇女儿童家园。

妇女儿童家园建成以后，没上幼儿园的孩子可以过来托管，上学的孩子放学后可以过来辅导作业。周末节假日，会举办丰富多彩的亲子活动日，孩子跟家长一起在这里剪纸、绘画、捏泥塑，加强了家长对孩子的陪伴，更加深了父母与孩子之间的亲情。家园为纯公益性，作为社区的一项福利，不收任何费用。志愿者们轮班值守，由村妇女主任夏纪兰具体负责管理安排。

放学了，孩子们三五成群来到他们的"小家园"，这里瞅瞅那里瞧瞧，叽叽喳喳地议论着他们的"新居"，童真的眼睛里，是掩抑不住的新奇与兴奋。

那些放学后没着落的孩子终于有了一个让家长放心的去处。他们都说："小张书记可真是帮我们解决了一个大难题呀。"

松兴屯平时车流量比较大，看到有的孩子在大街上乱跑，很是危险。张作栋觉得：不光要解决孩子的看管问题，更要让孩子有一个安全的活动场所。他得知村小西湖西侧有一空地，之前计划建设儿童游乐园，因为资金和政策的原因，搁置了。了解这一情况后，张作栋找了好多公司协商，争取"支赞助持"，经过不懈的努力，高密市瑞泽混凝土公司赞助了价值八万多元的混凝土，为道路做了硬化。随后他又跟村里领导沟通，积极协商体育局，为村里捐赠了活动健身器材。自此，孩子们有了自己的活动场所。每当周末假期，四邻八乡的孩子就会聚集到这里，打篮球的、打羽毛球的、跳绳的……热闹非凡。

张作栋在心里对自己说："谁说在这里没事干？只要留心，就可以为老百姓解决困扰和难题。"

（3）

除了第一书记的日常事务，张作栋还负责松兴屯村贫困户的扶贫工作。今年66岁的潘永楠是独身，虽然住着大房子，但是家里脏乱差。

家居环境卫生不好会影响整个村的扶贫工作，张作栋三天两头去潘永楠家。他和潘永楠唠家长里短，有时候也批评潘永楠："不能因为你一个人影响全村的形象。松兴屯建设得这么好，你说因为你拖了大家后腿，你心里过意得去？"

"咱村条件这么好，你又住着这么好的房子，平时讲究一下家庭卫生，自己再收拾干净一些，也更方便说亲呀。"

张作栋有时如和风细雨，有时候又风力劲猛，渐渐地拉近了自己和潘永楠之间的距离。

不光动嘴，张作栋每次去就和潘永楠一起打扫卫生，教他如何收纳物品。

张作栋发现，潘永楠对他有一种特有的信赖和亲近。每次看见张作栋进门，潘永楠的目光一下子就亮了。因为是帮扶责任人，有时候收入表需要户主签字确认。潘永楠不会写自己的名字，就嚷嚷着让张作栋代签。张作栋说："没事，写慢点不要紧，我等你。"

潘永楠下一次签字的时候，要是有进步，张作栋就及时给予表扬。潘永楠从没听过谁的表扬，心里那个舒坦呀。后来一次走访，张作栋发现潘永楠正在家里练字。他原来写得歪歪扭扭的名字看起来周正多了。表扬的力量真大呀，看来这法子不但适应于孩子，也适合眼前这位"老小孩"。张作栋一下子找到了给潘永楠做工作行之有效的方法——表扬。

每次走访，只要潘永楠家有一丁点变好，张作栋就要声情并茂地表扬一番。

两三天去一次，每去一次都会有新的亮点：衣服洗得勤了，院子里乱七八糟的东西没有了，室内的家具摆设干净整洁了。村里有啥需要签字的事，他抢着签。潘永楠对张作栋越来越依赖，张作栋几天不去，他心里就空得慌。在张作栋适时的关爱、经常的陪伴下，老人的精神状态明显要好了许多。

潘永楠还跟张作栋说："扶贫要先扶志。"

张作栋瞪大眼看了潘永楠一眼："哈哈，你知道的还不少呢。"

"我现在天天看新闻，听广播，当然就知道的多了。"

"好，以后继续。"

张作栋帮潘永楠落实了五保政策，收入多了，潘永楠反而变勤快了。他有时候还去合作社大棚干点力所能及的活，一边干活一边哼着小曲儿。

张作栋不经意中撒下的一粒种子，在潘永楠荒芜的盐碱地上扎下了根，长出了叶，开出了花。

四月小雨润如酥，四月的小雨也润人心呀。

（4）

张作栋还包靠着另一户贫困户孙树学。孙树学 1984 年生人，患有智力一级残疾。平时在村个人板厂起钉子赚点零花钱。妻子朱荣环先天反足，脚掌朝后，每当走起路来脚就钻心地疼。

张作栋每次去他家走访，心里就酸溜溜的。他没想过，世上还有这样一种人生，人生的苦难竟会如此沉重。

有一个周六的晚上，快九点了，张作栋的电话突然响了起来。张作栋接起来一听，电话那头的人就哭了起来。

"张书记，我谁也没找就先给你打电话，你姐摔倒了，疼得厉害，你是领导，得管管你荣环姐。"

"严重不？"

"应该是骨折了，你姐疼得都起不来了。"

这人是朱荣环的婆婆，朱荣环在擦马桶时不小心摔倒，胳膊骨折了。

张作栋立马往松兴屯赶去。一到松兴屯，拉上朱荣环，又跑了几十公里回到城里。张作栋一边开车一边联系医院，到了医院就赶紧办理各种手续，直到朱荣环做完手术进了病房，张作栋才感觉到自己累了，他疲惫地坐在了医院走廊的长椅上。

在朱荣环住院期间，张作栋经常过来看望她。看着朱荣环瞅着医院的病号饭愁眉苦脸的样子，张作栋问她："姐，你想吃什么？"

朱荣环不好意思地说："这段时间一直没胃口，想吃碗米线。"

已是晚上九点多，张作栋买来米线，看着朱荣环有滋有味地吃起来。

出院结算时，张作栋忙前忙后地帮着落实各种医疗补贴政策。他知道贫困户赚钱不容易，不能因为看病再雪上加霜，能省一分是一分。最后医疗费基本都报销了，也就花了几百块钱的手术、钢板费。朱荣环一家人对此感激涕零。张作栋说："这都是国家的政策好，对你们的特殊关照。不要感谢我，要感谢国家，感谢党的好政策。"

朱荣环康复出院后，给张作栋送来了锦旗。张作栋很是惶恐："姐你浪费这些钱干什么，还不如省下来买点营养品。"

"这是我的一点心意，非常感谢你照顾我。"

"都是我应该做的，感谢什么呀。"

"哪有那么多应该？"

后来，张作栋又帮孙树学家落实了各项扶贫政策，孙树学女儿的教育资助等都帮着落实到位。孙树学家里纱窗坏了，张作栋也帮着协调村里给他换好。

隔着雨幕，朱荣环正迈着蹒跚的步子向张作栋走来。她手里端着一个盘子，盘子里肯定是她做了啥好吃的，来让张作栋尝尝。

（5）

张作栋的手机里存着一张照片，每每心里烦躁的时候，张作栋就会翻出这张照片看一眼。照片中是徐林成和他的老伴儿，两个人笑得非常开心，目光里是知足，是感恩。

因为老人体弱多病，张作栋经常去他家走访。他还帮着协调村里给两位老人争取了公益性岗位，在村卫生区捡捡垃圾，搞搞卫生。活很轻松，却为两位老人一年增加了好几千元的收入。

后来张作栋去走访，老两口见了张作栋非常高兴，两个人站在一起开心地笑着。张作栋赶紧拿出手机把这一瞬间定格为永恒。徐林成说："他们老两口已经二十多年没拍照了。"2020年10月1日，徐林成的老伴儿去世。张作栋听说后，就把那张相片洗出来，送给了徐林成老大爷。徐林成没想到张作栋如此用心，看着照片上老伴那幸福的笑容，徐林成欣慰地笑了。笑着笑着，眼泪就顺着徐林成沟壑纵横的两腮流了下来。

在张作栋看来微不足道的一点小事，却温暖了徐林成老人的余生。

（6）

记起了徐林收书记经常说得一句话："群众笑了，我就成了。"两年来，从徐林收书记身上，张作栋学到了很多东西。徐林收把自己最大的公司卖掉，把钱拿回来建设自己的村庄，光这一项，徐林收就承担得起村民最大的敬意。徐林收说："我出这么多力，要是我自己干，一年挣个几百万没问题。现在一年挣这两万块钱，还拼死累活的。我为了什么？其实就是为了让大家伙都过上好日子，哪怕哪天要是没人干了，松兴屯垮了，老少爷们儿把这个家底卖了，也能过个百八十年。"虽然是玩笑话，但是大家知道，这是徐林收的真心话。

徐林收对待自己的父母非常孝敬，不管多么忙，都要抽空回家陪父母吃饭。村里的米面油等都是定期分发的福利，村里风气越来越好，人与人之间相处越来越融洽。

松兴屯村是全国文明村，全国一村一品示范村，全国民主法治示范村。松兴屯配得上这些荣誉。

（7）

了解一个村庄，就像了解一个人，光知道名字不够，你还要亲临其境，才能体味它全部的精髓和意蕴。亲临其境也不够，你一定要了解它的过往。过往是一页史书，是时光做成的标本，虽然已经干瘪，却是曾经存在的真实。

两年的驻村，在张作栋的生命里沉淀了什么？其实你不必急着问，张作栋也不必急着回答，时间会给出答案。

天上又下起了毛毛细雨，不知是否与两年前张作栋刚来松兴屯时那场细雨一样。雨是一样的雨，心境可能再也不是从前的心境。

张作栋走访中

团体篇

TUAN TI PIAN

嵇逊与她的"黄金搭档"

缘于在高密三中求学三载，柴沟一直是我心目中的第二故乡。五龙河逶迤北去，滋养着河两岸的沃野平畴。春天杨柳拂岸，燕子呢喃；夏天荷花映日，蜂飞蝶舞；秋天硕果飘香，豆粱满场；隆冬时节，五龙河冰封的河面，沿岸垂柳的雾凇，续写着我少年时代挥之不去的梦境。

因为扶贫，从2019年5月份开始，我无数次回到这方热土，回到我的第二故乡。

研究扶贫政策（左为嵇逊，右为王波）

（1）

第一次去柴沟镇扶贫办，在楼道里碰到了一位身材娇小、扎着马尾的年轻女子。

"⋯⋯你来了没？怎么这么磨叽，这都几点了？"她边打着电话边一溜小跑往楼下奔。

我心里嘀咕：这是谁呀？这么风风火火的。其实她就是与我们对接的柴沟镇分管扶贫的副镇长嵇逊。

嵇镇长是80后，别看她外表娇小柔弱，工作起来那真是敢打敢冲、雷厉风行，用高密话说就是一"kou嫚儿"。

随着业务上接触的日益频繁，才知道嵇镇长背后还有一位不可或缺的"黄金搭档"——柴沟镇扶贫办主任王波。

王波中等身材，方头正脸，笑容腼腆又诚恳。每次我们来柴沟督导扶贫，王波主任不高冷，但也绝不多说一句话，脸上永远是温良敦厚、人畜无害的笑容。

嵇逊与王波无论性格上还是工作性质上，截然不同又相得益彰。嵇镇长敢说敢干，整天走村串户，相当于开路先锋。而王波沉稳细腻，大多时候在办公室研究政策、钻研内务，像老黄牛一样默默耕耘、低调沉稳。嵇逊上班开着她那辆白色的"POLO"，王波下村则骑着一辆蓝色电动自行车，他俩分别管自己的"座驾"叫"小白"和"小蓝"。

80后的嵇逊，70后的王波，一动一静，一急一缓，堪称一对"黄金搭档"。

每当和嵇逊谈起扶贫，嵇镇长总是说："王波不光干着扶贫，还干着残联和民政，光扶贫一项就够人受的了，他干着三样，而且没一样是轻松的。王波工作吃苦耐劳、认真细心。他从不提待遇和自己的辛苦，只知道闷声不响地干活，这样的人品真是让人打心眼里敬服。"

有意思的是，每次我和王波谈起柴沟的扶贫，王波又总是夸嵇逊："嵇镇长别看年轻又是女性，勇于担当，遇难不退，一点都不怕事儿。她的孩子小身体又弱她也顾不上，整天加班加点，她比我们男同志更不容易，付出的也多得多。"

分管领导与具体执行的扶贫办主任之间能有这样的默契配合与互相理解，工作想干不好都难啊。

（2）

2019 年初，生完二宝的嵇逊休完产假一上班，领导就安排她分管扶贫工作。那时候嵇逊觉得扶贫就扶呗，想当年姐们儿包靠拆迁都没难住，扶贫有啥大不了的，跟拆迁这热鏊子比，扶贫就是一烟袋锅嘛。

真正接手以后，嵇逊才知道自己错了。扶贫这烟袋锅不光是热得烫嘴，还烧脑。

为了尽快熟悉业务，嵇逊克服二宝尚在哺乳期的困难，充分利用业余时间充电，及时学习掌握各项扶贫政策。嵇逊没想到"两不愁三保障"说起来简单，真正从严从实、落到实处会有很多意想不到的障碍。遇到政策解读不清时，王波的认真仔细劲儿就派上了用场，他彻夜钻研，细化再细化，把各项政策研究得精而又精。

知己知彼才能百战不殆，嵇逊得先摸摸柴沟镇贫困户的家底儿。她拿出两个月时间，加班加点，对当时全镇 567 户贫困户全部走访了一遍。走访中她与贫困户拉家常，了解他们的实际情况和急需解决的问题，并在自己随身携带的工作日志上做了详细的记录。对于自己能力范围之内能够解决的问题，嵇逊及时向贫困户做出解答，超出自己能力范围的，就和王波商议，或者召开扶贫研讨会议，研究制定解决方案后便以最快的速度为贫困户解决。有时候，嵇逊跟王波会因为一个问题争到面红耳赤，最后总是王波妥协。

（3）

别看嵇逊在外面风风火火，一回到家，她的心里就跟长了草一样乱糟糟的。2018 到 2019 年对她来说，有太多不为人知的刻骨铭心。

嵇逊家二宝是个过敏体质，从 2018 年出生到两个半月开始厌奶拒奶，孩子太小加不了辅食，宝宝的喂养成了大问题。嵇逊苦恼着：世上还有不吃母乳的孩子？这样见所未见、闻所未闻的事竟然让自己摊上了。

哺乳是母亲与孩子之间最亲密的联系纽带，然而孩子却拒绝了和嵇逊最初的链接。嵇逊焦虑、沮丧，又担忧着孩子的健康。

嵇逊尝试着给孩子喂奶粉，换了好几个牌子都不行。后来经过网上查阅和咨询，她下载了一个育婴APP，从上面获知对于乳类过敏的孩子，可以把普通奶粉换成水解奶粉。换成水解奶粉以后，孩子开始喝了，可是又不停地拉肚子，从2019年正月十六开始，一直折腾到五一。嵇逊不死心，又换了氨基酸奶粉。闻着氨基酸奶粉那种臭鸡蛋加咸鱼般的难闻味道，嵇逊心里的酸涩又加重了几分。对别的孩子来说喝奶是一件愉悦的事，而她的宝贝却要喝这种让人作呕的"怪东西"……

值得庆幸的是，奶粉虽然难闻，孩子喝了竟然不拉肚子了，嵇逊终于松了一口气。

可是没过几天，二宝又开始便秘。嵇逊知道，拉肚子和便秘其实都是食物不耐受的一种过敏反应。嵇逊的焦虑又开始了。

晚上回到家，孩子因为肠胃难受哭得睡着了，嵇逊趴在孩子身边望一会儿，回到自己的床上开始蒙着被子大哭。她宁愿生病的是她自己，孩子这么小，为什么老天爷要让这么小的生命来承受这样的折磨……

嵇逊哭完了，迷糊一会儿，第二天还要打起精神去扶贫。心理上的困厄，挥之不去的担忧，来回奔波的疲劳，重重重压之下，嵇逊感觉自己真的要崩溃了。她的整个后背就跟板结了一样，又硬又疼，担心孩子的同时，嵇逊怀疑自己是不是心脏出了毛病。那段时间，本来就苗条的嵇逊瘦到了90来斤。

婆婆不断地安慰嵇逊："父母跟孩子也靠缘分，没有缘，咱也不要强求。"嵇逊知道，婆婆曾经夭折过两个孩子，她也理解婆婆曾经经历过的那种痛。

可是她不想放弃，也不能放弃。

嵇逊变被动适应为主动出击，到处打听给孩子消敏的医院。经青医的医生介绍，她得知潍坊有一家专门消敏的个人机构。得知这个消息，嵇逊一刻也不想耽搁，马上带孩子去了潍坊。后来，嵇逊带着孩子周二、周四和周六一周三次跑潍坊，做了一段时间的消敏之后，孩子的症状有了减轻。虽然辛苦，但嵇逊却是无比兴奋，因为她看到了希望的曙光。

就这样来回颠簸，持续了半年的消敏之后，孩子终于可以吃所有食物了。

那一刻，嵇逊真的是百感交集。在这半年里，我们只看到嵇逊的能干却没人知道嵇逊内心的那种困顿与挣扎。如果你没经历过这样的煎熬，你也不会理解一位母亲那种绝望时的锥心之痛。

外人对嵇逊的评价总是遇难不畏、遇险不惧、遇挫不倒，这位小女子俨然成了大家眼中的超人。世上哪有什么超人，只不过是人前笑脸背后抹泪罢了。

嵇逊在孩子消敏治疗期间，扶贫工作从没间断，通常是上午跑潍坊给孩子消敏，下午跑回来入户扶贫。繁忙的工作让嵇逊暂时忘却了心中的烦恼，工作中的一些小收获也让逼仄的生活透进了几许阳光。

（4）

2019年4月，脱贫攻坚逐渐展开，调整了帮扶责任人，大家纷纷入户落实各项帮扶政策，但是各类政策项目太多太杂，为了方便工作，王波找各行业站所询问待遇标准，对各项政策进行了理顺，在全市创新推出了《扶贫政策待遇明白纸》，将低保、特困、养老、计生、残疾、高龄等各项政策性福利待遇的标准明细到一张纸上，这样帮扶人拿着一张纸就可以找出各项待遇的标准是什么，对照入户检查十分方便，避免了政策遗漏和待遇差错，不仅核算收入时能用到，平时用来解答贫困户咨询也特别方便。后来经市扶贫办不断地完善后在全市推广使用，促进了全市脱贫攻坚工作的开展。我曾经对王波主任说过："对于这个表，高密很少有人知道是你的'原创'。"王波还是那招牌式人畜无害的憨厚笑容："知道不知道都没啥关系，咱把活干好就行。高密扶贫都是一家，谁有好的做法和经验都拿出来，那高密整个扶贫工作就上去了，高密好，咱镇才能好。"我不由对他竖起了大拇指，这个少言寡语、其貌不扬的男人，是一个有胸襟、有气度的真汉子。

收入及帮扶人情况表是各级检查扶贫政策落实情况的重要依据，上面的内容需要贫困户认可后张贴到家中。由于受纸张大小限制，除各项收入明细外，其他有些内容，特别是各项政策享受情况、家庭成员情况、档外子女情况等无法全部容纳，而这些内容都非常重要，且会随时变动。如果不显示出来就无法全面立体展现贫困户真实家庭情况。

嵇逊瞅着这张表琢磨了几天，她有了自己的新思路：单独制作一张《户成员及档外子女情况表》，独立于贫困户收入表。将贫困户家庭成员的健康状况、残疾或患病情况、各项待遇落实情况，以及档外子女家庭情况、务工情况都展现出来。这样，在年度收入核算准确后，贫困户收入表就不用再变动了，以后有什么新情况就直接添加到户成员及档外子女情况表上即可，避免了改动收入表导致的改一次贫困户就需要签一次字的麻烦，而贫困户大多数是老弱病残或文化程度低的群体，签一次字很费劲，这样既直观，又方便，还减轻了贫困户和帮扶干部的负担。有了思路立马行动，新表经过大家集体论证觉得确实方便可行，便在全镇马上普及推广。

今年初疫情暴发以来，嵇逊首当其冲，积极投入到紧张的疫情防控中。放弃节假日，吃住靠在单位，安排调度工作，亲自下村值班，亲自督导工作落实，对工作不敢有半点马虎、怠慢。全镇上下在抓好疫情防控的同时，嵇逊又安排各村对困难群众入户消毒防疫、发放口罩、走访慰问；柴沟镇又先后筹集了口罩、消毒液、蔬菜等价值 3.47 万元的防护用品和生活物资，王波和同事们一起为 463 户建档立卡贫困户送到家中。

看吧，嵇逊镇长与王波主任的配合是不是称得上天衣无缝？

（5）

不管如何用心，工作过程中，我们总能碰到那么几块难啃的"骨头"。2019年春，某村有一位 70 多岁的五保户独自住在其侄子闲置大院内的一个小偏房中，因为是简易板房，属于"两不愁三保障"中的住房安全问题。镇、村干部想让他到村委另安排的好房子中去住。老人性格固执，帮扶责任人和村干部多次劝说都不答应。搬家不成，村里又想给他翻盖旧房，他还是不答应。说急了他就像个小孩一样耍脾气，蹲在一边生气。嵇逊从潍坊回来听说这件事，她决定亲自出马，看看到底是啥情况。

老人一看来了一位双眼皮瓜子脸的美女干部，脸上的表情立马没有了以前的僵硬。嵇逊一开始不急着劝他，而是先东聊西扯地拉家常，其实是暗中给老人"号脉"，想找出"病根"到底在哪里。

经过连续多次走访，老人对嵇逊都有点依赖的意思了，隔几天不去老人就说："你可不能把俺忘了。"

嵇逊一看火候到了。她跟老人说："大爷，你看你住着这样的板房是不符合贫困户住房安全政策的，您要是不同意翻盖，就是我们工作没做好，我就要被处分，说不定还得撤职，以后就不能来看您了。"

老人一听那还了得，赶紧答应了在原址翻盖新房子。

打铁需趁热，嵇逊立马安排村里备料盖房。她又当监工、又现场指导，房子很快就盖了起来。房子盖好后，嵇逊又给老人捐助了部分生活用品，嘱托周边一位邻居帮忙照顾老人、给老人做饭。老人第一次进新房满眼兴奋，这里瞧瞧那里摸摸。

嵇逊问他："大爷，新房好还是旧房好？"

"新房好，新房好。"

"那怎么村里给你盖你还不同意？"

老人挠挠头，不好意思地笑了。

从老人家出来，村干部瞅着嵇逊捂着嘴嗤嗤地笑："你可不能把俺忘了。"

嵇逊小辫一甩眼一瞪："严肃点！"刚说完，她自己也忍不住笑了。

（6）

嵇逊对检查中遇到的问题，不管什么性质都一抓到底，直至彻底整改。她走访中发现郝家村有一贫困户，家中五口人中三人是残疾，其中一个是云南来的媳妇，虽然有身份证，但是户口还在云南没迁过来。嵇逊想为她申请低保但由于没落户而无法办理，另外残疾证也已到期，想残疾鉴定就需要回云南。

嵇逊无奈，只能联系女子的家人。没承想女人的父亲要让男方带着媳妇回云南，请全寨子的人吃一桌酒席才肯迁户口。嵇逊心想，五口三个残疾人，要是日子好过还用纳入贫困户，哪有闲钱回去摆酒席？再说路途遥远，两个残疾人路上会有诸多不便。

但是不迁户口又解决不了低保待遇，不解决低保那就是扶贫政策不落实，这可不是小事。嵇逊思虑良久，突然豁然开朗。她根据女人的身份证地址，联系到当地公安派出所协调迁户口事宜。与对方一沟通，才知道原来此人在云南就已经享受低保了，户口迁过来，女人在云南的低保待遇就会取消。明白了不愿意迁户口的真正原因，嵇逊无数次通过电话、微信等方式与其家人和当地公安沟通，最终成功帮助办理了户口迁移手续。后来又协调进行了入户鉴定，帮助其办理了残疾证和低保，终于使这户落实了扶贫政策，彻底解决了问题。

看到崭新的残疾证和低保证，嵇逊兴奋地挥手向王波打了两个"V"。

王波说："这么棘手的问题嵇镇长能这么快就顺利拿下，我算是彻底服了。"

"你也别说我，你给贫困户解决的问题一点也不比我少嘛。"

2020年7月，因为上级来检查扶贫项目，嵇逊开着她的"小白"急着往扶贫项目现场赶，在转弯时被一辆厢货车追尾。嵇逊没顾上检查车，就让人把车辆送修，自己走着去现场。

事后，同事们都建议她换一辆新车。嵇逊摆摆手："扶贫不结束，我的小白坚决不换。"

（7）

真如嵇逊所说，王波主任熟悉电脑操作，办事细心。对扶贫系统的数据整理和信息更新、贫困户政策应该落实哪些都了如指掌。在上一次的信息采集中，王波充分利用电子表格的比对功能，查出200多个务工、收入、残疾等问题，逐一核实后予以修改，提高了系统信息准确率，成为全高密市这次信息录入出错最少的乡镇。王波每次入户大走访之前都调出民政、残疾、慢病、教育情况数据，提醒帮扶人落实政策、更新档案，提高了走访时的效率。

因为扶贫任务重，经常早去晚回，王波骑他的"小蓝"有诸多不便。嵇逊家离他家比较近，上下班嵇逊就经常拉着王波，同事们都戏称镇长成了王主任的"专职司机"了。

2020年5月份问题集中整改月时，因为整改时间紧、落实政策任务重，白天为帮扶责任人解答咨询，有些业务性工作就留到晚上加班干，整个5月份，王波仅回家3次。特别是5月下旬，因为临近整改时限，工作更加繁重，他团结带领扶贫、民政、残联的全体工作人员几乎是天天加班到凌晨。王波不但自己加班，加完班怕路上不安全，他还经常开着单位公车送扶贫办和残联的女孩们回家，把大家都送回城里，他再跑几十里回到办公室，继续趴在电脑前鏖战。

王波三岁多的二女儿给他打电话："爸爸你什么时候回来呀，我都快想不起来你啥模样了……"

女儿一句话，让电话这头的王波沉默了好久……

嵇逊说："大禹是三过家门而不入，王波都不知几过家门不回了。每一个干扶贫的人都欠家人一句抱歉……"

（8）

王波晚上加班，白天也要不间断地下户走访。柴沟镇某村有一个贫困户，户主夫妻均为重度精神残疾人，全家跟着户主的妹妹在胶州生活，女儿许某也在胶州上学。在落实义务教育政策时，王波发现许某没有教育资助，也没法联系她的父母，王波就辗转联系到了许某的姑姑。经过落实，许某确实没有收到教育资助。王波又咨询高密教育部门，得知政策是：在哪里上学、哪里建的学籍，哪里给办教育资助，由于胶州属青岛，高密属潍坊，跨地区，乡镇教管办没办法解决。王波又联系上学的学校，学校自己也没办法解决。王波就及时上报高密扶贫办，通过高密扶贫办与胶州扶贫办多次沟通，在高密扶贫办田立余主任的协调下，终于给落实了教育资助。因为本户户主夫妻都是残疾人，王波又帮他们落实残疾人无障碍改造和康复服务，发放了器具，让帮扶人教会他们使用方法，还帮助落实了残疾人子女教育资助、残疾人补贴，以及其他多项政策。

2020年下半年，户主又新出生了一个孩子，王波又督促他们及时办理户口，帮助自然增加进扶贫系统。许某的姑姑对王波的帮扶非常认可，自己写了一首小诗发给了王波。虽然不是什么名篇佳作，但情意是真切的，读了以后，王波心里暖暖的，付出真心换来真情，所有的付出都值了。

（9）

除了全镇的扶贫工作，王波自己还包着一户贫困户，老伴两口均过60岁，儿子是重度精神残疾。原先一家三口都吃低保，后来因为女儿家有赡养能力、收入超标被取消了低保。

取消了低保后，户主非常不满意，情绪上也对扶贫工作非常抵触。王波就不停地做思想工作，每次入户都宣讲低保政策，不停地给贫困户讲解不能继续享受低保的原因。经过多次劝说，户主也理解了政策，对王波的态度也不再那么冷淡。后来，上级出台了重病重残可以办单人保，王波第一时间跑到户里说明了这个政策，帮着核算本户和其女儿家的收入，发现其家庭收入虽然超过低保线，但是人均收入没有超出低保线的 2 倍，可以为其重度残疾人的儿子单独办理低保。

后来走访中王波又发现户主的老伴腿脚有毛病，督促去鉴定残疾。本户觉得老人年龄大了，不愿办，但在王波极力劝说下还是去鉴定了，结果鉴定为肢体二级，王波又帮助申请了单人低保，还落实了残疾政策。王波的耐心和细致劲儿让老人一家非常感激，但是朴实的他们不会说什么感恩戴德的话，每次去走访，老人都拿出茶叶来招待王波，说"这是我过生日亲戚送的，平时舍不得拿出来，就等你来喝"。听到这些暖心的话，虽然茶没喝，王波还是有点"小激动"。

（10）

嵇逊、王波还有柴沟镇全体扶贫人的努力没有白费，近两年来，在镇党委王晓栋书记的大力支持、主管协调，全体扶贫干部和业务部门人员的全力协作下，柴沟镇的扶贫工作得到了长足进展。柴沟镇顺利通过了上级多次扶贫督导检查。在全市的扶贫会上，嵇逊被推荐为全市扶贫人员进行政策解读辅导培训。柴沟扶贫办首创的"工作专班＋帮扶责任人"协同信息采集工作法，使柴沟镇信息采集数据质量名列前茅，经验做法在全市进行了推广。2019 年，柴沟镇被市委市政府授予脱贫攻坚工作突出单位。

嵇逊和王波从来不会说"铁肩担道义"这样的豪言壮语，他们和柴沟镇所有扶贫人一起，用热忱和汗水书写着柴沟的扶贫答卷，用脚步丈量着柴沟的扶贫之路。

（11）

年末岁尾，一场大雪把柴沟镇变成了一个琉璃世界。美丽的五龙河公园粉妆玉砌，更多了一份旖旎和妖娆。

大美柴沟，千里雪野。

五龙河畔，六出飞花。

大雪刚停，嵇逊发动她那辆扶贫不结束坚决不换的"小白"，要拉着王波去看看贫困户的住房是否安全，自来水管有没有被冻住。

看见我，嵇逊摇下车窗摆了摆手，我朝坐在后座的王波喊了声："王主任真牛，美女镇长亲自给您当司机呢。"

王波憨厚地笑了笑。

嵇逊的大眼睛忽闪了两下：这叫男女搭配，干活不累。懂不？

走访贫困户（左为嵇逊，右为王波，中为贫困户）

脸上的笑，人间的暖

——记朝阳街道扶贫六姐妹

第一次去朝阳街道扶贫办，发现这里从分管领导到业务骨干竟然清一色全是"娘子军"。而且六姐妹们没有因为工作的压力显出一副苦大仇深的愁眉苦脸状，恰恰相反，美女们一个个光鲜亮丽，还特别爱笑。洋溢在她们脸上的笑容如三月的阳光，把整个世界都瞬间照亮。

随着工作上交往得日益频繁，我越来越感觉到这是一个融洽、民主、有凝聚力的团队，她们的那种乐观与自信也让我备受感染与鼓舞。

加班怎么了？加班咱就心平气和地加，因为怨天尤人工作不会减轻分毫。

左起：綦雪君、李双、禚丽萍、单萍、孟璐、谢菲

有问题怎么了？扶贫本来就是一项动态的工作，有问题咱就找出病根，干脆利落地解决。

检查怎么了？检查咱就坦坦荡荡地迎查，因为有底气。

有这样的底气与心态，脸上能没有笑容吗？禚丽萍主任温暖和煦的笑，李双主任爽朗清澈的笑，单萍甜美娇俏的笑，谢菲时尚靓丽的笑，綦雪君古典温婉的笑，李孟璐优雅含蓄的笑。她们的笑，让人如沐春风。

（1）温良的丽萍

禚丽萍是朝阳街道人大工作室主任，分管街办的扶贫工作。因为她接手扶贫工作比较晚，为了尽快熟悉情况，她迅速下村把全街道 700 余户贫困户的基本情况摸排了一遍。一年多来，禚丽萍主任联合街道三级帮扶责任人开展八轮入户大走访，联合人社、教育、医疗等 9 部门拉网排查，先后为 90 户贫困户实施无障碍改造，发放无障碍改造器具 107 件，为 54 名精神、智力残疾人提供精准康复服务，解决扶贫问题 600 余项，项目带动增收 144 人。2020 年朝阳街道被潍坊市评为"脱贫攻坚示范镇街"。

不管有什么工作任务，禚丽萍总是和颜悦色地与姐妹们商量着干，她鼓励大家把自己的想法说出来，集思广益，权衡比较，谁的意见最具可行性就听谁的。扶贫办的姐妹们背地里都说：跟着这样的领导干活，工作再苦再累心情都是好的。工作舒心了，才有姐妹们的笑颜如花。

爱笑的人工作中也会遇到麻烦，禚丽萍也不例外。有一户贫困户因为对扶贫工作不满去信访局上访，当时禚丽萍主任接到信访件脑子有点蒙。为了弄明白情况，决定亲自到该户家中看个究竟。禚丽萍主任与该户足足聊了两个多钟头，跟他聊人之常情，聊家长里短，聊"两不愁三保障"，就是不愁吃、不愁穿，保障义务教育、基本医疗和住房安全。有理不在声高，该贫困户渐渐缓和了自己的语气。从那以后，该户再没为此上访过，入户时见到禚主任，他的态度也是 180° 大转弯，原来冷着的脸有了笑模样。

春风化雨，成风化人，这种思想上的启智帮扶，远比单纯物质补贴更长远，也更有意义。

除了街道的日常工作，禚主任还是东栾庄的包村干部。通过走访，她了解到庄里的单秀美户家庭异常困难：单秀美35岁的小儿子陈波是建档立卡贫困户，而且是一级智力残疾。屋漏偏逢连夜雨，2020年1月，她的大儿子陈军又查出恶性肿瘤。禚丽萍主任发现其5个月间医疗支出6400多元，全年预计医疗支出15000元左右，年人均收入低于低保标准，符合低保办理条件。禚丽萍当即决定联系村里为其申请低保，心动不如行动，5月份陈军的低保就办理完毕，开始享受低保待遇。虽然已经办理低保，禚主任也没放松对陈军的关注，如果陈军医疗费用支出持续大幅增加，一旦符合即时帮扶条件，将启动即时帮扶程序，将其纳入即时帮扶对象，等同于建档立卡贫困人口管理。单秀美每每提起禚丽萍，总是夸赞不迭："这闺女对俺家的事比自家人都用心。"

禚丽萍主任还是仓上村宋梅的帮扶责任人，宋梅和她女儿一起居住，俩人都有严重的精神障碍。看到娘俩经常衣衫不整地出门上街，禚丽萍就不定时地把自己家里的衣物送给她们穿。很多精神障碍患者会对外人有种莫名的戒备，她们对很多的事情都表现出茫然与淡漠，但是这娘俩见到禚主任却无比亲切，眼睛里满满都是信任，先天的缺陷让她们更能遍尝人间苦难，也让她们最能分辨谁是真正对她们好的人。

每每提起工作中这一件件让人感动的"琐事"，禚丽萍主任总是说："扶贫看起来是我们在帮贫困户，其实在帮他们的过程中自己的内心也得到了升华，帮人即是帮己，是为自己，为子孙后代积德。"

（2）爽朗的李双

李双个子高，人敞亮，笑声也爽朗，工作起来那叫一个雷厉风行。李双自2016年起担任朝阳街道扶贫业务负责人，挑起了扶贫这副重担。

别看李双表面看起来身体倍儿棒，其实她只要走路时间一长，腿脚就疼得厉害。工作性质决定了她得不间断地下村入户，村里胡同狭窄又不便开车，李双就经常借村民的电动三轮开着走街串巷。我们都和她开玩笑：李主任太奢侈了，开着"敞篷宝马"入户啊。李双笑着说：没办法呀，谁该享受什么政策？谁家面临什么问题，只有走才能知根知底，了解最真实的情况。

有很多次，贫困户在深夜给她打电话求助，为此曾惹得她的家人不高兴：连晚上也不清静，并让她晚上关机。

李双笑笑说：贫困户没把我当外人才会这样，我怎么能辜负他们的信任？

正是因为对贫困户太了解，此后的工作中，李双的走访不仅没有减少，反而越来越多。要下大雨了，她必须去几个贫困户家中看一看；要下大雪了，她得提前去几个贫困户家中转一转；有时刮大风，即使是晚上她也要出门去贫困户家中走一走。

从李双接手扶贫工作后，朝阳街道的扶贫工作业绩年年都在全市名列前茅，2018年12月，李双荣获潍坊市扶贫先进个人嘉奖，高密的所有镇街中，获此殊荣的只有她一个。当时，曾有人问她如何干好扶贫工作，她想了想说："扶贫是一项在办公室里永远干不好的工作。"

通过走访，大家也记住了李双这个肯说爱笑的好心人。

东栾家庄的贫困户管遵英因为李双三天两头地来嘘寒问暖，解决各种生活难题，她把李双当成了自己最值得信赖的亲人。她得知李双喜欢吃木瓜，家里种的木瓜成熟的时候，她自己不舍得摘，也不让家里人摘，一定要给李双留着。

西观音堂居委会的陈柳竹智力和肢体均二级残疾，可是李双发现她特别喜欢干活，一旦自己"霸占"下的工作被别人代劳了，陈柳竹就会撅着嘴巴不高兴。一位贫困人员能有这样的意识难能可贵，于是李双主动联系市残联帮陈柳竹进行技能康复训练。

如今，陈柳竹已经成了她母亲刘成芳的好帮手，刘成芳用电动缝纫机加工出劳保手套，她会很娴熟地将手套翻过来，大大减轻了母亲的工作量。现在，陈柳竹一家人已经摆脱了原先一个人挣钱三个人花的苦日子，拥有了一份稳定的收入。更让她的家人高兴的是，通过劳动锻炼，陈柳竹不但肢体协调性变好，说话也清楚了很多，性格也变得开朗了。

前埠口居委会的邹平，虽然肢体二级残疾，可是人特别要强，一直想找个能够自立的工作干。得知这一讯息后，李双只要有能挣钱的事便想着他，有残疾人培训项目便让他参加，潍坊市举办残疾人运动会也给他报名。如今，邹平生病多年的女儿在一家药房工作，妻子在一家纸箱厂打工，他没事便开着三轮帮别人拉货，一家人总算过上了稳定的生活。

卤坊居委会的孙正云是一位单身母亲，丈夫去世后全靠她拉扯两个孩子，生活非常艰难。因为她的女儿陈慧敏右手残疾，生活困难时，她曾萌生了让孩子退学的念头。李双得知后劝她："上学关系到孩子的将来，再穷也不能穷教育。"为了帮助她们，她给陈慧敏申请办理雨露计划，靠每年 3000 元的资助，陈慧敏得以继续求学。2018 年，她考入了山东中医药高专。2019 年，她又获得了残疾大学生救助。上学期间，这个懂事的女孩还主动找些勤工俭学的事来做，现在基本不向家里要钱。一位单身母亲培养出大学生，这也成了孙正云最有面子的一件事。目前，她除了照顾上小学的儿子，还找了一份保洁的工作。这位曾经在夹缝中生存，一度对生活失去希望的单身母亲，如今掩抑不住地是满脸的感激与自豪。

爱出者爱返，李双感觉自己的内心比原来更能感受到善知善念，变得更加柔软，更加丰盈。

（3）甜美的单萍

年轻靓丽的单萍是朝阳的一枝花。不管工作多么繁忙，单萍总是脸上挂着甜美笑容、光鲜亮丽地出现在扶贫一线。微笑，不单单是一个表情符号，它彰显的是一种人生态度：工作不懈怠，生活不粗糙。这样的生活状态，是单萍以及很多 90 后姑娘们的真实写照。

2014 年，当扶贫担子压到单萍肩上的时候，当时她还只是单位里的一名不在编人员。复杂的帮扶政策、海量的数据信息铺天盖地，一股脑向她涌来，顿时让她这个扶贫新手无所适从。一摞摞文件、一堆堆报表，被埋在其中只露出脑袋，一条条信息、一个个问题，让柔弱的单萍欲哭无泪。

但是，当她真正走到贫困群众家中，看着老旧的屋檐下，那些神情涣散、了无生机的面容；那卧床不起、病痛缠身的凄凉；那涣散、无助的眼神……她的内心被触动了，在那一刻，她才了解社会上还有这么多人急需帮助，她也突然意识到，自己当前的工作是多么重要。

700 余户贫困户，基本情况各不相同。如何用最短时间把信息掌握起来，没有经验可以借鉴，也没有老师旁边指导，单萍硬是摸索出了自己的一条实用之路。

她一方面建立完善贫困户档案，按照"一户一档、一人一册"要求，详细记录贫困群众个人信息、致贫原因、享受政策等情况，为扶贫工作的高效有序开展打好基础。同时，单萍把档案作为"必背书目"，哪个村、几户贫困户、叫什么、分别什么情况，都要一一记牢，有时甚至做梦都在"背书"，还常因为记不清内容而从梦中急醒；她还把各类报表作为"考试"，先凭记忆默写信息，再翻出档案逐一对照，错了的、写不上的便记在纸上，得空就拿出来看看。

"背""记"的同时，她坚持每户必访，用单萍的话说："背得再熟也不如实地查看。"

就这样，在两年的时间里，单萍每户都去了好几次，并在属地社区村居的大力支持下，帮助贫困群众解决政策兜底、医疗救助、安排就业等方面的问题。

6年来，单萍的扶贫业务得到了极大提升，自身素质也在实干中得到了有效历练，不仅顺利考取了公务员，被组织发展为预备党员，更成为街道扶贫办的业务骨干。

除了街道扶贫工作，单萍还是罗家庄社区杜某某、罗某的帮扶责任人，两人都是精神残疾。依据政策，单萍协调各部门将她们送至第二人民医院免费救治。杜某某经救治后，精神状况明显好转，在2020年初由精神病院回到家中。单萍为其报名参与人社局提供的公益性岗位，并介绍给他剪线头的工作，杜某某月收入一千余元，生活水平稳步提升。

今年疫情期间，单萍还了解到杜某某的儿子小杰上小学五年级，祖父母年事已高，疫情期间学校"停课不停学"，小杰家中没有移动互联网终端，无法学习，一家人心急如焚。耽误什么也不能耽误学习，得知情况，单萍立马联系学校，提供爱心平板电脑，并每周上门辅导小杰学习，教会小杰使用平板电脑，小杰同学的学习进度没有落下。如今，小杰对这位美美的小姐姐很是亲近，每当考试取得了好成绩总是忘不了给单萍报喜。

在此期间，单萍的业务水平也得到了市扶贫办和潍坊扶贫办的肯定，去年以来，为迎接省扶贫考核，多次被潍坊扶贫项目组抽调到其他县市区帮助工作或协助潍坊检查其他县市区扶贫攻坚成果，单萍也被评为2019年度脱贫攻坚先进个人。

这位90后的"小公举"，像一只勤劳的小蜜蜂，又像一只美丽的花蝴蝶，在潍坊各个县市间忙忙碌碌，飞来飞去。

（4）靓丽的谢菲

谢菲是典型的电眼美女，眼睛大，又有明星姚晨一样的性感嘴唇，飘逸窈窕，气场满满。谁说干扶贫就要灰头土脸？加完班照样练瑜伽，晒美瞳。精致的生活不是在家养尊处优、遛狗养鸟，而是工作时拼着上，下了班玩得嗨。

2020 年 4 月，因为工作需要，谢菲加入了扶贫队伍。刚开始得知要干扶贫的时候，谢菲在家哭了半天，早就听说扶贫能让人脱层皮，工作压力一定很大，怕自己不能胜任。

谢菲的父亲是一名军人，他看出了女儿面对新工作岗位的畏惧和犹疑。父亲严肃地告诉谢菲："领导安排你这项工作，就是信任你，觉得你可以做好，如果你现在退缩了就等于战场上的逃兵，你不能还没上阵就打退堂鼓，我觉得我的女儿可以做得很好"。

有了家人的加油打气，谢菲调整心态：豁出去了，别人能干我也能干！有活就干，不会就学，再也没有抱怨过。

去朝阳拉网遍访贫困户时，谢菲经常和我一起入户。这个养眼的小美女时时处处体现出这代年轻人良好的教养和心底的细腻。这个父母手中千般呵护、万般宝贝之下长大的 90 后，工作起来没有半点骄矜之气，关键时候顶得住，靠得上。

潍坊扶贫检查，谢菲经常被抽调出去，因为长时间走路经常腰疼，去医院检查发现是椎间盘突出。在下一轮抽调人员检查的时候，领导担心地问谢菲能不能继续坚持。谢菲觉得綦雪君家里有宝宝，不能经常外地住宿，李孟璐身体不好，单萍需要弄项目，咬咬牙，告诉主任："没事主任，我能去。"

一次又一次的拉网考验之下，谢菲顶住了，也成长了。笑容挂在她的脸上，笃定藏在她的心里。

（5）温婉的雪君

2020 年 5 月加入扶贫队伍的綦雪君，是一位古典安静的小淑女。

綦雪君家中有个 5 岁的儿子上幼儿园中班，工作性质决定了她得经常熬夜加班，儿子的事基本全靠公公婆婆。安静的女孩子总是那么惹人疼，雪君有一个幸福的家，与公公婆婆一起居住，不论多晚回家，婆婆总会在家里为她准备好热乎乎的饭菜。即使凌晨一两点下班，老公也会打开大门外的灯，坚持等待綦雪君安全到家。

自从干了扶贫以后，綦雪君错过了很多陪伴孩子的机会，基本没怎么接送孩子上下学。每当深夜回到家中，雪君看着熟睡中的儿子，为他掖掖被角，把他露在外面的小胳膊放进被子里。看着熟睡中儿子合欢一样静谧的小脸，内心的酸涩涌上她的心头，她这个当母亲的欠孩子太多了……

儿子有一次感冒了，雪君看儿子吃过药后症状减轻，悬着的心稍稍放下了。谁知后半夜儿子开始发烧，为了照顾孩子，綦雪君几乎一夜没合眼。第二天，因为上级要来检查，雪君明白，姐妹们都是各有各的工作重点，哪一环也不能松懈。虽然疲惫至极，她还是放弃了请假的念头，给儿子喂了退烧药，用凉水洗了把脸，又打起精神去上班了。

家人看出了雪君心中的不忍和愧疚，总是这样安慰她："你还年轻，一定先把自己的工作做好，累点苦点总会过去，不需要为家庭的事情分心。"

雪君点点头，有这样的家人做自己的后盾，自己还有什么理由不努力呢？

妈妈又要去上班了，懂事的儿子攥着小拳头朝着雪君做出一个加油的姿势，綦雪君开心地笑了。

（6）聪敏的孟璐

1997 年出生的李孟璐是娘子军里面年龄最小的。2018 年大学毕业后，李孟璐一直在外地学习，2020 年 5 月进入朝阳街办，加入扶贫队伍。孟璐虽然年龄小，没有工作经验，但是每项工作上手特别快，一学就会，并且会举一反三。扶贫档案信息是需要及时调整的动态工作，每次下去检查，李孟璐都会从不同的角度发现问题。因为脑瓜灵光、记忆力好，贫困户新调整的政策她都会看一眼就记住，国服系统调整立马跟上，内容再烦琐都从未有过遗漏。

李孟璐初踏工作岗位，扶贫工作节奏快强度大，她身体经常会吃不消，工作半年后年纪轻轻的李孟璐已经颈椎生理性变形。李孟璐天天带着颈椎按摩仪，坚持工作。李孟璐的家人虽然对她宠爱有加，但是在工作问题上从不允许她懈怠。

孟璐明白，这是妈妈看到了扶贫工作的种种艰辛，怕自己放弃。她暗暗发誓，我要用自己的行动给妈妈吃颗定心丸。

冰心说："世界上若没有女人，这世界至少要失去十分之五的真、十分之六的善、十分之七的美。"扶贫战线要是少了这些心有猛虎、细嗅蔷薇的美女们，那该是怎样的黯然失色？风会记得一朵花的香，人们会记得扶贫路上你们撒下的汗水、咽下的委屈、付出的善良。

差点把最最重要的事忘了。单萍和谢菲是被扶贫耽误的 90 后，至今还名花无主呢。

这些经过扶贫考验的姑娘们，别看外表柔弱如花，骨子里那就是折不弯、打不垮、能耐劳、肯吃苦，拿得起绣花针、顶的起半边天，上得厅堂下得厨房的好媳妇、贤内助。

优秀的帅哥青年们，赶紧把这些闭月羞花千娇百媚温柔善良善解人意冰雪聪明窈窕婀娜的"小公举"们娶回家吧。早下手为强，挖到篮子里才是菜；有花堪折直须折，别人折去干瞪眼——姐把话撂这儿了，别嫌我没提醒你们。

阚家扶贫姐妹花儿

阚家地处高密西乡，这里虽然没有名山大川，奇峰秀水，但是老祖宗却在这片土地上留下了很多人文古迹和佳话传说，屹立千年的古祠老柏，晚霞夕照中的砺皋残碑；穿越历史云烟的郑公祠、城阴城，述说着这片土地曾经辉煌的过往。阚家镇双羊社区在 1994 年被列入《中国名镇大典》，松兴屯被评为全国文明村，让我们感受到阚家过往辉煌的同时也看到了它今天的成长和跨越。

出人意料的是，一直以民风淳厚、崇文尚教闻名的阚家镇，自脱贫攻坚工作开始以来，在全高密的十五个镇街区当中，阚家镇占了几个第一：建档立卡享受政策贫困户数量全高密第一，阚家镇的双羊村是全高密贫困户数第一多的大村，阚家镇还是高密市第一个被潍坊纳入黄牌管理的镇街。有这几个"第一"在，注定了阚家扶贫这块"硬骨头"比其他几个镇街更"硌牙"。

就在潍坊年底扶贫验收结束后的第二天，我来到阚家镇扶贫办，想与扶贫办的美女们来一次深入交流。见到董云霞镇长时，看到她红润的脸颊，我心里的担忧没有了——董镇长的气色与前期已经有了天差地别。我一拍她肩膀："董镇长，这才是你该有的气色，你看，两腮都有红晕了。"

一进办公室，王慧婷、张秋月、于松含、颜丽这几位扶贫姐妹花儿正在聊着什么。姑娘们开心的笑容与室外的严寒形成了强烈的反差，与前几次来的时候看到的情形相比，无论是精神状态和穿衣打扮都已不可同日而语了。美女们一个个脸上有了光彩，眼里有了神采，嘴上涂了明艳的唇彩，衣装也一个比一个出彩。

我跟她们开玩笑："这一年多来，扶贫把咱们这些靓丽的花儿折磨得花容失色，今天终于抖擞精神显出本来面目了呀。"

王慧婷赶紧接话："其实我们办公室的氛围一直比较好，大家累的时候，我们就互'黑'，或者是自嘲、自黑，我们几个好像天生是那种笑点特别低的人，找个由头没心没肺地笑一笑，身体的疲惫和心理上的压力似乎就减轻了不少。"

董云霞小声跟我说："也幸亏她们几个心态好，要不然早就顶不住了。"

（1）西乡那片云霞

董云霞副镇长是从 2019 年 8 月份开始分管阚家扶贫的，不光扶贫，她还兼着一个社区的社区书记。

云霞，多么美的名字，总让人想起朝霞满天的绚烂，晚霞夕照的瑰丽。可是一年多来，在扶贫的重压之下，董云霞哪还有点云霞的样子——或许是因为加班脸上沾了太重的夜色，她的脸色乌青，眉头紧皱，简直就是满脸乌云呀。

因为经常性的头晕，有的时候吃饭她都要使劲用胳膊支撑着桌子，才能坚持把一顿饭吃完。不用习学中医，大家也知道她的身体状况实在欠佳。中医的名词无非就是气滞血瘀、气血不足、肝脾不合等，董云霞断断续续地吃了不少中药，只是一直收效甚微。工作轻松的时候症状就轻，压力一来，就会加重。有时候开车晃悠，开会的时候坐在椅子上也晃悠，吃饭的时候也晃悠。

晃晃悠悠的人生，就这么一直在董云霞的咬牙坚持中一天又一天地过。

2020 年是脱贫攻坚收官之年，任务更加繁重，各级暗访、督导、考核、验收也接踵而来。特别是 6 月 11 日阚家镇被潍坊市扶贫办实行黄牌警示管理，面临的各方压力更大了。在高强度、高压力的环境下，她经常头晕到无法正常工作，仍坚持带领镇扶贫办的几位同志日夜加班，进行问题销号。她们白天走访，晚上反馈给相关村和帮扶责任人，整改后再接着验收。这样的车轮战，一直持续了三个星期，终于在 2020 年 6 月 29 日摘掉黄牌。

因为挂黄牌，我们市扶贫办所有人员来阚家拉网，看到董云霞这样的状态，我心里真替她捏一把汗，私下交流时我就不住地劝她："董镇长，扶贫也不是一天两天就能干完的，别硬撑，你看你这脸色，身体不舒服就赶紧找医生看看呀。"

"你是不知道我现在的压力有多大，一张黄牌重千钧啊……"

"可是没有了健康，我们什么也干不了啊。"

董云霞一边答应着一边就跟电话那头的人忙着交代工作，早把看病的事扔到九霄云外去了。

在那段为摘牌日夜鏖战的日子里，董云霞有好几次半路上头晕得开不了车，只得停在路边等家人来把自己接回去。有一次快半夜了，董云霞感觉自己又开始摇晃，手都有点握不住方向盘了。怕出意外，她赶紧把车停在公路边，想给老公打电话让他打车来接一下自己，但是电话却一直无法接通。

夜色浓重，公路延伸到雾霾中，望望前后，只有自己的车灯照着前面的一片黑暗。

一个人的夜，寂静、孤清。

一阵酸涩涌上董云霞的心头，这个貌似坚强的女人趴在方向盘上委屈地哭了起来……

董云霞的老公也是在乡镇工作，在高密这样的小县城，家庭的传统还是男主外女主内，干扶贫的董云霞哪里还顾得上家里的大事小情。老公时不时地就要来一通小埋怨。每当这时候，董云霞就不吱声，一副愿打认罚的样子。她经常跟同事说："老公有几句怨言也很正常，对家人，咱确实是有愧啊，还能不让人家说几句？让他唠叨几句，也是一种情绪的宣泄。其实说到底，他还是因为心疼咱不是？怕咱把身体累垮了。"

在那段度日如年的日子里，支撑不下去的时候，董云霞也想到过放弃，但是面对同样压力山大的领导，半路撂挑子的话她实在说不出口。她只得安慰自己，咬咬牙，再坚持一下就过去了。

扶贫先要扶志，脱贫先要立勤。董云霞一直认为要坚持用好外力、激发内力、凝聚合力，所以通过阚家镇各级帮扶干部介绍就业岗位、帮助新上项目等举措，激发了贫困群众摈弃等、靠、要思想，靠自强自立增加了收入，先后帮助197人次解决就业问题，引领他们创造幸福美好的新生活。

省定贫困户河北头村的扶贫车间，因为疫情，车间效益受到很大影响，附近村的贫困群众收入也大大减少。为了解决这一难题，董云霞和村支部书记想办法、找出路，积极推动车间复工复产，在保证车间正常运转的前提下给工人每条毛巾让利一分钱，这样每人每月可增加几百块钱的收入。

王际森是阚家镇冯家屋子村村民，由于腿部患有残疾，其妻子身患多种疾病，被列为建档立卡享受政策贫困户。作为王际森的帮扶责任人，董云霞像家人一样了解王际森的生活需求，积极协调民政、残联部门为其申请残疾补助、无障碍改造等，尽心尽力为他解决各种难题。

无须多言，对这些帮扶，王际森老两口儿脸上洋溢着的幸福笑容，他们见到董云霞时目光里的那份亲切和信赖，是最有说服力的"成绩单"。

（2）生活以痛吻我，我则报之以歌

"药没了，怎么办？"王慧婷一边揉着自己的太阳穴一边自言自语。偏头疼又来了，她昨天加班到了深夜，把买药这回事早忘到九霄云外了。

王慧婷是阚家镇的扶贫办主任，由于扶贫工作强度大、节奏快，长时间的高压使王慧婷患上了神经衰弱，经常性地偏头疼。她去年吃药调理了一个月后，症状减轻，但因为没有按时复查，现在布洛芬缓释胶囊成了她办公室抽屉里和包里的必备药。

王慧婷自2018年7月开始接触扶贫工作，在刚接手扶贫的时候，什么是建档立卡？什么是扶贫项目？对她来说都是陌生的，通过不断地向单位前辈学习，与各个行业部门的对接，和兄弟镇街的探讨，跟市扶贫办的沟通交流，现在她已经从一个扶贫小白到熟悉掌握各项扶贫政策，从眼前一抹黑到对贫困户、帮扶责任人的询问应答自如。

85年生人的王慧婷是两个孩子的妈妈，扶贫这两年，大宝刚上小学，二宝刚上幼儿园，两个孩子都处在习惯养成的关键时期。孩子爸爸以前常年在外地工作，里里外外就靠王慧婷一个人张罗。两个年幼的孩子有时候对于妈妈的工作特别不理解，为什么别人的孩子都有妈妈陪着？为什么自己的妈妈总是那么忙？

好多次晚上加班，王慧婷都把孩子的姥爷叫来照看孩子。但是三岁的二宝见不到妈妈就哼哼唧唧地不肯睡觉，王慧婷无奈，就打开微信视频，先把视频那边的孩子哄睡了，自己再继续加班。

有一次，老大咳嗽，王慧婷一开始没当回事，厉害了就给吃点止咳药，孩子连着咳嗽了一个多星期都不见好。当时正赶上迎接第三方暗访，王慧婷就和孩子爸爸商量等暗访完去青医附院看看。

那是个周日下午，扶贫办例行加班，孩子送回了爷爷奶奶家。孩子奶奶听见她的孙子一刻不停地咳嗽，又心疼又烦躁。拿起电话就跟王慧婷嚷了起来："孩子都咳嗽一个多星期了，你们真是心大啊，这孩子从小就体弱，上次咳嗽厉害了就引起哮喘。平时工作忙就算了，孩子不舒服就不能先请个假？是贫困户重要还是孩子重要？"

王慧婷因为迎查已经忙得焦头烂额，孩子奶奶又噼里啪啦一顿埋怨，还没挂电话，王慧婷委屈的眼泪就止不住地流了下来。

王慧婷扪心自问：这么些天了，我都没顾上好好看看孩子的脸。自己这个当妈的，真的有点不称职啊……

后来孩子的爷爷劝奶奶："我听咱村干部说来，今年扶贫活格外多。你看看咱邻居这个低保户，镇上来看他多少次了？帮他又修院子又按有线的，王慧婷她们管着全镇的，活不更多？"

再加上其他人的劝解，这才避免了一场"婆媳矛盾"。

阚家镇有建档立卡享受政策贫困户 690 户，居全市之首，面临的任务相较其他镇街也更繁重，今年作为脱贫攻坚工作的收官之年，面临的压力大、任务重，各级考核、验收的标准更高了，王慧婷和扶贫办的几位同志分成 3 个小组，一有时间就下村入户，无论是夏日酷暑，还是冬日寒风，总能看见他们拿着笔记本，挨家挨户查看贫困户家居环境、暖心包材料，特别是政策落实上，残补、无障碍改造等，对于贫困户的疑问也及时给予解答，需要协调解决的问题及时反馈给村委或者行业部门共同解决。

2020 年 6 月，因为扶贫工作排查整改不深不细，阚家镇被潍坊市扶贫办实行黄牌警示管理。6 月 11 日下的通报，当天晚上阚家分管领导就召集扶贫办的全体人员就通报内容以及接下来的整改、自查进行研究。从那天开始到 6 月 29 日，王慧婷和大家白天入户，晚上 8 点、9 点进行问题交办。开会之前将入户问题进行汇总、通知有关社区村、帮扶责任人，第二天再继续入户，同时对整改进行验收。在这 17 天里，除了没白没黑的干活，王慧婷还要承载着心理上的巨大压力：作为高密第一个被挂黄牌的镇街，上至潍坊、高密市领导，下至兄弟镇街都在看着阚家，看看这黄牌到底能不能摘掉？要是摘不掉，自己还怎么跟其他镇街的同人们站在一起啊……

阚家镇党委几乎全员出动，不断地入户、找问题、整改、验收、回头看，反复几轮。又经过市办的指导，在社区、村以及市镇帮扶责任人的共同努力下，6 月 29 日终于摘除了黄牌。

这17天，对王慧婷来说比17年还漫长。她忍受着体力的过度透支，忍着偏头疼的折磨，有时候做梦都在走访贫困户。王慧婷跟办公室的姐妹们自嘲："干扶贫都快干出毛病来了，白天下村入户，晚上做梦也是下户，我这是白天黑夜都不得闲，干工作真是积极呀。"

当然，工作虽然辛苦，也有收获的快乐。

后三皇屯村55岁的贫困户赵某某是二级智力残疾，以前享受低保待遇。王慧婷在走访时发现他符合办理特困供养条件，经过和赵某某的哥哥（赵某某的监护人）沟通，赵某某的哥哥打消了顾虑，最后终于同意办理特困。王慧婷赶紧协调民政部门，备齐相关材料为其办理了特困供养。王慧婷尽自己的最大努力做到应保尽保，让各项政策落实到位，让每一个贫困群众享受到他应该享受的政策，真正让贫困群众增强获得感、提高满意度。后来上级来检查走访这户时，问到赵某某的哥哥对帮扶工作是否满意，哥哥忙不迭地说："满意满意，非常满意。"

后三皇屯的赵某某年纪大了且体弱多病，行动不便。在王慧婷日常走访时，赵某某提起来最近心脏不太舒服，儿子通过找人在高密某私立医院看了看得做手术。王慧婷一听，觉得这个私立医院不太靠谱，劝老人还是去正规的公立医院看看，别上当受骗。王慧婷走后不放心，还特地让村干部再去嘱咐赵仁英老人，千万要去正规医院。

一天中午王慧婷接到一个电话，电话那边的人上来就问："你在哪啊？你在哪啊？"连问了好几遍，王慧婷以为准是打错了，准备挂电话。电话里的人接着说："幸好听了你的话呀，我去人民医院检查了，心脏一点毛病没有，差一点就让人骗了，真是太谢谢你了，我得给你送个锦旗啊。"

"你没事我就放心了，以后不舒服一定要去正规的定点医院看病，咱有特惠保，便宜又放心。锦旗我心领了，你就别麻烦了。"

后来，村干部还是帮赵某某送来了锦旗，说老人家过意不去，非得表示感谢。

望着这面锦旗，王慧婷感慨良多，自己一句话，却让贫困户如此感激。其实有时候不是必须给贫困群众修缮多少房子、发放多少补助才算扶贫，简单的一句提醒也能让他们在迷茫的时候看见光明啊。

（3）相亲相爱的一家人

扶贫工作虽然辛苦，但在工作的过程中，遇到几个志同道合的伙伴，又会是另一种苦中作乐，阚家镇扶贫办就是这么一个有爱有暖的小集体。

张秋月接触扶贫工作时间相对较长，她性格温柔，做起事来不急不慢，总是一副笑呵呵的样子，身上有一种天然的亲和力，让人感觉如沐春风。我们市扶贫办来阚家拉网督导，大多数是张秋月跟我一组。一路上秋月会跟我们倾诉工作中的小烦恼，也会说说扶贫中的一些小喜悦。这个贫困户无理取闹油盐不进啦，那个贫困户因为给他落实了政策对她感激不尽啦……一路的倾诉似乎让她卸下了心中的压力，来到贫困户家中时，温暖的笑容始终挂在她的脸上。

于松含 2020 年 3 月开始干扶贫，她负责扶贫项目管理。松含平时大大咧咧，性格直爽，做事粗中带细。她从一开始对扶贫项目的一无所知，短短几个月内就成了行家里手。经过她整理把关的项目顺利通过了上级的项目验收。

秋月和松含，不知为什么我总感觉这两个人的名字放在一起特别搭，既有明月松间照的诗意，又有那么一种特别走心、不可名状的美。

颜丽是 2020 年 6 月来的扶贫办，属于扶贫办的"新人"，年轻靓丽的颜丽是阚家扶贫办的颜值担当，看起来柔柔弱弱，做事利落干脆。这几个月来，颜丽这个新人和大家一起经过了拉练式的入户走访，对扶贫的辛苦有了切身的体验。在办公室，颜丽经常分享自己带的美食，她称自己这是给苦逼的姐妹花儿加加油、充充电，让大家撸起袖子加油干。

陈岩是阚家扶贫办的"苦工"，作为仅有的男同志，他包揽了所有的重活、累活，也是总被怼、被"黑"的那个人，虽然他已经离开了扶贫办，但是姐妹们们对他仍是念念不忘。

（4）明天，你好

今年以来，在镇党委政府的大力支持和引导之下，阚家镇的扶贫工作始终坚持动态管理，组织了 170 名帮扶责任人对所包靠的 3 到 5 户贫困户进行了九轮走访活动，对问题及时发现、及时交办、及时整改。坚决做到问题发现一项、销号一项、巩固一项，实现整体"清零"目标。"挂黄牌"没有让她们气馁，而是以一种打翻身仗的冲劲儿把扶贫工作提上了一个新台阶，以零问题顺利通过了上级的年底扶贫验收。脱贫摘帽不是终点，而是新生活、新奋斗的起点。

虽然经常加班，但扶贫办的这帮小年轻们心态都特别好，虽然偶尔会小抱怨几句，但更多的是大家你帮我、我帮你把工作做完、做好。她们尤记得市扶贫办督导后姜戈庄村时，因为存在的问题很多，为了尽快问题清零，扶贫办连同社区、村以及帮扶责任人在村里连夜整改，凌晨3点多，所有问题整改到位。在回去的路上，同事播放了一首《好日子》："今天是个好日子，心想的事儿都能成，明天又是好日子……"平时听起来平平淡淡的歌词，此时此刻，却让大家都眼泪汪汪……

真正地长大，是心平气和地面对自己世界里的兵荒马乱。经过扶贫洗礼的这一群年轻人，最艰难的时刻大家一起熬过来了，以后的路还有什么好畏惧的呢？

过往已过，明天，你好！

左起：于松含、王慧婷、董云霞、颜丽、张秋月

风雨彩虹，铿锵玫瑰

——记井沟镇逆风破浪的扶贫姐妹

就在这个扶贫系列人物写到第九篇的时候，有的读者文后留言：高密扶贫阴盛阳衰，女孩子太多了。也有朋友给我私底下留言，大意是说你不能因为自己是女的就光写女的，注意性别比例。我告诉他并非我刻意为之，高密扶贫目前就是这么个现状——女将居多，而且好几个乡镇扶贫都是清一色娘子军。

有时候我也在思考，为什么扶贫这样耗心费力的活却大多数都是体力和精力都不占优势的女将们在承担？

无独有偶，高密井沟镇这边也是这样：扶贫分管领导王虹，扶贫办主任邱纯洁，成员曹舒婷，董温馨，赵晨，她们肩负时代使命，奔走在扶贫一线，又是扶贫队伍里的"五朵金花"。

（1）

有的路，注定充满风雨；有些人，必须勇往直前。

王虹是井沟镇人大主席，70后的王虹在井沟一干就是13年，大好青春都奉献给了乡镇工作。接手扶贫以后，她不光是脱贫攻坚和农村人居环境整治两项重点工作的分管领导，还有另一重身份———一位高三学生的家长，无须多言，王虹肩上的担子有多重，我们拿脚指头想想都能知道。

井沟镇共有98个村，建档立卡贫困户1210户2140人，财政专项扶贫资金项目6个。除了分管主抓，王虹还和扶贫办的几位姑娘一起分成了三个组，不管是入户核查贫困户两不愁三保障和饮水安全，还是扶贫项目的进展，王虹都作为扶贫办的一员亲自参与。

在那场突如其来的疫情防控期间，王虹及时安排部署，日夜值守在防控一线。

她还组织帮扶人员为贫困户送去口罩、消毒水等防疫物资，确保贫困群众的安全。最长时，她整整一个多月都没有回家。疫情防控一结束，王虹立马领着扶贫办的姑娘们下村查看情况。

在单位，她需要先行一步学习研究各项扶贫政策；下了村，她需要熟悉了解每一位贫困群众的实际情况。她事必躬亲，对每户贫困户、每个扶贫项目都如数家珍。每次下户王虹都会带着一个鼓鼓的包，里面有各种扶贫相关的材料、所有贫困户的信息、各种政策文件和台账，要啥有啥，简直就是个"万宝囊"。

不管是上级检查人员还是社区、村级帮扶人问王虹有关扶贫政策性收入，王虹总是能准确无误地脱口而出。

前福盛屯村的汪兴春，四岁时因感冒发烧治疗不及时导致脑瘫，不能行走，不能说话，智力发育迟缓。汪兴春的父母70多岁了，照顾汪兴春有点吃力。但是村干部让汪兴春办理特困供养，老两口却不同意。王虹每次去走访，汪兴春的父母都愁眉苦脸。他们担心汪兴春现在有自己照顾，自己百年以后儿子怎么办？

王虹开导汪兴春的父母："这就是我们鼓励汪兴春办理特困供养的原因，你想啊，办了特困也就是五保，他的收入就增加了，加上他的其他各项收入，就是哪天你们不在了，有这个钱，汪兴春就是雇人照顾也够了，你们还愁什么？"

王虹通过多次谈心，讲解政策，终于使汪兴春的父母树立起了信心，也同意了汪兴春由原来的低保转为五保。汪兴春的待遇提高了，王虹又协调村里把汪兴春的母亲招聘为环卫工。后来，老两口还在家里养奶羊卖起了羊奶。王虹积极帮助他们宣传，解决销路。

现在再去走访，老两口脸上都乐呵呵的。到了饭点，他们总是热情地留王虹吃饭。家里的柿子、无花果熟了，也会特意为王虹留着。

在女儿眼里，王虹就是个工作狂。2020年，王虹的女儿面临高考，作为一位高三学生的母亲，孩子的后勤保障她没时间过问，孩子的吃喝拉撒基本全是靠爸爸。孩子的家长会，她也没参加过一次。

王虹说，也许是女儿从小就习惯了在乡镇工作的妈妈的各种忙，有事从不找王虹。大事小事她都是跟爸爸嘀咕：学习上的困惑，报志愿的迷茫，与同学日常相处时的一些小摩擦，甚至连生理期的肚子疼都跟爸爸唠。

有一次女儿让王虹给她打印一份复习资料，女儿怕她忘了反复叮嘱了好几遍，结果那天正赶上项目验收，王虹早把复印的事忘光了。回家后女儿没抱怨什么，只是跟爸爸说："我学习要是有俺妈干工作这样的认真劲儿，成绩早上去了。"王虹知道，女儿这句听起来轻描淡写的"表扬"里，饱含了对她这位母亲太多的无奈和失落……

虽然时间靠不上，其实王虹心里对女儿的牵挂一点也不少。有时候半夜一下子醒来，想起女儿马上高考了，她就辗转反侧再也睡不着了。

王虹一家三口走在大街上，女儿每次都是挎着爸爸的胳膊和爸爸有说有笑，把她这个当娘的晾在一边。女儿有一次跟一位同学的妈妈说起王虹："某某真幸福，我妈从来不管我……"

说起这些，王虹的语气里有一种化不开的落寞。说完她又接着自我安慰："谁让咱忙呢，付出多少回报就有多少，我跟孩子相处的时间太少太少了……"

尽管缺少母亲的照管，王虹的女儿今年还是顺利地通过高考上了大学。大学生活让女儿开阔了视野，也多了一些对人生的思考和认识，随着阅历的增加和年龄的增长，女儿对妈妈的工作也多了一份理解。

放假回来，女儿对王虹说："我要创作写文章，赚了稿费给老妈买口红。"

王虹听了心里乐滋滋的，不是因为口红，而是因为女儿的理解和包容。笑过之后，王虹突然感觉一阵小心酸……

（2）

一个人，脚下粘有多少泥土，心中就沉淀多少真情。

2019年7月16日，从被镇党委选派为扶贫办主任那一刻起，邱纯洁就把扶贫的重担和责任扛在了肩上、放在了心上。

邱纯洁泼辣果断，说话直来直去。她对各项政策把握精准，具体工作中又不生搬硬套，让村干部和帮扶责任人少走了不少弯路。

邱纯洁刚刚接手扶贫办工作的时候，正是脱贫攻坚工作的关键时刻。潍坊脱贫攻坚的专项巡察刚刚结束，全面整改在即。而办公室里3名工作人员都是90后小姑娘，扶贫工作经验时间最长的仅仅有2个月。一切都要从"0"开始。

在新的工作岗位上，邱纯洁迅速转变工作角色，克服各种困难。她积极向领导同事、行业部门站所学习，尽快掌握脱贫攻坚的名词、政策和办理流程，整理各种资料台账。为尽快熟悉扶贫项目，她还经常向上级部门请教，到兄弟镇街实地学习。自从参加扶贫工作后，她每天与父亲例行的晚间散步也取消了。父亲没有说什么，而是不断地鼓励她："领导既然安排咱干这活，说明对咱的信任，咱就要好好干出个样来。"

全镇扶贫工作量大，扶贫难度高。如何尽快落实责任，确保扶贫路上不落一人，成了邱纯洁的心头大事。她只要一有时间，就往贫困群众家里走，耐心询问了解每一户的基本情况，认真记在笔记本上。短短3个月，就把全镇400多户贫困户走了一遍。她说，熟悉掌握贫困户的家庭情况和落实扶贫政策情况，是作为扶贫干部应当具备的基本条件，找到问题的所在才能有的放矢帮助解决。

家住东丁村的付贻波，是一级肢体残疾人，已经55岁了，符合办理特困供养的条件，但是付贻波脾气倔，始终不愿意办理。了解这个情况后，她一遍遍上门走访劝说，解除了付贻波心里的顾虑，终于同意办理了特困，享受到了特困政策待遇。

后营村的尹孝明，儿子去世，儿媳失联，孙子因为无法出具其母亲相关材料证明，导致无法享受相关扶贫政策。走访中得知这件事情后，邱纯洁积极联系村委、民政和公安部门，帮助出具相关证明，办理了有关的政策待遇。

因为邱纯洁认真心细，每次有督查安排，社区都争着要求她去。社区干部说："邱主任，你的眼真尖，我们自己检查好几遍了，都没有发现的问题，你一眼就看出来了，看着你一来，俺试着心里就有底了……"

邱纯洁认为，扶贫不能只靠政策兜底，真正关心关怀群众，为他们办实事、办好事，才是扶贫工作的真谛。

綦家沙岭子村付青深20多岁的时候患上了强直性脊柱炎，是二级肢体残疾人。从小就喜欢养花的付青深有一次从手机视频中看到了别人养的多肉，从此他也迷上了多肉，并自己动手在家里养起了多肉植物。

邱纯洁为付青深的自立很是欣慰，但深知他个人的力量是微薄的，于是她带头购买，在朋友圈里帮付青深转发直播推销多肉；向上级领导介绍，帮助付青深打开销路，增加收入。

邱纯洁说："现在，付青深已成功培育出 50 多个品种、600 多盆多肉植物。天气暖和的时候，他就会赶集摆摊售卖。虽然收入不是太多，但付青深很知足。为扩大销售量，目前，他正计划着开个淘宝店铺，线上直播卖多肉。我们帮扶最愿意看到这样的被帮扶人：虽然有国家政策保底，但他们自强自立，不等不靠。这样的扶贫是真正的扶智扶志呀，比单纯的发给贫困户政策补贴让我们更有成就感、获得感。"

今年遭遇三十年未遇的强降雨，邱纯洁下雨走访也成了常态。下雨能暴露出平常没有发现的问题，房屋有没有漏雨？院里排水是不是通畅？生活是否会有不便？这些问题都需要走访才能发现。

汛情也给扶贫项目带来了困难。小李村扶贫大棚种植的火龙果，最怕涝，每次大雨前邱纯洁都会提前通知做好防雨准备，雨后到现场查看大棚是否受损，火龙果是否受涝，近期销售情况如何。在得知火龙果销售困难后，她积极和上级扶贫部门对接，帮助联系销售，增加村集体和贫困户收入，推动了扶贫项目的可持续发展。

守得云开见月明。在脱贫攻坚大考面前，邱纯洁敢于担当，勇于作为，得到全镇领导干部和群众的一致好评。

（3）

人生有青春才美好，青春因奋斗而美丽。

曹舒婷是 1992 年生人，2019 年 5 月，刚到井沟入职不足半月的曹舒婷就从人社所被带到了扶贫办。曹舒婷面容姣好，给我的第一感觉就是沉静内敛，是一个特别内秀、特别善良的 90 后姑娘。

曹舒婷那天第一次进扶贫办的门，她的办公桌上便放了厚厚一沓项目档案材料，材料上列举的二百多个问题需要整改，曹舒婷感觉自己瞬间头都大了。问题整改前期的工作是很吃力的，在没有交接、不懂扶贫政策、不懂扶贫项目规范、不懂档案整理的情况下，新手上路困难重重。

扶贫项目工作内容烦琐，初期并没有统一的整理模板和要求，曹舒婷只能在日常实际工作中一次又一次地摸索学习。不会就学，不懂就问，有错就改。现如今，扶贫项目档案已从开始的薄薄一摞变成了占满橱柜厚厚的二十几个档案盒。回想这些整理项目的日子，那些工作到半夜时累到极致所带来的心酸、烦躁与崩溃曹舒婷都不太记得了，她最刻骨铭心的就是在万籁俱寂的时刻，在昏暗的办公室里，伴随着打印机的声音，她一字一句地抠数据抠细节。

井沟镇有六个产业项目，曹舒婷加班到凌晨三四点是家常便饭，有时候还要通宵达旦熬到天明。这一年多以来，曹舒婷基本没有周末没有节假日，最忙的时候，甚至有二十多天没有回家。终于再也忍不住的妈妈来到了单位："我就要看看你到底在办公室忙些什么，离家这么近，你还能快一个月都不回家？"

当妈妈看到曹舒婷面前堆积如山的档案资料，妈妈不吱声了。

2020 年 8 月，曹舒婷的爷爷生病了，医生初步诊断不是肺结核就是肺癌，需要去潍坊做进一步检查。妈妈不会开车，爸爸刚学的驾照，驾驶技术还不是很熟不太敢跑长途。父母商量着想让曹舒婷一起开车拉爷爷去潍坊。多一个人还能在陪床的时候替一下班，或者来回送点东西也方便。

可是因为正赶上项目检查验收，曹舒婷根本脱不开身。结果爸爸一个人在潍坊照顾了爷爷半个多月。

曹舒婷说："想想爷爷以前对我的疼爱，想想爸爸一个人在潍坊举目无亲，有点事连个商量的人都没有，我……我就感觉自己挺对不起家人的。"

说到这里，曹舒婷禁不住泪流满面……

（4）

肩挑风和月，脚踏雪与霜。

2019 年 5 月 26 日，因为工作人员调动，扶贫工作量成倍增长，井沟扶贫办缺少人手。为了壮大扶贫力量，井沟镇专门为扶贫办招兵买马，董温馨就是报名人员之一。当时面试领导问："党委安排你到扶贫办工作，你接受吗？"不同于一起来面试的一个小伙连连说工作能力不足，不能胜任这个工作的回答，她说："别看我是 90 后，长得白白胖胖的，其实我很能吃苦，很能干，我接受这份工作。"

就这样，生得像瓷娃娃一样娇俏可爱的董温馨踏上了自己的扶贫之路。同事们背后议论："哈哈，又一个不怕事的来了。看她细皮嫩肉的，不知能不能顶得住？"

第二天，董温馨带着忐忑与懵懂迈进了扶贫办公室。办公室里熙熙攘攘的人把她吓了一跳，"忙"是她对扶贫的第一印象。董温馨来到扶贫办的第二天就迎来了潍坊市的扶贫检查，糊里糊涂的她就跟着下了村。当她看到工作的实际状况的时候，她开始怀疑自己是否能胜任这项工作？但是骨子里的不服输让她咬着牙干了下去，谁想到，真正的淬炼才刚刚开始。

扶贫办没有周末，没有节假日，没有白天没有黑夜，大伙日日夜夜坚守着阵地，唯恐"千里之堤，溃于蚁穴"。她每天一睁眼就是干活，因为熬夜加班，年纪轻轻就开始有了脱发的迹象。

不积跬步无以至千里，不积小流无以成江河，努力是有回声的，什么也不懂的小白如今可以熟练地说出各种扶贫政策，其中的酸甜苦辣只有她自己知道。那些她走访过的贫困户每次看到董温馨，总是热情地招呼这个皮肤像瓷娃娃一样的小美女，让她坐下歇歇，让她喝水，让她吃西瓜……

那些善良淳朴的眼神，让董温馨感到，自己所有的负累都值了。

在董温馨走访的贫困户中，马家沙岭村的姚某某家是最让她刻骨铭心，甚至可以说是惊心动魄的。董温馨在第一次走访该户时，村干部说这家的女人是精神残疾，所有外人都不允许到她家，村干部问董温馨还去不？董温馨略一思索，说："来都来了，去试试呗。再说了，每次走访都落下这户，万一有问题的话这家岂不成了一个留有隐患的'定时炸弹'？不定哪天就'引爆'了。"

令所有人大跌眼镜的是，董温馨敲门之后，女人见了董温馨再也没有以前面对陌生人的那种敌意和冷漠,她双眼放光,热情地把董温馨让进屋。

"凤凤回来了,凤凤可回来了。"女人嘴里不断地嘟囔着。

董温馨觉得莫名其妙,自己什么时候变成凤凤了?女人一边嘟囔一边找出了面盆,原来是女人要和面给董温馨包饺子吃。说实在的,董温馨以前从没这么近距离地接触过精神病人,她心里直打鼓。查看了一下该户的收入表和家庭成员情况,董温馨赶紧示意村干部领着她到下一户。

看到董温馨出了门,女人赶紧追了出来。董温馨到了下一户,女人也跟着到了下一户。而且她拉着董温馨的手说:"凤凤,这么冷的天你怎么穿这么少?晚上别走了,住一宿再走吧。"

董温馨感觉自己后背发凉,汗毛都竖了起来。最后在村干部的掩护下,董温馨才匆忙逃脱了。

后来董温馨才弄明白,原来是自己长得跟女人的女儿凤凤特别像,女人才会误把自己当成了凤凤。后怕的同时,董温馨又为女人感到心酸。

董温馨后来又去了几次,女人还是叫她凤凤,还是要给她包饺子,还是要留她住一宿。后来董温馨还听说,每次见了她,女人的情绪就会比以前安定很多。而这,也是董温馨即使害怕也要一次又一次来她家走访的原因。通过一次又一次的走访,这家贫困户该享受的政策都得到了落实。董温馨还积极帮助女人联系医院,送医治疗,日子一天比一天好了起来。

再后来,董温馨听说女人的病经过治疗,已经比以前好多了。听到这个消息,董温馨的心里突然有种莫名的欣慰。虽然跟这个女人非亲非故,但是如果她的康复跟自己哪怕有一丁点儿关系,自己这都是善事一件呀。

董温馨从没想过扶贫还会带给自己这样的人生体验,那个叫凤凤的女孩真的跟自己很像么?

(5)

青春是人生最耀眼的华彩,奋斗是生命最激越的乐章。

1998 年出生的赵晨是办公室的老幺,也是全市从事扶贫工作年龄最小的一位。2019 年 7 月大学毕业后，赵晨应聘到了井沟镇被分配到扶贫办，这是赵晨人生的第一份工作。

在脱贫攻坚这项硬任务面前，赵晨没有畏难，也没有丝毫这个年纪该有的娇弱，刚来就获得了领导同事的一致好评："邱主任，赵晨这个姑娘工作很稳重踏实，你可是挖到宝了。"获得这样的赞誉与她日常工作中的努力是分不开的。脱贫攻坚任务较重的 2019 和 2020 年正好被她赶上了，她是扶贫小管家，不管是国扶系统还是各类台账都由她掌管，每次有人员调整，她都及时在系统里录入更新，还要对相关的数据进行调整，内容再烦琐都从未有过遗漏。

每次领导安排她无论是下户督查还是收报材料，无论是晴空烈日还是风霜雨雪，无论是工作日还是周末节假日，她都丝毫不推却，不耽误。因为经常性地下村入户检查，长时间的伏案久坐，赵晨小小年纪就患上了颈椎病。

2021 年 1 月，她因为要参加公务员考试培训申请辞职。别人问她："为什么脱贫攻坚任务最重的时候都没有辞职，现在可以缓一下了，反而要辞职了？"赵晨笑着说："任务重的时候不好意思辞职，怕耽误了活。现在扶贫任务没那么重了，我可以放心地辞职了。"

一句话，把"90 后"新生代的"责任与担当"诠释得淋漓尽致。此时的赵晨，脸上洋溢着青春少女特有的笑容，清冽又甜美。

（6）

在井沟镇党委政府的重视、指导之下，在王虹和扶贫办全体人员、社区、村级干部和全体帮扶责任人的共同努力之下，2019 年井沟镇脱贫攻坚工作在高密市综合考核中位居 15 个镇街区第一名。2020 年，井沟镇被评定为"潍坊市脱贫攻坚工作示范镇"。

最美的青春，不但能担起草长莺飞和清风明月，更要能扛起时代赋予的责任，

挑起历史节点的大梁。从高密扶贫，我们看到了"60 后""70 后"的"定力""眼力"和"毅力"，更看到了新生代"80 后""90 后"带给我们的惊喜，看到了他们的"魄力""能力"和"冲力"。

手机音乐正在播放田震的那首《铿锵玫瑰》："一切美好只是昨日沉醉，淡淡苦涩才是今天滋味，想想明天又是日晒风吹，再苦再累无惧无畏……风雨彩虹，铿锵玫瑰，纵横四海笑傲天涯永不后退……"

左起：董温馨、王虹、邱纯洁、曹舒婷

不一样的缤纷

——记高密市人大扶贫三女将

三月的吹面不寒杨柳风，没有了冬日的凛冽；三月润物细无声的小雨，多了一丝缱绻与柔情；三月的花事犹如街上日渐缤纷的裙袂，让整个春天温情又烂漫。三月，注定是一个属于女人的季节。刘晓笛、王淑霞、李南——高密市人大奔忙在扶贫路上的这三朵姐妹花儿，犹如春阳下竞放的春花，绽放着这个季节里不一样的缤纷。

（1）海棠花儿刘晓笛

80后的刘晓笛身材高挑，拥有凝脂般白嫩的肌肤，知性、优雅，脸上的笑容如细雨中的海棠花般怡眼又润心。

别看刘晓笛人年轻，履历表上的个人简历却一点都不简单：高密市人大老干部服务中心主任、机关党支部副书记，姜庄镇党委挂职副书记。

2019年，刘晓笛开始包靠胶河生态发展区臧家王吴村的5户贫困户9名贫困群众。

"嫚儿，谢谢你啊，你人太好了。路这么远你那么忙，还这么勤地来看我。嫚儿你真是大好人呀。"臧家王吴的贫困户臧贻宽穿上刘晓笛送给他的棉衣激动地说着，眼睛里是无尽的感激和亮晶晶的泪花。

天气冷了，刘晓笛上次来臧贻宽家走访时发现他的衣服有点单薄，回去就预备了一件棉衣，准备下次走访的时候带过来。

炎炎夏日，她头顶烈日走在走访慰问贫困户的路上；风雨来袭，她现场查看贫困户的房屋安全；寒冬腊月，她关心贫困户的温暖过冬，为贫困户送去棉衣保暖；逢年过节，她为贫困户送去米面油等生活物资……脱贫攻坚的每一个脚印她都走得坚定而清晰。

2020 年，高密地区遇到了几十年一遇的丰水年，进入汛期之后，雨量尤其丰沛。一天夜里，下起了倾盆大雨。

"这么大的雨，昨晚就听说附近有村子进水了，虽然和村干部联系说是他们村因为地势高没问题，但是臧贻宽家北屋是土墙砌的老房子，虽然给他新建了南屋居住，但他还在北屋放了一些生活用品，经常回北屋，万一墙塌了砸着人可就坏了！"

刘晓笛就这样听着外面的电闪雷鸣，满脑子都是她包着的这五个贫困户：挨个想谁家的房屋最有可能漏雨，谁家的院子里最有可能积水，谁家有怕脚底下打滑的老人……她就这样半睡半醒地过了一夜。

一大早天还不亮，刘晓笛就把两个熟睡中的孩子叫醒送去父母家，然后驾车去了臧家王吴村。她在经过王吴水库河道上的土路时，因道路泥泞，又急着进村，车子一下子陷进了泥坑里。只听"咣当"一声，刘晓笛心想：坏了，别是发动机磕破了。她赶紧下车查看，原来是泥坑里的一块石头把汽车底盘撞破了。是回城修车，还是冒险继续赶路？眼看就要进村了，而且暴雨过后，得先去看看臧贻宽家闲置的危房有没有出问题。臧祥远家的房子上次有点渗水，维修之后这次大雨有没有再出现新的情况？短暂犹豫后，刘晓笛毅然决定先进村看望贫困户。可是一阵轰鸣后，汽车溅起一片泥水，车轮在泥坑里打滑，出不来。看了看周围，一片田地，前不着村后不着店，一大早也没什么人，这可怎么办呢？刘晓笛再次下车，找了一块石头垫在车轮底下，然后猛踩油门，终于，车子出来了！

刘晓笛望着自己的满脚泥巴，满身泥点子，苦涩地笑了一下。平时注重自己形象的她此时也顾不了那么多了，一脚油门加快了速度。

一到村子，刘晓笛就马不停蹄地逐户察看房屋安全、漏水情况，有问题及时联系村里排除险情。排查完房屋情况，她又开始整理扶贫日志和档案材料。走访完 5 户贫困户，又与村干部一起针对各户雨后生产生活情况研究具体整改措施，忙完这些，已经下午 1 点多了。

这时单位又打来电话，有个紧急工作需要她马上过去处理。她顾不上吃饭，来不及修车，就这么一路伴着汽车底板和路面撞击的"咣当——咣当"声赶回了城，到单位后已经 2 点多了。

因为臧家王吴村地处偏远，刘晓笛每次扶贫走访完后回城都得近1点钟了，同事从餐厅帮自己打回的饭早都凉透了。

"大叔，最近身体怎么样？上次说到的医药费现在都报销了吗？现在去买药是不是都免费了？"

"嗯，挺好，都报了，连年初的一块都给报销了，这会都免费了，我一下买了两个月的。"

"那你还有什么困难一定要及时告诉我，能帮你解决的我会及时解决，不能解决的我会给您协调村里或者其他市直部门帮您解决。"

"嗯嗯，为了臧燕这病让刘主任费了这么多心，真是过意不去。"臧祥远的脸上露出了久违的笑容。

69岁的臧祥远有一子一女，儿子38岁，女儿臧燕40岁，精神二级残疾享受低保。臧祥远妻子早逝，儿子不在身边，他独自照顾着精神残疾的女儿。因为儿子有劳动能力，臧祥远不符合享受低保条件不能办理低保，对此，老人一直有情绪。进村时，村干部指着一排被砸烂的宣传栏说："喏，这些都是臧燕砸的。那天她发病了，拿着一根棍子，把村里刚建好的宣传栏都砸烂了。"刘晓笛看着眼前的满地狼藉，着实有点心惊。

"为什么不送臧燕去医院集中治疗呀？"

村干部回答："去过了，又回来了，她爹舍不得。"

刘晓笛第一次见到臧祥远，眼前是一个个子不高、干瘦的老人。一进门他就耷拉着脸，满脸愠怒的样子。刘晓笛随他走进大门后，刚要进里屋去看看臧燕，村干部轻轻拽拽她的衣角，低声提醒说："别进去，危险！"

她隔着窗户看了一下房间里的女子，这样一个和自己年龄相仿的女子竟是一个精神病患者，而且还有暴力倾向。刘晓笛心里着实有点害怕，毕竟臧燕前段时间刚刚发过病，虽然经过了治疗，但谁也不能保证她不会再次有过激的举动。

可是，如果连臧燕都不敢面对，又怎么能真正了解臧祥远家的真实情况，走进他的内心呢？要打破僵局，就必须进去！刘晓笛在村干部担心的目光中，大着胆子，走进房间。

房间里是一个四十岁左右的女子，表情木讷，盖着被子半躺在炕上。刘晓笛柔声问了句："大姐，身体恢复得还好吗？"

臧燕表情木然地"嗯"了一声。

转过身来，刘晓笛又问臧祥远："大叔，大姐最近病情稳定吗？有没有按时吃药？你还有什么困难可以告诉我，对扶贫工作有什么意见您尽管提。"老人硬邦邦地说了句："有意见！没钱给臧燕治病，治病的钱好多都不给报销。"

刘晓笛心里打了一下小鼓，看样这家有麻烦。

通过耐心的沟通，刘晓笛了解到臧燕住院后有部分精神治疗药物未报销。其父不满地说："不给报销，我们也承担不起，以后就不治了。"刘晓笛先安抚好臧祥远的情绪，接着就开始咨询相关业务部门，查询相关医疗扶贫政策。她了解到臧燕的医药费未报销的原因有两个：一是其签约门诊是当年刚办理的转移，必须下一年度才能报销；二是未办理门诊慢性病。刘晓笛通过学习办理门诊慢性病的要求，联系市医疗保障局和第二人民医院了解臧燕的住院医疗报销等情况，发现臧燕因住院和连续服药时间不符合办理慢性病的条件，所以一直办不了报销。

2020年慢性病政策放宽之后，一直密切关注的刘晓笛第一时间告知臧祥远办理了慢性病。

"怎么才能帮助确实有困难的贫困户尽快享受到应该享受的政策呢？是不是还有什么医保政策没有落实？"刘晓笛反复和贫困户、市卫健局、医疗保障局、第二人民医院就贫困户的具体情况进行沟通，终于了解到，有一项针对严重精神障碍患者免费救治的新政策，下个月起就开始实施，贫困户可持续在第二人民医院办理的"2"开头的严重精神障碍患者门诊救助卡全额报销2019年以来的精神病人门诊医药费。

让臧祥远耿耿于怀的医药费报销问题终于解决，臧祥远的脸也开始多云转晴了。刘晓笛还发现臧燕因办理残疾证后未及时申请，导致"两项补贴"漏发，她通过反馈、沟通、联系市民政部门，对漏发补贴进行了补发。

解决了政策落实问题，赢得了贫困户的认可，下一步还得解决臧燕集中收治的问题。刘晓笛一次次和臧祥远沟通将臧燕送医集中收治，可是臧祥远一直坚持觉得让臧燕住院会受委屈，他舍不得。而且臧燕好的时候还可以给他做饭洗衣，爷俩相依为命不愿意分开。一次不行两次，两次不行三次，刘晓笛一直不放弃做臧祥远的思想工作。转机终于来了。有一次暴雨后刘晓笛进村了解情况，才知道前一天晚上暴风雨的夜里，臧燕又发病了。她拿着一把菜刀把村里新建的功能室玻璃砸碎了，把邻居家的窗户也砍烂了，臧祥远拦都拦不住。村干部们跟着担惊受怕，邻居们也对臧祥远家望而却步。

"大叔，你看你年纪这么大了，臧燕一发病万一伤着你怎么办？如果到街上去伤着人又怎么办？村里邻居们也都跟着害怕有意见，不如送到医院去治疗一段时间，医院那边全部免费，你也不用操心了，等治好了再回来就是……"刘晓笛耐心地和臧祥远交流着。

看看臧燕那呆滞的表情，终于，臧祥远点了头，"好，那就去吧，你帮我联系人把臧燕送去医院吧。"刘晓笛接着就给臧燕联系车辆和医院，将臧燕送到了市第二人民医院。如今，经过两个月的集中收治，臧燕病情已经稳定，回家服药休养。

这样的故事还有很多、很多……

贫困户生活卫生习惯不好，家居环境差，刘晓笛就和区党委社区干部、村干部一起"三级联动"，一起下手动员贫困户打扫卫生整理家居环境。打扫了两次之后，再去贫困户家里时，发现原来不爱叠被子的臧亮之、臧祥远、臧贻宽老人都把被子叠得整整齐齐。原来不爱打扫院子的臧鼎传儿子臧远亭也把院子打扫得干净明亮了许多。看来拉着贫困户一起下手干，效果果然要比只是口头做工作要好得多呢。

"这是一场硬仗，越到最后越要紧绷这根弦，不能停顿、不能大意、不能放松。"四十多里路，每月至少要跑上一趟，为了把工作做实做细，让群众真心满意，一个月两趟不行就跑三趟，三趟不行就跑四趟，工作繁重的时候一个星期就要跑两趟。坐炕头，拉家常，问寒暖，核实帮扶对象信息，宣传扶贫政策，解决群众困难，整理扶贫档案……

记不清多少次走进农家小院，数不尽多少个夜晚挑灯夜战学习扶贫政策、研究扶贫办法。刘晓笛通过用心帮扶，真情奉献，目前，她所帮扶的5户贫困户已全部稳定脱贫。臧亮之成功办理了低保转五保，臧祥远改变了对扶贫工作的不满情绪，臧贻法家评为高密市"美丽庭院"、胶河生态发展区"卫生家庭"，臧鼎传家也改变了不讲卫生的习惯。

两年来，因为扶贫工作，刘晓笛牺牲了无数个周末和夜晚，又因为要同时做好单位和扶贫两边的工作，无法兼顾年迈的父母和两个孩子。不得已，把儿子送去了爷爷奶奶家，这一住就是两年多。父母生病时给她打电话，她在扶贫路上；孩子需要照顾时，要和她视频被她狠心拒绝，因为她正在给有情绪的贫困户做思想工作……

现在脱贫攻坚终于取得了全面胜利，可是儿子却和她生疏了。刘晓笛想把儿子接回家住，儿子却说："我不和妈妈亲，我和爷爷亲，妈妈总是没时间陪我。"听到这里，她心里酸酸的，眼泪在眼眶里打着转，终于还是忍不住流了下来。是啊，自己确实不是一个称职的妈妈……

"能够参与到脱贫攻坚这一伟大的事业中来，帮助老百姓过上好日子，我从心底里觉得光荣，这也是自我价值的一种实现。听到总书记宣布全面脱贫的那一刻，感觉自己所有的付出和劳累都值了。"刘晓笛如是说。

我和刘晓笛刚走完一遍她所包靠的贫困户，在淅淅沥沥的小雨中，刘晓笛脸上挂着笑，细嫩的肌肤白里透着红，红里透着粉，像极了一株雨中的海棠花。

（2）玉兰花儿王淑霞

1983年出生的王淑霞是高密市人大监察和司法工作委副主任，也是从2019年4月起，她开始包靠胶河生态发展区陈家庄村的4户贫困户。

为了更好地了解一下王淑霞，我决定和她一起去她包靠的贫困户家走一走。因为是周末，上小学一年级的女儿稳稳没人照顾，王淑霞就拉着稳稳和我们一起下村。其实王淑霞拉着女儿下户还有一重目的——她想通过走访，对孩子进行一次现场教育：现在的孩子，吃穿用度，要什么有什么，不知贫困为何物。带孩子去贫困户家中，看看另一个群体的另一种生活，不要把自己拥有的一切都视为理所当然。健康的体魄，优渥的生活条件，父母的陪伴都值得感恩，也要有善良的心，学会去帮助那些有困难的人。

王淑霞是两个孩子的母亲，稳稳是她的大宝。刚开始包靠贫困户时，王淑霞俩孩子都还需要照顾，老大稳稳不到五岁老二安安两岁多。因为平时单位有工作，很多走访都要安排在周末，淑霞老公工作忙，周末基本靠王淑霞看孩子。每次王淑霞都要绞尽脑汁找人来把孩子安顿好，才能安心去走访。

坐在后座的稳稳不时地问王淑霞这个那个。孩子眼中的世界，满眼都是新奇，他们心中总是有那么多的为什么。王淑霞不厌其烦地柔声回答着稳稳一连串不着边际的问题，语气里充满着让人内心无比安稳妥帖的爱意。无论孩子的问题多么荒诞，在孩子面前，母亲总是有用之不竭的耐心。我总以为，有了孩子的女人，对这个世上的一切人与物便多了一种饱含着母性光辉的爱。目光所及，一切都是那么需要她来关爱、呵护。

稳稳提着两个袋子，一个袋子里装满了各种颜色的玩具，一个袋子里是各种点心和小吃。我们走访的第一户是杨彩娜家。杨彩娜是精神三级残疾，因为离婚，带着女儿杨梦住在娘家。小杨梦看见我们眼睛亮了一下，又羞怯地躲在妈妈身后。稳稳把一袋子零食递到她的手里，杨梦望望这个看看那个，不知是该要还是不该要。她想极力掩饰自己内心的小欢喜，可是目光又出卖了她的"小狡黠"。王淑霞打开一包沙琪玛，在美食的诱惑下，杨梦也不再拘谨，拿过来就大口吃了起来。

王淑霞和杨彩娜的母亲唠起了家常，详细地了解杨梦上幼儿园适不适应，杨彩娜近期是不是按时服药了，杨彩娜母亲的身体状况怎么样。

杨彩娜80多岁的老母亲一个劲地让我们坐，不等我开口就开始夸王淑霞怎么怎么用心，怎么怎么牵挂，怎么怎么帮他们解决困难和问题："淑霞每次来不是给孩子带吃的就是带衣服，挂念着我的身体，挂念着彩娜的病情，真是费老心了。"

2019年，王淑霞刚开始包靠杨彩娜这一户的时候，发现杨彩娜没有劳动能力，女儿杨梦当时才一岁多。杨梦黑黢黢的脸，杨彩娜眼神中的迷茫和无助，让王淑霞心里莫名的疼痛。每次走访，她心里都惦记着杨梦这个孩子，陆续为其送去了衣物、玩具和图书等用品。平时也始终关注着孩子的健康成长。

杨彩娜家南屋属于危房，王淑霞把这个情况上报区里，村里帮助把杨彩娜家低矮破旧的南屋重新翻盖一新。

2019年5月，在王淑霞第一次入户走访时，她发现贫困户杨术和常年瘫痪在床，经历过两次脑出血的杨术和肢体不能动弹，也不能说话，杨术和的老伴也年事已高。走访完这一户，王淑霞的心中沉甸甸的，我能为他们做点什么？这样的家庭，经济负担是一方面，精神重压之下他们内心那种对生活的迷茫和无助更是要有一个出口。王淑霞就通过不断走访谈心和电话交流，尽量帮杨术和的老伴驱赶掉弥漫在心中的阴霾。

王淑霞发现杨术和的轮椅早已破旧不堪，使用不便（那时候轮椅还没被当作一项康复器具向肢体残疾贫困户普及配备），王淑霞及时向残联联系反映相关情况，得知符合相关政策便可以申请轮椅，于是主动去残联为杨术和填写了申请手续，领取到新轮椅并亲自开车把轮椅送到家中。

夏天快到了，王淑霞发现杨术和家门窗的纱网已经破败不堪，为了防止夏天的蚊虫飞进屋子，她就协调村里帮助他家重新粉刷了内、外墙，更换了纱门、纱窗。

"大姨，还有啥需要的您就第一时间和我说，我不来的时候您就打电话。没有过不去的坎儿，大姨您得振作起来，多想开心的事。"

杨术和的老伴连连点头："嗯嗯，你放心好了。有党的好政策，有你和村里的照顾，俺肯定往好里想。说实话，我心情比前两年强多了，肯定会越来越好。"

贫困户杨媛（化名）为德州学院大二学生，王淑霞与其一直定期保持联系，关心她的生活与学业。杨媛的母亲因为严重精神障碍在杨媛三岁时离家出走至今未归，杨媛的父亲杨术宝（化名）身体状况也不太好。这个从小缺少母爱的孩子让王淑霞很是牵挂，王淑霞希望用自己的爱来弥补孩子内心的缺失。王淑霞不断地鼓励她，路都是人走出来的，告诉她要保持积极乐观的生活态度，困难是暂时的，安心完成学业后一切都会好起来。

2020年底，杨媛父亲脑溢血住院。得知这个消息后，王淑霞心里一沉——本来就因为疫情不能开学的杨媛很是郁闷，现在父亲又病了，孤立无援的杨媛该是怎样的焦灼？王淑霞及时跟单位领导反映了杨媛的问题，人大领导和区领导及时沟通，确保杨媛按时复学。为了尽自己的一份绵薄之力帮助一下这个贫困的家庭，王淑霞给杨媛微信转账600元，但是被懂事的杨媛婉拒。之后杨媛父亲杨术宝失去了劳动能力，长期需要服药并康复治疗。王淑霞把这个情况逐级汇报，最终为杨嫒父女申请了低保，让杨嫒在外求学没有了后顾之忧。

王淑霞第一次见到杨嫒时单独跟她聊了很久，杨嫒说想考研但是父亲不让，父亲想让她早就业赚钱。

"杨嫒，研究生你想考就考。我也是研究生毕业，考上研究生，你就业和人生的起点就不一样。再说研究生有补贴，你放心，真有困难，大家都不会坐视不管的。"

杨嫒坚定地点了点头："谢谢姐姐，你放心，我一定努力。遇到您，是我人生的幸运。"

疫情期间，王淑霞主动为贫困户送去了洗手液、消毒液等生活用品，提醒他们养成勤洗手注意卫生的好习惯。去年夏季持续性强降雨较多，如果不能及时赶到，王淑霞便电话跟村书记和文书联系确认，有没有贫困户家中漏雨，屋内漏水的抓紧时间联系维修。冬天走访时，她询问水管是否冻住，取暖有无问题，并叮嘱取暖用煤注意安全，把每户的吃饱穿暖问题挂念在心头。

王淑霞从贫困户家出来，路边有两棵硕大的紫玉兰正在花期。枝头的玉兰花如一个造型高古的杯盏，盛放着属于这个季节的沉醉和清欢。玉兰花的花语是纯洁，真挚的爱。自从她少时在课本上见过白玉兰，就不可遏止地爱上了这种高洁、典雅的花儿。

花枝掩映之下，王淑霞的笑容恬淡又温暖，突然觉得，把爱意带给素不相识的贫困户的她，就是这个春天最美的玉兰花呀。

（3）百合花儿李南

李南是人大扶贫队伍中年龄最小的一位。虽然在一栋楼上办公，我与李南的接触却仅限于两次短时间的简单交流。李南给我的第一印象是一位贞静、内秀、性情柔和又有才气的90后姑娘。我问李南喜欢什么花儿，她想了想说：百合花。

百合花儿颜色那么素淡，却又是那样馥郁芬芳，与她的人是多么的契合。

一路扶贫下来，扶贫队伍里90后成了主力军，原本是我们认知当中最娇生惯养的一代人，这帮小年轻们却都出乎我们意料的非常勤恳、敬业，时时处处体现着良好家教和宽阔知识面濡养之下成长起来的新一代年轻人过硬的素质和个人修养。

自从 2019 年 4 月成为市人大办公室扶贫工作队的一员，不知不觉，李南承担扶贫工作已近 2 年了。

李南包靠着胶河生态发展区臧家王吴村 4 家贫困户。

3 月 27 日，我和李南一起去看了她包靠的几个贫困户。一进门，智力残疾的臧延娜就说出了李南的名字。我惊讶地看看李南，又看看臧延娜。要知道，臧延娜的智力只有幼儿水平，李南一来她竟然能随口说出名字！不光说出名字，我还捕捉到了她眼神里那种毫无疏离感的亲切与信任。我们无法探知臧延娜的内心世界，却能感知到李南这朵百合花长在了臧延娜心坎里。有些东西是无须用语言表达的，在眼神交接的一瞬，一切都不言自明。心内柔软的一隅被这个小细节触动了，我已无须多问。

每一户贫困户过得怎么样，问题解决没有，走访是获得这些基本信息的唯一来源。两年来，李南从一开始的不记路、每每开着导航小心找路口，变成闭着眼睛也能走村入户。她包靠的臧家王吴村 4 户贫困户每一家怎么走，房子什么样，享受什么帮扶政策，都一一收录在了心里，建了独属于她自己的数据库。最初她怕自己记性不好，便把这一户的现实情况全部记在手机里、写在纸上，现在家家户户的信息李南已经牢牢记在脑中，不用翻资料就能说个一二三。

隔着电话怕说不清，隔着距离怕看不透，隔着人心怕暖不了，李南就用真抓实干的一次次走访来解决。

臧传跃和臧解传兄弟俩先天肢体残疾，还无儿无女，年纪大了，进出行动不便，时常让人挂心。一遇到暴雨来袭，李南心里就沉甸甸的，惦念他们的生活。雨停之后，她就第一时间赶去村里，看看老人的房屋有没有漏水情况，院子有没有泥水，身体怎么样。

"李南来了，快来坐，你这几天没来，我还怪想的。"臧解传大叔每次都热情地招呼着她。

"大叔，我和你的心情一样，要是你有什么头疼脑热，缺衣少食的，我也不能放心。"

臧解传看李南的目光就像一个慈爱的父亲看自己"小甜心"的女儿，目光中那种不可言说的温情与亲切让一旁的我很是动容。

每次来臧家王吴村看完兄弟俩，李南就接连走访其他几户。碰到雨天，她查看完雨后的生产生活情况，又整理扶贫日志和档案材料，一忙就是一上午，每次都得到中午 1 点才能喘口气。李南常和扶贫工作的同事调侃："下村扶贫的时候最省水了，因为没空喝嘛。"

在李南所包的贫困户中，臧传跃和臧解传两兄弟都符合办五保户的条件，村干部也做了多次工作，劝说他们尽快申请五保，俩老人连连摇头就是不肯办。李南很担心他俩以后的生活，多次去家里劝说，终于问出老人的顾虑：老辈人觉得五保就是老百姓俗话说的"绝户"，面子不好看。

找到了病根，李南心里有了底气。她三番五次上门，像劝说自己的父母那般，晓之以理动之以情，一项项详细解释政策，最终说动老人家申请了五保。低保成功转五保后，看到他们翻看存折上补助标准提高时高兴的样子。李南心想："提高他们的幸福感和获得感，让贫困户感受到党和国家的关怀和温暖，这就是我们工作的目标吧。"

李南包的另一户是唐氏综合征患者臧延娜家。臧延娜智力似幼儿，李南初去她家走访时，臧延娜每每坐在炕上眯着眼睛看着李南。李南跟她打招呼她也从不接腔，都是她父亲说明情况。李南留了心，每次到臧延娜家，总是有意和臧延娜多唠两句。

因为经常探望，常常问候，现在臧延娜都能主动和李南聊家常了。她父亲说："李南，你们扶贫不容易，天天跑村里，你们来我们也高兴着呢，有阵子不见，你大姐就挂在嘴边问你。"说得李南心里暖暖的。由最初的见面不相识到相处似亲人，臧延娜的改变让李南甚是欣慰。帮扶不是几句漂亮话而已，是体现在脚下走过的路，耳中听过的诉求。也许他们付出的是微不足道的帮助，但对贫困群众来说，是给他们的心理带来了无限的慰藉，更帮助他们树起了生活的信心和干劲。李南看到村里日新月异的变化和村民发自内心的笑容，感觉一切的苦与汗都值了。

当我们要离开臧延娜家的时候，臧延娜竟然知道跟我们道别。李南兴奋地跟我说："延娜大姐的情况真的是越来越好了，远远超出了我的预期。"

返程的路上，我问起："为什么人大的扶贫工作格外得到镇街区的认可？"

李南说："这主要得益于万丽主任对扶贫工作的重视，万主任经常找我们这些帮扶责任人了解情况，跟我们每个人都分别面谈，详细了解包靠的每家每户的诉求和困难。户里有什么困难我们都及时跟万主任说，她帮我们协调解决。不光是听我们说，万主任有时候也亲自下村入户去走访了解情况。万主任对我们这几个帮扶责任人也非常关心，经常嘘寒问暖，也不时地对我们的工作给予肯定和表扬，让我们非常感动也非常受鼓舞。有这样的领导，我们怎能没有干劲？领导这么重视，我们还有什么理由懈怠？"

春风中，李南面如百合，恬静，安然。

书上说：心存善念，定能途遇天使。我说，无须遇见，他们就是天使。用笑容平抚那些贲张的情绪，用细心捡起那些贫困户遗落的幸福，用善良让这个春天充满了爱意——他们才是这个春天里最美的天使。天使般的他们，让这个春天有了不一样的缤纷。

左起：李南、刘晓笛、王淑霞

铁军柔情

高密经济开发区扶贫办主任有一个响当当的名字——杜铁军，不用见人，一听这名字就知道是铁骨铮铮一条汉子。人如其名，从部队转业的杜铁军一身退不去的军人作风，肤色黝黑，身板健壮，说话直来直去，声音响亮，做事雷厉风行，坚决果断。

杜铁军的微信头像很特别，他用火箭军臂章作为头像，一枚镶嵌红五角星的火箭正在升空，图案下方几个大字：若有战，召必回。杜铁军说："如国家有需要，把我们召回部队应战或从事其他工作，我们必将义无反顾，奔赴疆场！"豪气干云的誓言，彰显着杜铁军作为一名曾经的军人热血男儿的豪情壮志。因为是火箭军转业来到地方，杜铁军心怀放不下的部队情结，这六个字，也是他对自己来到地方工作的一种自我激励与鞭策。

左起：李林峰、吴佩仪、单春云、杜铁军

与杜铁军形成鲜明对比的是，开发区无论是分管扶贫的李凤霞，还是扶贫办的两位小美女吴佩仪、单春云，一个个都跟自己的名字一样，袅娜飘逸，靓丽秀气。曹公说过，女儿是水做的骨肉，正是这些花儿一样的女"战士"，让扶贫铁军添了一份旖旎，多了一份柔情。阳刚之气与阴柔之美对比是如此之鲜明；杏花春雨的柔美和骏马秋风的壮丽混搭是如此之契合。

（1）杜铁军

心底里，我一直对当过兵的人怀有一分特别的敬意。经过部队洗礼的人，无论言语行动还是道德品行，都让人感觉有一种别样的踏实。

坚守本色不分军地，赤诚奉献不论岗位。杜铁军把多年军旅生涯锻造出的不畏艰难的品质、躬身为民的意识、雷厉风行的作风、敢于担当的勇毅融入具体工作中，在平凡坚守中创造非凡。在他的信念里，打好脱贫攻坚战；收官之年站好岗；换一个"战场"，他还是一个"兵"。

杜铁军，1999年12月入伍，从军18载，2017年12月转业到高密经济开发区。

2018年，5月19日，杜铁军突然接到李凤霞主任电话，说是让他去趟会议室。杜铁军心思：今天又没有会议安排，怎么突然之间让去会议室？到了会议室，杜铁军一看，组织委员和李凤霞主任都在。

李主任问杜铁军："经党工委研究决定由你来干扶贫办业务负责人，你能不能干？"

当时杜铁军还负责武装和文化站两个站室，他心里想，自己对扶贫一无所知，能干好不？转念又一想，咱当过兵的人碰到任务绕道走，哪对得起自己曾经穿过的那身军装？任何人做事都不是从一开始就会，都是从无到有，从不会到会。

想到这里，杜铁军挺了挺胸说："服从组织安排，就是怕干不好，给单位和领导抹黑。"

李凤霞主任和组织委员齐声说："好好干，没问题，当然也要兼顾好其他两项工作。"

朋友知道杜铁军接了扶贫办这个活，都说他："你怎么这么傻，接下扶贫你就是接了个雷呀。"

"什么雷不雷的，哥们儿都当过火箭兵，还怕雷？领导安排了就得干，答应了就得努力干好。"

2018年5月底，杜铁军正式开始从事扶贫工作。他正确认识自身定位，迅速转变身份，谦虚认真，以"新兵"心态学政策、钻业务、研方法，用实际行动落实脱贫攻坚工作要求，践行脱贫攻坚工作承诺，推进乡村振兴工作基础夯实。

作为"新人"，初受扶贫工作之时，正值扶贫工作巡察问题整改的关键时刻，杜铁军深感压力大、责任重，然而军人的天性，加之领导的信任，又让他信心满满。

既来之，则安之。杜铁军跟自己说，既然接受了任务，就必须坚决和圆满完成，不可马虎大意、随性使之，毁了转业干部的形象和荣誉。于是他安下心、定下神、扑下身，一边认真整改反馈问题，一边学习扶贫政策，努力掌握业务理论，努力思考工作方法，尽最大可能提高工作成效。

2018年负责扶贫办业务初始，杜铁军手头的资料有限，为了全面掌握政策和熟悉业务，便于工作的顺利开展，积极向市办领导和前辈请教的同时，通过历年资料收集和上网查询等方式，把相关的政策和业务理论重点等整理成册，形成了区级《扶贫工作手册》，用于指导扶贫办和村居相关扶贫工作，进一步提高了全区扶贫工作水平。杜铁军以扶贫领域巡察反馈和上级督查问题整改为契机，坚决整改的同时，做到举一反三，着手对相关扶贫政策落实情况进行摸底排查。通过排查，杜铁军摸排出开发区享受政策贫困户未拉接自来水的共有134户。饮水安全不是小事，杜铁军报党委领导审核批复后，由党委出资，水利站负责完成了自来水的安装，让这些户全部喝上了安全饮用水。

杜铁军在工作中处处透着"直男"秉性，有什么情况从来不去拐弯抹角，无论是帮扶责任人，还是村干部，甚至是社区干部，对待工作中重复出现、屡屡不改的问题，他都是直截了当地指出来并督导整改，只讲工作不看情面，只讲成效不听解释。杜铁军每次入户排查，大大小小都会指出来许多问题，有些还比较尖锐、直接。

杜铁军"火眼金睛"又"烈火轰雷"的工作作风让有些人不适应。他们感觉杜铁军这家伙很"刻薄"，每次走访，都不自觉地想"避而远之"。

作为新一任扶贫业务负责人，杜铁军坚持"新官理旧账"的思想，不推诿、不扯皮，认真核实相关情况，积极配合上级机关的督查，并全面进行整改。

杜铁军除了统筹负责全区扶贫办业务工作，还要帮扶自己包靠的贫困户。

乔家屯村的低保脱贫户周秀美，今年已97岁高龄，2020年4月上旬，周秀美身体出现不适，起不了床，时不时地因呼吸暂停陷入昏迷。医院诊断说是因为年龄大了，身体机能衰化，不建议住院。由于年事已高，老人及其家人也不愿意住院，只能在家疗养。了解到相关情况后，杜铁军积极与区卫生院联系，说明相关情况，问卫生院那边能不能上门治疗。在杜铁军跟卫生院反复沟通之下，卫生院同意了。杜铁军很是振奋，他亲自去卫生院接开发区卫生院门诊殷主任来到周秀梅家。殷主任给老太太量了血压，又做了其他相关检查。殷大夫给周秀美开了药方，随后由家在乔家屯村的护士给周秀美输液。杜铁军定期上门走访，他及时将老太太病情的变化反馈给殷主任，殷主任也随时根据病情调整药量。

除了关注老太太的病情，杜铁军每次来都跟周秀美说："大姨，有啥困难您就跟我说，就把我当成您自己的孩子使唤就行。您把心放宽，凡事都往好处想，心情好了，身体自然就好了。"

老太太握着杜铁军的手，眉开眼笑："孩子，有你在，有区里的干部们关心照顾，我这老婆子没啥不知足的，好着呢。"

杜铁军又一次去走访，老太太说自己是浑身痒。杜铁军看了看，周秀美身上有一片一片的红疙瘩。杜铁军又赶紧联系开发区卫生院的李院长。李院长根据杜铁军的描述和发过去的图片，给老太太开了外涂和内服的药。周秀美治疗了一段时间，疙瘩果然消失了。周秀美对杜铁军的信赖又增加了一分。

杜铁军每次去，看周秀美正睡得香，为了不打扰她，就跟周秀美的家人小声说话。可是耳聋的周秀美会一下子坐起来，拉着杜铁军的手就是不放，眉眼里是掩饰不住的欣喜和亲昵。周秀美的家人说："老太太一直念叨你的好呢，隔段时间不见就会问问你。"

乔家屯五保脱贫户王积善，单身，性格孤僻、怪异。一直有往家里"捡破烂"的癖好。别人有不要的东西，他只要见到就一定要捡回家放在院子里，日积月累几十年，王积善的家里简直成了个垃圾场。

杜铁军去王积善家走访，一进门就对着满院子的垃圾皱起了眉头，这哪叫过日子呀？

他对王积善说："大爷，你留这么多垃圾干吗？你看看，你这还叫院子吗？人还能进来吗？你名字叫积善，怎么不积善却积垃圾呀？我找人帮你赶紧清理出去。"

"可不能清理，我这捡回来的可都是钱啊。"

杜铁军苦笑了一下："东西卖了才叫钱，您把它们堆这里，那就是垃圾呀。"

要改变一个人几十年的老习惯绝非易事。王积善不松口，杜铁军就一次又一次地做王积善的工作，最后终于说动了老人。

杜铁军趁热打铁，赶紧让村干部找人帮王积善清理院子。能卖的帮王积善卖给收废品的，不能卖的就清理拉走。一院子垃圾清完，竟然用拖拉机拉出去二十车，真是让人瞠目结舌。

虽然王积善住在村委为其改造后的新屋里，但仍留存原来的三间老房子，老人始终坚持不拆，而且还偶尔存放些杂物。

房屋安全、老人的人身安全，成了杜铁军的一份牵挂。杜铁军老是担心刮风下雨的日子万一老人去老屋，遇到老朽的旧屋坍塌那可怎么办？杜铁军每次入户都苦口婆心，拉家常、讲政策、讲安全，并积极争取为其买整理箱、衣橱等。杜铁军用实际行动打动了老人，最终王积善同意了把老房子拆除、改造。

院子宽敞了，心也宽敞了，老人生活习惯得到了改善，生活热情更高了。

2019 至 2020 年是脱贫攻坚工作关键和收官之年，通知要求一个接一个，入户走访一轮接一轮，问题通报一茬接一茬，督导整改一波接一波，面对繁杂的工作，艰巨的任务，我们唯有不厌其烦，百倍努力，真正感悟"5+2"、白加黑的"快感"，切身体验忽略周末和节假日的"痛楚"。在吃透上级精神的基础上，努力搞培训，力争讲细、讲透、讲活政策要求和工作方法，使帮扶人便于掌握和落实，同时针对要求，组织专班入户普查督导。

白天检查，晚上汇总，周末"回头看"。反复查、反复推，通过大家的共同努力，开发区如期完成各项扶贫工作，并圆满完成省级项目验收组初期验收工作，脱贫攻坚工作成效得到有效巩固与提升。

因为整天忙于加班见不到人，以前整天粘着自己的儿子就经常给他打电话。杜铁军忙得焦头烂额的时候，根本顾不上接。拒接的次数多了，儿子对他意见大得很。杜铁军回家时他早已入睡；杜铁军上班时他还未醒。爸爸成了孩子生活中"隐形人"。以前见了杜铁军就兴高采烈喊着"爸爸爸爸"扑到他怀里，现在儿子见了他是一脸的淡漠和"嫌弃"。

杜铁军的爱人郭力华对杜铁军说:"你这个爸爸不称职,儿子曾经有一段时间都'模糊'了爸爸的模样和概念。"

杜铁军无奈地笑笑:"当时转业回地方的目的就是想多照顾家人,但自从事扶贫工作,实际已背离开始的初衷。"

不过还好,随过军、当过军嫂的郭力华虽心有不甘,但也完全支持杜铁军的工作。

为了能让杜铁军专心工作,没有后顾之忧,郭力华放弃了上班的思想,安心做一名家庭主妇。每天做家务、照顾老人、孩子,辅导孩子作业。因为知道拼命三郎一样的杜铁军忙起来就会忘了时间,无论是晚上还是周末,她总会打个电话叮嘱一下,注意身体,别太晚,来回注意安全。

郭力华毫无怨言的操持这个家,总是对杜铁军说:"你在单位安心上班就行,家里有我呢,不用分心。"

有时候,杜铁军回家显得很疲惫。郭力华就想方设法给杜铁军做点儿好吃的,有时还会帮杜铁军捏捏肩。

扶贫把杜铁军变成了"拼命三郎",把"小女人"变成了"铁金刚"。

2020年5月17日,正值扶贫大排查的关键时期。杜铁军的母亲在小区不幸被飞石打伤,头上鲜血直流。郭爱华虽然见血腿就软,六神无主。但为了不让杜铁军分心,她还是强打精神,报警、打120,处理此事。

女儿偷偷打电话后杜铁军才知道,他赶紧问郭力华母亲情况如何。

郭力华说:"别担心,好好上班,没什么大碍,我都处理了。"

等杜铁军抽空赶去医院时,看着郭力华一个人忙前忙后,满头大汗的样子,他瞬间泪奔。

还没等全安顿好,郭力华看杜铁军忙不完的电话,催促说:"赶紧去上班吧,没什么大事,再说你的心也不在这儿,有我在,你就放心去忙吧。"

走在路上的杜铁军忍不住又一次流下了眼泪……

有时候,郭力华开玩笑说:"部队时忙,保家卫国;地方又忙,脱贫攻坚;闺女没陪,老幼难伴;家成旅馆,匆来匆去;唯我命苦,舍业留守。"

家是一个人身心俱疲之后可以安静停泊的港湾,郭力华的体贴与支持是杜铁军继续努力下去的不竭动力。

（2）吴佩仪

1996年出生的吴佩仪也是2018年5月来到开发区扶贫办的。那时候扶贫办只有杜铁军和吴佩仪两个人。

我去开发区扶贫办见到吴佩仪的第一眼，就被这位文静秀气的小姑娘吸引住了。那时候，我就在心里琢磨，我手头的哪位未婚青年能配上面前这位安静时如姣花照水，行动处似弱柳扶风的小美女呢？呵呵，哪天我也当回红娘，赚个猪头吃？后来扶贫工作忙得不可开交，也就把这事给忘到脑后了。

吴佩仪来扶贫办时，由于她年纪小，刚刚迈出校园参加工作，明显工作经验不足。

面对复杂的乡镇扶贫工作，吴佩仪显得不知所措，摸不到头脑。为了快速投入到脱贫工作中，她把学习扶贫相关政策作为第一任务，不放过任何一个不懂或模棱两可的问题。严格做到每日必学、学习必记、政策必懂、学以致用快速地把自己从外行变成行家。经过不断的学习探索，吴佩仪很快便成为扶贫业务上的小能手。

2019、2020年正是扶贫攻坚工作收官的关键时期。任务更加繁重，周末不休息，晚上加班成了工作常态。因为准备考核、督查加班已经凌晨，吴佩仪第二天一早便又开始工作，连续几天常住宿舍成为吴佩仪的工作常态。

吴佩仪心想，自己还年轻，只要能把工作做好，加班又算得了什么？

夏季炎热，为了避免贫困户中暑，吴佩仪下村入户去了解全区近500户贫困户是否有风扇。汗水浸湿了吴佩仪的衣服，干了又湿，湿了又干，整个衣服后背像出了一层盐一样。本来白白净净的吴佩仪整个人变得黑黑的。

为了阻断贫困的代际传递，贫困子女的教育政策落实尤为重要。雨露计划是一项面向大中专贫困学生的助学补助。但是近两年的雨露计划申报总是令吴佩仪头痛不已。由于村内干部年纪大，文化水平不高，在通知学生准备材料时不是漏落，便是填写错误。由于担心他们政策享受不到位，以至于每次申报吴佩仪都要多次打电话通知学生，害怕他们耽误申报。

特别有意思的是，电话打过去，学生的防诈骗能力很强："喂，你谁呀？

真的假的？"总是要解释好一通才肯相信吴佩仪是开发区扶贫办的工作人员。

由于2020年扶贫系统因共同居住、和学生升学等原因新增多名条件符合学生。及时申请，不遗漏至关重要。让吴佩仪印象最深的是大王庄村李春雨和张鲁寺村李晓玲两名学生。李春雨是2019年3月入学，由于学生父母残疾人，文化水平不高，也搞不清自己孩子入学时间，便跟村干部说成了9月。自己之前多次到该户进行走访，隐隐约约记得询问过李春雨是3月入学，于是心里咯噔一下，万一漏了可咋办？这不是给学生没落实政策吗？但是学生没手机，家长不清楚，这下可是愁人了。于是吴佩仪只能联系学校询问教管办，最终确认是3月入学，让助学补助按时发放到户中。

李晓玲是2020年新增进入扶贫系统，2020年6月李晓玲便实习去了。由于人在外地工作，便误以为自己已实习不能享受该政策了。在理顺材料时吴佩仪心想咋还没邮寄回来呀，马上到期了，于是便拿起电话拨打询问。"你好，姐，我都离校了还享受着国家政策呀？真是太感谢你们了，我还以为不再享受了，姐姐太用心了，太感谢您了。"听到这句感谢的话语，吴佩仪突然感觉自己的工作是如此有意义，能够在自己的能力范围内帮助更多的学生，更多的家庭，便值得了。

看到贫困户善良淳朴的眼神，听到他们说闺女喝点水，休息一下吧。吴佩仪心中便感觉暖暖的，热点累点又有什么呀？

（3）单春云

单春云，1993年生人，2019年5月底来到开发区扶贫办，主要负责扶贫项目工作。单春生着一张减龄的娃娃脸，温婉秀丽，说话温柔，让人油然而生一种邻家小妹的亲近感。

一开始的时候，单春云觉得项目是程序化的东西，按部就班，根据要求的顺序一点点来就行，没有多大困难。后来，随着对项目的深入接触，单春云发觉并不是那么回事，实际操作起来要复杂得多。由于项目类型的不同，每个项目的流程是不一样的，而且在单春云接手扶贫项目的一年半时间里，内容烦琐，标准不断更新和提高，对自己的业务能力更是一种极大的考验。为了学会弄懂项目，单春云经常请教市扶贫办，与其他镇街沟通，深入研究，有错就改，耐着性子，一遍又一遍地翻阅项目档案，一点一点地理顺材料，一次又一次地进行完善。单春云觉得自己简直变成了一个有强迫症的人，生怕"一着不慎，满盘皆输"。在这个过程中，加班和熬夜成了工作常态，放弃了很多个节假日，虽然很苦很累，但都比不过现在摆在档案厨里那 20 几个项目档案带给她的小小的成就感。

2019 年年底省里年终考核，那是单春云进入扶贫办以后第一次迎接这么大的考核。也是单春云参加工作以来，第一次工作到凌晨四点。单春云接到通知的时候已经是下午快要下班了，第二天省里考核组就到。当天晚上，在潍坊市扶贫办的协助下，杜铁军和单春云把从 2016 年到 2019 年所有的项目档案重新捋顺一遍，一个字一个字地看，甚至细节一点一点地抠，不完善的地方立即整改。时间紧，任务重，当潍坊扶贫办对我们的项目档案提出疑问时，我的心里就咯噔一下，那种感觉说不出、道不明。

项目的建设离不开资金的支持，项目档案与账目息息相关。除了要考核项目档案外，还要看账目。晚上十二点左右，财政所、经管站也带着他们的账目加入了进来。就这样，项目档案和账目相结合，忙到凌晨四点。第二天早上八点左右，单春云他们把材料放到指定地点，等待着检查验收。检查的过程中单春云心里直打小鼓，不知道他们考核的侧重点在哪里。从接到通知到考核组离开，三天两晚的时间，单春云一直都是神经紧绷状态，像打仗一样，一刻也没有松懈。身心俱疲的单春云在考核组离开的那天晚上睡了个好觉。

扶贫工作中累了，心情不好的时候，单春云回家会对父母抱怨，甚至父母多问几句，就会烦。父母理解单春云的辛苦，不和她计较。而是更加关心她，不管单春云加班到多晚，只要单春云回家，老爸都会来接她。来得早了，单春云还没忙完，爸爸会在楼下等着她，即使第二天他还得上班。连续加班的时候，衣服都是老妈帮单春云洗。若不是有父母的支持和鼓励，去年的单春云可能早就坚持不下来了。

（4）新力量

2020年7月，为进一步提高扶贫工作成效，紧前完成工作任务，扶贫办注入"新鲜血液"，李林峰，1993年的年轻副科级干部，王薇，1992年的年轻工作人员，成立五人组"扶贫专办"。大家白天分组下村入户，晚上集中汇总讨论，忽略周末与节日，重点督导问题整改，不断完善巩固成效，确保了扶贫工作顺利和圆满。

在区党工委的领导和统筹下，分管负责领导的指导和协调下，扶贫办全面、细致把关，确保了全区 316.83 万元扶贫专项资金管理正规、8 个扶贫项目运营正常，充分发挥了扶贫项目的帮扶作用，让更多贫困户享受到项目发展带来红利，同时也为贫困户提供了就近就业岗位，实现了"输血""造血"并举，巩固了脱贫攻坚成果；强化统筹，积极协调各相关部门，完成了 182 户贫困户接通自来水、467 人办理残疾认定、353 户无障碍改造、128 人申请办理了"低保""五保"、138 户进行了房屋修缮、320 人办理了"两病""慢病"等等，常态坚持全区 482 户享受政策贫困户和 122 户档外户慢病办理、鉴残等政策应享尽享；实现"省定贫困村"的完美蜕变，按照美丽乡村重点打造，既美化了环境，又使老百姓实实在在受益，有力的推动扶贫工作的完美收官和验收。

（5）结束语

在全国脱贫攻坚表彰大会上，当习总书记宣布脱贫攻坚全面胜利的那一刻，杜铁军和他的"铁军"们眼圈都红了。这一刻，所有的忙碌、所有的煎熬，所有的疲惫都值了。

时光回溯，那些曾经的付出与辛苦都变成了记忆的蚌壳里闪光的珍珠。人生的所有困顿与煎熬都是对生命的磨炼与淬火。开发区的扶贫铁军们知道，扶贫胜利不是终结，而是新征程、新奋斗的开始。他们敞开怀抱，准备迎接接下来人生华年的所有疲惫、忧伤还有欢乐……

东北乡的天空

由于有了诺贝尔奖获得者莫言笔下描绘的文学地理故乡——高密东北乡，才有了今天的高密东北乡文化发展区。

"这是地球上最美丽最丑陋，最超脱最世俗，最圣洁最龌龊，最英雄好汉最王八蛋，最能喝酒最能爱的地方"——莫言的大多数作品都根植于"高密东北乡"这片热土。那颗透明的红萝卜，那株火一样奔放热烈的红高粱，把高密东北乡这片土地描绘得原始、狂野，又神圣瑰丽。高密没有名山胜水，几乎没有可资利用的旅游资源，因为莫言，高密东北乡被扩展成世界性的中心舞台，成了全世界文学爱好者朝拜的圣地。这种扩展不是地理意义上的扩展，而是思维空间、文学维度的扩展。

莫言赋予东北乡的这种精神异质，充满野性又饱含诗性。

东北乡的天空，飘浮着被晚霞涂上金色的流云，西天吞吐着血一样的高粱红。流云之下，激荡着韩红那首勾魂摄魄的《九儿》：身边的那片田野呀，手边的枣花儿香……

无论多么神奇的土地，都会有贫穷与人生苦难的困扰，就会有为了让百姓摆脱贫困而战斗在脱贫攻坚一线的扶贫人。东北乡文化发展区扶贫办的"斗士"们，在扶贫班主任徐刚的带领之下，日夜"鏖战"在这片红高粱的故乡。

（1）"常青树"徐刚

2014 年，在全国扶贫工作正式开始之际，徐刚还是一名大学生村官。刚刚接手农技站工作时间不久，初来乍到的徐刚对扶贫工作的了解是一片空白。

但是在他看来，既然担子已经压到肩上了，那就要认认真真的干好，不懂就问、不会就学这是最笨的办法也是最有效的办法了。而这一干就是 7 年，最初15 名其他镇街的扶贫战友，也只剩下了 2 名还继续在扶贫战线上坚守，徐刚就是其一，他成了高密市扶贫系统的"常青树"。

时光退回到 2016 年，在一次去莫言老家平安庄日常入户排查时，一位个子不高、穿着不甚讲究的大叔拉住了徐刚的手，他神情羞涩，欲言又止。徐刚一猜就知道大叔有话要说，于是他拉着大叔的手说："大叔，我是咱区里扶贫办的，有什么难事你和我说就行，不用不好意思，咱到屋里坐下慢慢说。"

喝着大瓷碗里的白开水，边听边记，徐刚终于知晓了事情大概：大叔原来一直单身，前几年经人介绍认识了一个智力有点问题的女人。在未办理结婚证的情况下，女人为张某某生下一双儿女，而且都没有出生医学证明。

现在孩子到了上学的年纪，还没有户口，无法办理学籍，也无法办理低保，享受不到国家的各项政策。为了此事村干部也多方打听，寻求解决办法，最终得知需要四人做亲子鉴定才能落户。而做亲子鉴定的费用却难住了张某某，于是他才羞赧地向徐刚提出了帮助的请求。

徐刚详细记下了情况的经过，并承诺一定尽力帮助其解决遇到的问题。为了帮助该户解决问题，徐刚前思后想，最终想到利用当时正在开展的"百企帮百户"活动，向参与活动的企业"化缘"，这样既帮助企业完成了活动任务，又能实实在在地帮助该户解决困难。在徐刚的不懈努力下，一名爱心企业家出资 4800 元，为该户做了亲子鉴定。鉴定报告出来以后，徐刚又积极协调派出所，带着鉴定报告和张某某一起为两个孩子办上了户口。后期，徐刚又逐步帮助落实了低保、残疾、教育等各项政策，让本户的生活有了极大的改善。

东北乡大栏村的于某某，丈夫于 2014 年意外去世，她独自带 4 个子女与公婆一起生活，一家七口所有的压力都压在了这名普通农村妇女的身上。

2016 年，村干部向徐刚反馈了本户情况后，立即进行了入户调查。

了解了这家的具体情况以后，徐刚心里一阵唏嘘。因为传统传宗接代的思想根深蒂固，于某某和她的丈夫一直想要一个儿子，在有了三个女儿之后，终于盼来了一个儿子。然而，沉重的社会抚养费和 8 口之家的日常支出让这个本就普通的家庭度日维艰。好在夫妻二人同心协力、省吃俭用，日子渐渐好起来。夫妻二人本以为生活的小船会向着幸福远航，但是天有不测风云，丈夫因为突发急病意外去世。飞来横祸彻底击垮了这个失去顶梁柱、主心骨的女人。于某某看着尚未成年的 4 个子女和同样悲伤的公婆，日日夜夜，以泪洗面。

了解清楚该情况后，徐刚立即向领导进行了汇报。当务之急是先让其坚定生活的信心，让其看到美好生活的希望。徐刚因此立即组织了妇联、团委等部门人员对本户进行了心理疏导和定向帮扶。

为了帮于某某渡过难关，徐刚同时将本户的情况向东北乡辖区内的爱心企业进行了宣传。在多次的沟通努力下，一个爱心企业决定对四名学生进行教育资助，2016至2018年累计资助金额达2万余元。

在爱心企业和扶贫教育政策的共同努力下，于某某的大女儿已顺利大学毕业并稳定就业，减轻了家庭负担。其余三个子女也顺利升入高中、初中，且学习成绩优异。

在5年多的持续关注和帮扶下，不仅为该户争取到了教育资助、还为其申请了慈善救助、大病救助等政策，同时借助东北乡文化旅游的优势，鼓励其在莫言旧居景区开设了一家旅游产品销售店面，幸福生活已慢慢起航。

徐刚作为扶贫办的业务负责人，业务精熟是基础。为了让部分有劳动能力的贫困户长期稳定脱贫，徐刚将每个贫困户家庭情况分析了一遍，挑选出有养殖、种植经验的户，逐个落实是否有贷款创业需求，仔细为其讲解扶贫小额信贷的优惠政策，并积极与当地信用社沟通联系，做好后续的跟踪服务工作，让其中5户贫困户成了我市第一批享受富民农户贷的受益着，实现了真正的脱贫致富。

从2014年到2021年，从东北乡到高密市，扶贫干部换了一茬又一茬，但是徐刚一直活跃在扶贫一线，扶贫路上的每一次攻坚，每一次破难都没有错过，徐刚见证了整个东北乡乃至高密市扶贫工作的艰难历程与辉煌成就。

我们能看到的是贫困户家中翻天覆地的变化，看不到的是多少个夜晚挑灯奋战的他；我们能看到的是贫困户的各项政策落实到位，看不到的是因结膜炎双眼红肿，白天闭着眼睛安排工作，晚上回家挂吊瓶的他；我们能看到是贫困户的喜笑颜开和心满意足，看不到的是早出晚归，经常一星期都无法当面听到一句"爸爸"的他……

（2）"小碧玉"成湘云

初见成湘云，她给人一种江南女子的感觉，安静中带点活泼，温婉又不失热情，宛如小家碧玉。再观其姓名，问其出处，果然是一名江南女子。这不禁让我想起《红楼梦》里我最钟爱的人物——性格鲜明、娇憨可爱，女扮男装，吃着烤肉，喝着热酒的史湘云来。

2020年，作为一名刚参加工作的新人，一到扶贫办工作不久，成湘云就感受到了扶贫人的"快乐"。由于人手不足，虽然成湘云刚接触扶贫工作不足一月，政策已熟，但经验不足，仍被安排分组进行扶贫材料审核。由于口音差异和业务不熟，在被帮扶责任人不断地催促和咨询下，这个小姑娘情急之下不知如何作答，忍不住梨花带雨偷偷抽泣起来。

这阵势直接把在场的帮扶责任人给整懵了，急忙找来了扶贫办主任来了解情况。经过一番交谈才知道，原来成湘云是压力太大了，从没有身边围着七八个人在等待、咨询的经历，又听不懂大家清一色的高密方言，硬生生地把"云丫头"给急哭了。

后经同办公室小伙伴帮助，成湘云工作顺利完成，此事也成为大家"苦逼"的扶贫工作之忙里偷闲时偶尔逗笑的源泉。

此事不久，不服输的成湘云就成了业务能手，其中付出自不必多谈。然而，压力远不止于此，扶贫办原来负责项目的女生因怀孕休产假，只能换人来接手项目工作。此刻，细心、好学又有韧劲的成湘云成了不二人选。

由于家在外地，成湘云只能住在单位，这种加班的"天然优势"被她充分利用起来。刚接手项目工作时，成湘云几乎一个月12点之前都没回过宿舍。而后期在项目集中办公期间，她更是熬夜到两三点，人送外号"拼命三姑娘"。

如此优秀的人儿，有才有颜值，肯定追求者无数。可惜人家早就名花有主，而且还是一名可亲可敬的军嫂。经常听大家说，兵哥哥最疼媳妇，这句话在成湘云身上得到了充分的体现。两个人每个月都有两天短暂的相聚，互诉相思之苦。但是大家能想到，二人是在扶贫办共同和大家加班来度过这难得的相聚时光吗？没错，成湘云的兵哥哥为了让她早点完成工作，早点休息，每次休假，"云女婿"都成了东北乡扶贫办的外援。业务不熟没事，所有的项目档案的装订工作他全包了，有这么包容又体贴的"扶贫干部家属"，我们的扶贫事业能不成功吗？

（3）"大总管"王美玉

王美玉，人如其名，一个漂亮的95后女孩。美玉不善言辞，但心思细腻，眼疾手快，各种工作处理起来得心应手。

"美玉，那谁谁谁的房屋鉴定报告在哪？"

"美玉，那谁谁上报的收入表在哪？"

"美玉，上次督导检查的问题台账在哪？"

"美玉……"

"美玉……"

来到东北乡扶贫办，"美玉"二字是绕不过去的。每天听不到十几二十遍，那根本就不叫一天。这位掌管着东北乡扶贫办房屋鉴定报告、教育资助证明、两病和慢性备案表、各种台账、各种报表，满满当当8个档案厨的女孩，人送外号"大总管"。

人们常说，扶贫工作，最重要的工作之一是档案管理。是的，这项彪炳史册的伟大工程，所有的档案是要收录到档案馆的。如何真实、完整、合规地整理档案，就是王美玉所有面对的难题。

迎难而上，方显"美玉"本色，在王美玉看来，档案整理就是一门艺术。如何标记、识别每一样档案的特征，并分门别类地归档，不仅仅要靠眼看，更要用心记，用脑记。没有日复一日的反复梳理，就不会出现你需要什么档案，马上就能给你提供出什么档案的情形了。

一年四季，一个人，一辆电动车，总是早晨第一个到办公室，拖地、烧水、整档案，这就是王美玉简单而伟大的扶贫生活。

（4）"多面手"郭晓燕

郭晓燕，又是一位漂亮的95后女孩，性格活泼爱吃零食。看到这儿，你是不是要感叹，徐刚这小子也太幸福了吧？这家伙领着一帮青春靓丽，颜值报表的90后女孩干扶贫，还整天喊苦喊累，这也太身在福中不知福了吧？

这郭晓燕可不简单，学习能力和接受能力就像开了挂一样，各种业务看三遍即可熟悉，哪里需要哪里出现，人送外号"多面手"。

郭晓燕的学习天赋上班第一天就显现出来了，当时扶贫办正在进行贫困户信息采集录入工作，信息繁多，操作烦琐，但是还必须要在规定时间内完成。因此郭晓燕被逼上阵，在同事操作演示了两个户以后，郭晓燕就如行云流水般，把所有的信息一字不差的录入了系统。从此以后，扶贫系统就成了郭晓燕的用武之地。

扶贫不是一个室内的活，经常性地入户检查、督导、摸排是必不可少的。作为一个女孩，郭晓燕像男生一样，汗流浃背、任劳任怨，三伏天随身带着藿香正气水，三九天抱着热水袋，贴着暖宝宝下村入户。感冒了上午打针，下午继续入户，男朋友半夜接送她已是常态化。

男朋友说："既然咱找了一位干扶贫的女朋友，就必须无怨无悔地当好护花使者。"

看，连她男朋友的觉悟都这么高，扶贫工作干不好才怪哩！

（5）

2020年，为了迎接潍坊市年中考核，徐刚带领扶贫办公室的"娘子军"们，没白带黑，通宵达旦地忙活，他们竟然三天总共睡了不到八个小时。

考核结束后，徐刚和姑娘们感冒的感冒，上火的上火，全体休了全年唯一一次假——还是病假。

东北乡党工委对扶贫工作非常重视，号召大家以背水一战的姿态决战决胜脱贫攻坚，实行双专班、干部包靠、常访遍访等新举措，着力强化过程控制、现场管理。党工委累计投入440余万元，为贫困户整修房屋255处，新安装自来水116套，购买电视、厨具等设施95件套，统一组织疑似残疾人鉴定475人，为530人办理"两病"和慢性病，将"两不愁三保障"等全部规定落实到每名扶贫对象，脱贫质量稳步提升。

（6）

走在平安庄的水泥路上，因为莫言旧居，这个小村游人不断。一波又一波地朝拜者赶过来，在莫言曾经生活过的那几间土墙小屋内，听导游讲解、用手机或相机拍照——用这样的方式向文学大师致以自己或实或虚的虔敬。

经过去年一年丰沛雨水的补给，莫言旧居后面的那条干涸了好几年的胶河，又变成了一条波光粼粼的银练。

水，荡涤掉曾经的愁苦，育化出时下的甘美。太阳升起，月亮落下，自然万物总是以其不息达致永恒。

有鸟儿掠过水面，掠过九儿的那片高粱地，在东北乡蔚蓝的天空中盘旋飞翔。

左起：郭晓燕、成湘云、徐刚、王美玉

春天的蓓蕾

—— 写给高密妇联的三封信

引子

高密市妇联自 1995 年实施"春蕾计划"，历经 26 年的发展，"春蕾"救助这一公益品牌越擦越亮，吸引着越来越多的人奉献爱心，感动着你，感动着她，感动着整个凤城。

"让贫困女童完成九年义务教育"——这是"春蕾计划"的初衷。在妇联组织的积极倡议下，社会各界伸出援助之手帮助众多女童圆了上学梦。26 年来，先后有 100 多个单位和 4990 多名爱心人士积极参与，经各级妇联长期救助或阶段性救助女童 12000 多名，建成"春蕾项目学校"1 所，累计接受、转赠社会各界捐款捐物折合人民币 980 多万元。

晃动摇篮的手可以晃动整个世界。正是因为有了"春蕾计划",有了一个个"爱花""护花""惜花"的人,一朵朵娇弱的花蕾才能在温暖中绽放,一个个美丽的梦想在关爱下成真。

下面是三位受益于"春蕾计划"又延续着"春蕾温暖"的人写给高密妇联的三封信,字里行间有生活的苦难,有绝望的泪水,有对人间大爱的感激,还有爱的回音与传递……

高密妇联的各位阿姨们:

你们好。

我叫王珊珊,今年 15 岁,是孚日学校九年级的学生。

我原本有一个幸福美满的七口之家,有爸爸妈妈、爷爷奶奶、弟弟和老奶奶。爸爸是一名教师,爷爷奶奶也都非常疼爱我和弟弟。然而,天有不测风云,上天并没有继续眷顾我幸福美满的生活。在我六岁的时候,只有 29 岁的爸爸突发急病永远离开了我们,整个家庭一下子失去了顶梁柱。我们的天,塌了。妈妈、奶奶哭得死去活来,爷爷心疼地抱着弟弟,拉着我的手不停地掉眼泪。

处理好爸爸的后事,奶奶大病了一场,从此落下了心绞痛、胃炎的病根,身体状况一落千丈。妈妈承受不住失去丈夫的打击和家庭的重担,不久就离开我和只有一岁的弟弟改嫁了。从此以后,我和弟弟彻底成了孤儿,我那可怜的弟弟,他甚至还没看清楚妈妈的样子。我也常常在梦中哭醒,喊叫着"妈妈不要走""不要丢下我",可是回答我的却是死寂般的黑夜和自己苦涩的泪水。我害怕家里再有什么变故,总是用自己小小的脑袋想着,我必须很听话,很懂事,不惹爷爷奶奶生气,不然爷爷奶奶也会离开。

幸运的是,我没有被遗弃。爷爷用他瘦弱的身躯勉强支撑起这个残缺的家,起早贪黑,照顾着年迈的老奶奶、有病的奶奶还有年幼的我和弟弟,他像陀螺一样,不停地运转着,一刻也不得闲。爷爷不管多么累,晚上都会带着老花镜辅导我功课,教弟弟儿歌,教我们干一些力所能及的事情。勤劳坚强的爷爷在生活中教会我们自尊、自信、自立、自强,教会我们乐观向上。当生活刚刚有了笑声,噩运又一次降临,超负荷的生活重担压垮了爷爷并不强健的身躯。就在 2011 年春天,我亲爱的爷爷也永远地离开了我们。

爷爷的离世，使我们的生活雪上加霜。一家四口一下子失去了唯一的经济来源，该如何维持生活成了摆在我们面前最大的难题。但不管怎样，生活还是要继续。家庭上的变故，让当时十二岁的我一夜之间成熟了。我知道，我不能像其他同学那样，在爸妈怀里撒娇，不能先在外面疯玩，到吃饭时间再回家，更不能对奶奶提起我很喜欢的一样东西。老奶奶已经95岁了，离不开别人的照顾，时常因思念儿子、孙子而哭泣。奶奶也快70岁了，身体不好，没有劳动能力，常年吃药，读小学的弟弟还是个不太懂事的孩子……这一切让我感到自己肩上的担子很重。但是，我不能害怕，我必须坚强，必须用自己的肩膀撑起这个家。因为，我已经长大了，我就是这个家的顶梁柱。

从那天起，每天早上五点钟，当同学们还在睡梦中的时候，我已经起床做饭了。我一边烧火做饭，一边帮老奶奶穿好衣服，帮她洗漱。然后我再催弟弟赶紧起床，等弟弟洗漱好，我已经把饭盛好了。

趁大家吃饭的时间，我匆匆洗漱，帮弟弟检查好书包，用最快的速度吃完早饭，实在来不及的时候，随手抓一块馒头就跑向学校。

中午和下午放学后我要尽快赶回家做饭，老奶奶、弟弟已经在家等我了……

我很羡慕其他同学，他们可以慢慢悠悠地回家，到家就可以吃到爸妈做好的饭，然后再美美地睡个午觉。可我却不能，我必须为全家人做饭。每当看到家人吃着我做的饭，我的心里就很踏实、很温暖。晚饭后洗完碗筷，打扫完卫生，我还要检查弟弟的作业，并作为家长给他签字，再照顾老奶奶、奶奶和弟弟睡下，然后我才能静下来做作业。这时已经将近十点了，同学都该入睡了吧？可对我来说，寂静的夜晚，昏黄的灯光，都是每天陪我学习的忠实伙伴。

爱美之心，人皆有之。每当我看到同学经常有新衣服穿、有零食吃的时候，我也会羡慕。可是，当我想起那个一贫如洗的家，想起奶奶病了都不舍得打针吃药，弟弟考了好成绩只能得到一顿猪肉炒白菜的奖赏时，我只能选择坚强和承担。因为，让奶奶、老奶奶健康，弟弟快乐成长，才是我最大的幸福！

在很多人眼里，我是个不幸的孩子，然而我又是幸运的。在家庭遭受不幸，生活最困难的时候，市妇联、镇妇联的阿姨们到家里来看我，给我送来了生活学习用品，鼓励我勇敢面对生活，并将我纳入"春蕾计划"，组织企业家、好心的叔叔、阿姨资助我，让我有机会坐在教室里，听老师讲课，和同学们一起玩耍。

在这里，我要感谢那些曾经帮助过我的好心人，没有你们，就不会有我如此安宁的生活；没有你们，我根本不可能安心地坐在教室里学习。或许你们并不求回报，但是，我知道"羊懂跪乳，鸦知反哺"的道义，我早已怀着感恩的心启程。在老师的辛勤教导，自己的刻苦努力下，我成绩优异，年年被评为"三好学生""学习标兵"。凭着强烈的集体荣誉感和认真负责的做事态度，我一直担任班干部，成了老师的好助手，同学们的小榜样，多次被评为学校优秀班干部，去年我被评为孚日学校感动校园年度人物。

孝老爱亲，是中华民族的传统美德，我所做的一切都是我应该做也必须做的，但是没有想到大家给予我这么高的评价，先后授予我高密市"第二届凤城十大孝星"、潍坊市"十佳鸢都春蕾女童"、潍坊市小道德模范、潍坊市首届十大孝星、全国"寻找最美孝心少年提名奖"等荣誉称号，我深感荣幸！并发自肺腑地说声——谢谢！

我也想告诉那些像我一样暂时面临困境的兄弟姐妹们，生活中难免有挫折，当我们无法改变它，那就让我们改变自己，对未来鼓起勇气，不退缩，不畏惧，积极面对，勇于挑战。再加上社会给予我们这么多的支持和帮助，相信困难定会被我们战胜。

让我们怀着一颗感恩的心启程，唱响人生最美之歌——孝老爱亲、诚信友善、做美德少年。这就是对亲人、对爱我们的好心人、对社会最好的回报。将来我也一定会把叔叔阿姨们无私的爱，奉献给和我一样需要爱、需要帮助的孩子。

在"六一"儿童节来临之际，我代表所有和我一样虽然暂时面临困境但积极向上的同学们，祝高密妇联的阿姨们身体健康，家庭幸福，愿好人一生平安！

此致

敬礼

一个被你们的爱包围长大的女孩：王珊珊

2015 年 5 月 31 日

高密妇联的各位阿姨、姐妹们：

你们好。

我叫尚菲菲，是原拒城河镇西锅框村的一名农家女孩，也是高密市第一批受资助的春蕾女童。

2001年我以630分的成绩考入哈尔滨工程大学英语专业，后保送本校研究生。2007年至今在沈阳工业大学任教。2011年8月我到英国蒙尔顿大学进修，又自2012年9月开始吉林大学攻读博士。

回顾我的成长历程，对我影响最大，最值得一提的就是——1995年，我成了高密"春蕾计划"援助的第一批春蕾女童，20多年来，我与"春蕾计划"共同成长，可以说，高密"春蕾计划"见证了我的成长与青春。

犹记当年，父亲体弱多病，还有年幼的妹妹，母亲一个人撑着一个家。母亲是一个坚强的女性，她没有向命运低头，甚至没有抱怨命运的不公，在别人异样的眼光里，她用自己的双肩吃力而顽强地支撑着这个困难的家庭。在我第一天上学的时候，母亲就告诉我："我没有别的奢求，只要你能为我们家争口气，好好学习，考上大学，就算砸锅卖铁我都供你。"

从上学以来我都牢记母亲的叮咛，一直很珍惜自己的学习机会，每次考试成绩都是班里的第一名，五年级，因为取得了全镇语文数学竞赛的两个第一而被全镇人传为佳话，母亲的骄傲明显地写在脸上。但是当我以全镇第一的成绩考上初中后，家里负担更重了。

就在全家为我的学费而压力重重，就在我因渴盼读书和家庭现状而纠结痛苦时，好运垂青了我——1995年春天我幸运地成为一名春蕾女童，自此得到了大家的关心和帮助，直到我的大学。

时至今日，我还清楚地记得，那是一个阳光明媚的日子，市妇联和拒城河镇妇联的阿姨到我就读的学校看我，给我送来了衣物和钱。她们爱怜地摸着我的头，说："菲菲，放心，好好学习，在这个社会里，有那么多好心人，你就不用为学习费用担心了，我们不会看着你辍学的。你不要有心理负担，这不是债，而是爱。只要你努力，就是对爱心的最好回报。"

我使劲点了点头，把这句话牢记在心上，开心地笑着，笑着笑着，眼泪却不自觉地流了下来。学校通过妇联了解我的情况后，也减免了我的学杂费。初中四年，妇联的阿姨经常到学校看望我，每到六一儿童节的时候还把我和其他"春蕾女童"接到一起过节，为我们买漂亮的衣服，买学习用品。在她们的关心下，我轻松愉快的渡过了初中生活，并且取得了全国英语知识能力竞赛特等奖、山东省数学奥林匹克竞赛一等奖等好成绩。初中毕业时我获得了免试上高中的机会，并且我的高中母校——高密五中也在妇联的协调下免收我一切学习费用，还每月补助给我生活费。

进入高中，九年制义务教育结束，从原则上讲，也意味着"春蕾计划"救助结束。可是，妇联的阿姨并没有停止对我的关心和资助，经常到学校来看我，问我有什么需要帮助的地方，看我有什么不适应的情况，为我带来衣物用品。妇联的阿姨们鼓励我用知识改变命运，帮助处于青春期的我树立正确的人生观和价值观。在阿姨们的陪伴和鼓励下，我的学习成绩一直名列前茅，取得了山东省高中英语知识竞赛二等奖、华东六省一市作文竞赛优秀奖等好成绩，我的作文也多次在报纸刊物上刊登。同时，我努力促使自己全面发展，积极参加各项活动，担任了校报学生主编，从对乒乓球一无所知到成为全校女生乒乓球冠军，还成功组织了校演讲竞赛等活动，得到了学校老师和同学们的赞扬。在此期间，我也光荣地被评为全国百名优秀春蕾女童，我的故事在高密电视台以"菲菲今年十七岁"的专题播出后，受到了大家更广泛的关注。高中期间，我已经产生了这样一种自觉意识——就是我要以努力为所有关心我的好人们送去丝丝安慰。

2001年夏天，我在高考取得了630分的好成绩，进入哈尔滨工程大学，学习自己喜欢的英语专业。临行前，妇联的阿姨为我筹集了部分学费，一再叮嘱："一定要好好学习，如果有什么困难一定要告诉我们。"大学四年，我一直记得给我感动和激励的这句话，也一直鞭策自己要前进，不要停下。

四年的异乡生活教会了我自立，更让我懂得了家乡的美好，懂得感恩。在想家的思愁缠绕我的时候，在学习上遇到难题的时候，在生活上遇到坎坷的时候，我都会想起以前的日子，想起妇联阿姨们的鼓励和帮助。

虽然有的时候我也会感觉很无助，甚至会想哭，但是我坚持了下来，学会用自己的双肩挑起生活的重担。尽管我知道，只要一封信，甚至一个电话，妇联阿姨就会马上帮我解决困难，而且会比我自己做得还要好。但是我觉得我不应该再是她们的负担，因为现在还有更小更多的"春蕾妹妹"需要她们帮助和照顾。虽然在这个"春蕾"大家庭里，我暂时还没有能力尽到照顾妹妹们的责任，但是我至少应该照顾好自己。所以我的信里从来都是报喜不报忧。大学四年，每天早出晚归努力学习，在别的同学逛街玩乐的时候，我就出去做家教或者到私立学校教课，尽管很苦很累，可是我坚持了下来，能够解决自己的一部分生活费用。

就在爱的鼓励和我自己的坚持下，我开学的第一堂课——军训就取得了可喜的成绩，被评为校优秀学员。以后的每个学期我也都拿到了奖学金，共获得一等奖学金4次，二等奖学金2次，三等奖学金1次，中国航天一院一等奖学金1次，多次被评为校三好学生和优秀团员。

搞好学业的同时，我也注重发展自己的特长，加入了校记者中心，发表了新闻散文诗歌等多种体裁的文章，多次被评为优秀学生记者。我的新闻专题报道《是什么让他们离开课堂》获得黑龙江省高校新闻通讯一等奖。在校庆期间，我更是积极参与报道各项校庆活动，在头版发表新闻若干篇。因此我还荣幸地得到了前校长刘居英将军的特别接见，留下了难忘的珍贵纪念。我还是我们系的骨干学生干部，和同学们关系融洽。虽然我自己的生活也很拮据，但是当同学们有困难的时候，我从来没有拒绝过，我用自己的成绩和品格赢得了一致的肯定和赞扬，在这个由来自全国各地同学的家庭里，为山东人树立了良好的形象。大学期间，我每个假期回家都会到妇联去看望亲切的阿姨们，向你们汇报我的成绩。尽管没有礼物带给你们，仍旧得到了你们开心的笑容和真诚的关心。那笑容是欣慰的，那关心是温柔的，十几年的呵护，我成了妇联阿姨们共同的孩子。

2005年本科毕业后，因学习成绩优异我被保送本专业的研究生，2007年，我成为了一名大学教师。从教以来，我都会主动关心鼓励班级家庭困难的学生，给他们提供资金和物质上的帮助，我希望不仅教给他们知识，更要带给他们爱与温暖。同时，从2007年上班后就开始在本校资助了6名"春蕾妹妹"，我希望尽自己的一己之力，传递手中爱的接力棒。

　　2014 年 12 月，在全国妇联举办的"春蕾计划"实施 25 周年纪念大会上，我和来自全国各地的 33 名春蕾生一起接过了"中国儿童慈善奖——春蕾之星"的荣誉称号，这是我本人第二次获得全国性奖励，站在人民大会堂的领奖台上，我的心中充满了感激之情，那些曾经帮助过我的父老乡亲们，也许并不会想到，当初那几百元对于一个困难家庭、一个幼小的孩子会带去怎样深刻的影响，会对我们的人生带来怎样的改变，但是正是因为你们的无私付出，才有了我们今天的成绩。

　　爱是成全、是付出，20 多年时间很长，凭着当时的爱心支持，凭着自己拼搏努力，我已经从一个困惑的小学生变成一名自信的大学教师，也有了自己的家庭，我终于可以自豪地说：当年的叔叔阿姨，我未曾辜负你们。

　　现在回想过去走过的路，是"春蕾计划"，是妇联的阿姨，是社会的爱心，一直陪伴在我左右，给我信心给我力量给我希望。我相信，其他的春蕾女童也是在同样的爱里走到今天，并且会在这样的爱里走向更加美好的明天。在这里，请允许我代表所有的春蕾女童对所有关心我们、帮助我们的人说一声谢谢！请你们放心，因为我们知道：只有自强、自立、自尊、自信才是对你们，对所有爱心人士最好的报答！我们会以感受爱，感恩爱的姿态，努力，坚持，绽放。

　　再次感谢妇联的阿姨、姐妹们。

　　值此新年到来之际，祝你们节日快乐，万事如意！

曾经的春蕾女童：尚菲菲

2019 年 12 月 30 日

高密妇联的各位领导，姐妹们：

大家好！

我叫魏贞淑，在柴沟镇教管办负责妇女儿童工作。在春蕾计划实施的 20 多年间，作为一名基层的教育工作者，我亲眼见证、亲身参与了这项爱心公益活动，并深深感动于各级妇联组织的努力和坚持，感动于社会各界的爱心和善举，感动于受助孩子的坚强和成长，这份感动也最终转化成动力融入我的工作和生活中。

我自幼生活在农村，家庭条件比较困难，过去的农村重男轻女的现象严重，和我差不多年纪的伙伴们，能坚持上完学的几乎凤毛麟角，我无法忘记她们含着泪被迫离开学校的样子，无法忘记她们无奈不舍的眼神。那时我就想，等我以后有能力了，一定要让每一个孩子都上得起学。

1983 年，我毕业后在方市小学任五年级的班主任。当时，我教的那个班有一名女生叫郑跃娟，她家里姊妹多，父母有病，生活非常困难，母亲想让她辍学。一天，小跃娟流着眼泪对我说："老师，我想上学。"

看着孩子渴盼的眼神，我的心一阵绞痛。我毫不犹豫地拿出身上仅有的 2 块 4 毛 2 分钱，又向母亲要了 5 块 5 毛钱，为她交齐了 7 块 9 毛 2 分钱的学费。那时的 7 块 9 毛钱相当于我们全家半月的生活费。

而那年正是我父亲去世，家里经济最困难的时候。这是我第一次和困难孩子结缘，在此后的 8 年中，我先后为班里的 30 多个孩子缴过学费、买过学习用品，加上历年为孩子们订报纸的费用，总数达 2000 元之多。而那时我只是民办教师，月工资也就不足百元，2000 多元几乎占到了我当时全部收入的三分之一。

1991 年，因为工作突出，我被调任方市乡教委工作。平台大了，针对农村实际，特别是春蕾女童、贫困儿童、留守儿童等特殊学生群体缺乏关爱，缺少亲情呵护等诸多问题，在市妇联、教育局等部门的大力扶持下，开始依托学校现有资源积极建设"春蕾小学"。

2014 年，在我和镇教委的积极争取下，市妇联、市教育局将捐资 20 万元的"春蕾项目学校"建在了朱翰小学，为农村贫困儿童、留守儿童提供了优越的学习活动场所，实现了他们渴望被社会关爱和呵护的愿望。我还带领全镇辅导员围绕孩子们的课业学习、感恩教育、书法教育、文体活动、经典诵读、心理健康教育等内容开展志愿服务活动。用爱来温暖着每一个学生，尤其是学有余而力不足的、有困难的学生，鼓足他们正视生活的勇气，扬起上进的风帆。

每当我看到那些需要帮助的孩子擦干眼泪、淡化那些难以承受的伤痛、积极地投入到学习中去的时候，我的心里就有一种说不出的喜悦。每当看到那些孩子们以坚强抵御磨难，更加积极地面对生活、拼搏未来时，我清晰地感受到了他们小小身体涌动的信心和力量。秦瑛娇是一名品学兼优的学生，她爸爸患精神病多年，姐姐上大学，全家靠母亲一月不到1000元的打工费维持生活，无力供她读书，小瑛娇为了减轻母亲的负担，曾多次产生辍学的念头。

我了解她的情况后及时帮助她纳入了"春蕾计划"，结了帮扶对子，现在，在"爱心妈妈"的精心呵护下，小瑛娇的脸上重新洋溢起了天真的笑容，学习成绩在级部名列前茅。葛慧敏是注沟小学三年级的一名学生，奶奶双目失明，母亲是下岗职工，父亲因糖尿病发展到了尿毒症，家庭陷入困境。针对她的家庭情况，在将她纳入"春蕾计划"救助的同时，我及时在全镇发出了"爱心献春蕾"的倡议。不到一天的时间，就收到400多名师生的爱心捐款7670元，解决了她父亲的部分医疗费用。现在，曾经被授予"山东省十佳春蕾女童"的葛慧敏已经步入了大学殿堂，并连年被评为优秀学生干部，她的人生已经幸福起航。

20多年来，经我推荐结对的"春蕾女童"、困难儿童达3000多人次，我本人先后捐款8000余元，资助、救助困难儿童。数千名孩子中，有的考上大学，有了稳定的工作；有的毕业参军，成了一名光荣的解放军战士；有的师范毕业，选择回到家乡任教；也有些上了技校，进了工厂；还有的回到村里，和父辈母辈们一起改变着乡村的面貌……

这些孩子不少现在还和我保持着联系，每当他们取得成绩或者遇到困难的时候，都愿意找我倾诉。在我家里，一直珍藏着一摞厚厚的来信。其中一个孩子这样写道："魏老师，我能叫你一声'妈妈'吗？在我心里，你也是我最亲的妈妈啊。"

一声"妈妈"，是孩子们对爱的至真渴望和回馈。我相信在他们心中，都充满着对"春蕾计划"的感激，感激那些曾在她们困难时给予她们温暖的叔叔阿姨，她们也一定会将这份爱和感恩传递下去。

2009 年对我来说，可谓命运多舛，上帝跟我开了一个天大的玩笑。正月里，我被确诊患了乳腺癌。这个毁灭性的打击让我六神无主，泪干了，心碎了。

这时，那些我曾经帮助过的孩子们反而成了我最大的力量源泉，得知我生病的消息后，他们打来电话、发来短信，甚至跑到医院来看我，听着他们真挚的安慰，想到他们的曲折坎坷却又自强不息的经历，我重新振作了起来。我想，既然命运给了我挫折，我要坦然接受它，并在接受中强大。我要用自己的勇气和担当，给那些正在困境中的家庭和孩子做出一个真实的表率。经过手术及多次化疗，我的头发没了，人也憔悴了，但对人生的希望，对生活的勇气却更坚强了。

2011 年 3 月，我查出患有椎间盘突出等症，手臂和腿部又疼又麻，蹲下后按着脚才能站起来。2013 年右侧胸部又被确诊为乳腺癌，需要马上住院手术，由于年底督导评估检查临近，我硬是放弃了治疗的良机，战胜了内心对病魔的巨大恐慌，把有关工作按部就班地梳理完成。所幸的是二次手术恢复良好，是陪伴"春蕾计划"一路走来所感受的大爱的力量，源源不断的激励着我一次又一次地战胜了病魔。

在我刚刚患病时，小女儿当时正就读于高密一中，随着我病程的延长，家里的经济条件陷入困境。小女儿心理压力很大，成绩大幅下降，性格发生了很大改变。这时，社会爱心人士栾洪发听说了我的事迹和遭遇，主动承担起了我的小女儿从高中到大学的所有学习和生活费用。

2012 年，我的小女儿以 660 分的成绩考入了北京航空航天大学，学习成绩名列前茅，大二时就加入了中国共产党。今年，又作为全校两名学生之一，被北航确定为优秀本科生公派出国留学生。可以说没有"春蕾计划"就没有她的今天，"春蕾计划"已经融入我们的生活，成为我们的信念，成为我们生命中不可分割的一部分。

怀着一颗感恩的心，现在的我一面坚持服药，一面坚持上班。我愿意尽自己的微薄之力，为那些需要帮助的孩子们送去温暖。为了健全完善困难学生资助管理机制，我跑遍了全镇所有学校进行调研，制定了《柴沟镇"春蕾计划"实施意见》及的救助金管理制度。

针对贫困生现状，建立了一账、一册、三表。一账，即在教管办财务上设专账，详细记录每学期助学金收转情况；一册，即建立待助学生花名册，把每学期全镇在校贫困生学习情况、家庭情况、经济来源状况登记造册；三表，即建立《捐赠方和受助学生结对情况一览表》《受助学生品学情况登记表》《受助方和捐助方结对联系表》。通过健全机制，推动我镇的"春蕾计划"等公益助学项目获得社会效益的最大化。在各级领导的大力支持下，在同志们的积极努力下，柴沟镇的妇女儿童工作业绩突出，屡次受到各级表彰和奖励。我本人也被省政府授予"山东省优秀少先队辅导员"，并获得"潍坊市最美辅导员""高密市劳动模范"等荣誉称号。

爱是一份可以传递的力量，播撒一滴水，收获一片海洋。回顾"春蕾计划"实施20多年来的历程，我为无数个贫困孩子洒下了一路欢歌；同时，作为受益者，也收获了感动与成长。今后，我将秉承"爱心使者"的使命，扩大"春蕾计划"的影响，以爱的名义，助力贫困儿童成长，让爱在人间永恒传递。

最后，祝娇嫩的花儿都能在爱的滋润下如期开放，也祝妇联的姐妹们都貌美如花。

魏贞淑

2020 年 10 月

结束语

"春蕾计划"实施 26 年来，妇联在李桂芳、周娟、钟波、吕春芳到如今的刘玉梅历届主席的带领之下，一代又一代妇联人以女性的良善与细腻，把爱和温暖播撒在凤城大地。

芳林新叶催陈叶，流水前波让后波。如今，刘玉梅主席带领下的妇联姐妹们，她们不仅有外在的美，更是秉持着一代代妇联人的巾帼精神，扶贫助困、护弱维权，释放"她能量"，维护"她权益"，呵护"她健康"。

她们用情点亮一个个生命的晦暗底色，她们拯救起一个个跌落深渊的心灵，她们用爱温润这个世界过于尖锐的棱角。

她们的目光能让春风化雨。而雨，能生万物。

后 记

2019 年，全国的脱贫攻坚工作进入攻城拔寨的关键期，高密 1856 名扶贫干部和无数社会爱心人士勠力同心，"5+2""白加黑"，奋战在脱贫攻坚第一线。

2019 年 5 月份，我从高密市水利局借调到市扶贫办，成了扶贫工作战线的一员。督查、走访，下村、入户，我和同事们每天跋涉一两万步，走到脚底起泡，累到腰酸腿疼。没有周末，更没有节假日，晚上八九点钟到家是家常便饭，到家本来想躺沙发上歇一歇再做晚饭，结果这一歇就一觉睡到凌晨一两点。两年来的扶贫，让我真正体验到了什么是高强度，什么是快节奏。

两年多来，我亲历见证了所有高密扶贫人的付出与不易。在一次扶贫调度会上，冯玉庆主任说姜庄迟大尉为了扶贫，竟然缺席了自己的订婚仪式。我心中一动，从那个时候开始就萌生了一个想法——等哪天有空了，一定要把这个故事写下来，一定要让大尉变成我笔下的"人物"。

但是高强度的扶贫工作让我根本没有时间坐下来。2020 年底，扶贫暂告一段落，我终于可以坐下来写写迟大尉了。

出乎我预料的是，文章在公众号推送以后，点击量急剧攀升，读者留言几十条。高密广播电视台、高密新时代文明实践中心、高密日报，学习强国山东平台都相继转载了这篇文章。从此一发不可收，我白天干扶贫，晚上写扶贫，一口气写了十几篇高密扶贫系列人物。

我发现，真实的东西能打动自己，也能打动人。

二十几篇"人物"写下来，我与书中写到的每一个人物好像又重新认识了一次，他们内心潜藏的很多东西，都在我为了挖掘素材与他们的反复交流中一一呈现。那些平时看似柔弱至极的小女子却有那么多笑容背后的心酸与坚强。那些看起来风风火火，粗枝大叶的大男人，内心的角落里也蕴蓄着百折的柔肠与不可言说的旧疼。

无数次因为思维卡顿抓耳挠腮，无数次因为一个个笑点忍俊不禁，无数次因为触动内心泪流满面。哭哭笑笑，历时近半年，这二十几篇"人物"终于截稿了。

说实话，一开始我并没有结集出版的想法。随着公众号的陆续推送，很多读者私下问我：是不是可以出一本集子？

在大家多次提议之后，我也有了初步的想法，但是并不确定。一是因为我觉得脱贫攻坚是一个非常重大的题材，以我之笔力能否把它准确驾驭？二是觉得与那些奋战在云南、川藏等边远山区的扶贫同人相比，与为了扶贫献出生命的黄文秀、郭彩廷相比，我们的辛苦与付出是不是轻如鸿毛？

等这个人物系列写到接近二十篇的时候，我知道，书，可以出了——不为别的，就为了曾有那么多的人被"人物"感动，也因为曾有那么多的"人物"感动了我。

其实"迟大尉"已不是迟大尉自己，"宋江萍"也不再仅仅代表宋江萍一个人，他们是全高密、甚至全国无数扶贫一线工作者的缩影。这本书，也就不再仅仅是我个人的一个文学作品，这是一个时代的故事，它属于千千万万为扶贫事业付出辛劳甚至生命的所有参与者。

能参与到脱贫攻坚这项伟大的事业中来，利用手中的笔讲好扶贫故事，书写这个波澜壮阔、百年圆梦的大时代，是时代给我的机遇，也是时代赋予我的责任。当爱好变成使命，我觉得我有责任、有义务，为这个时代发声，为这些"小人物"留下点什么。毕竟，有些事需要有人去做。

感谢冯玉庆主任对这个系列人物采写的鼓励和支持；感谢邱天高主任百忙之中审稿把关；感谢我的同事荆伟、王方之帮我提供人物线索、陪我下村采访；感谢所有读者的热心转发和留言；感谢书中的每一位"人物"，是你们让我看到了什么是坚韧、什么是敬业，看到了"上下同心、尽锐出战、精准务实、开拓创新、攻坚克难、不负人民"的脱贫攻坚精神，看到了生命本初的丰盈与厚重。

这群可爱的"人物"是如此谦虚，他们总是说："我们有啥好写的？都是些平凡的小人物，干的也都是平凡的分内事。"

我们谁不是平凡的小人物呢？正是这些平凡的小人物，这些无名英雄默默无闻、平而又凡的付出，才让这个世界多了一份暖意和光亮。在他们看来，他们所干的一切就跟落地的种子会发芽，春天来了花会开一样，一切似乎都是那么天经地义。

这世间没有从天而降的英雄，只有默默坚守的凡人。虽然不善表达，但我们早已从他们流过的每一滴汗，走过的每一个脚印，看到他们内心深挚的本意，看到他们对这片土地、对这片土地上的人民诚挚的爱。

一路走来，形形色色的人走成了故事，站成了风景。生命的价值与意义也在平凡琐屑中得以蕴养与升华。

没有岁月可回头，有些东西却可以在岁月里留下永不磨灭的痕迹。无论看得到、看不到，它都在。

你们的付出，人民不会忘记，时代不会忘记。

2021 年 5 月 10 日